CRS011

Wayward Son

預言之子

II

—流浪沙漠—

蘭波・羅威
Rainbow Rowell
朱崇旻——譯

高寶書版集團

獻給蘿西（Rosey）與菈蒂（Laddie）——

即使在迷惘之時也請謹記，

有人深愛著你們。

終幕

一

賽門・雪諾完成了他的使命。

所有人都說，那就是他的宿命。他找到大壞蛋——找到了「兩個」大壞蛋——並且解決了他們。

他沒想過自己能生還。最後，他也「確實」沒能完好無缺地回來。

貝茨曾說過，這一切都是個故事，而賽門就是故事中的英雄。說這些話的當下他們正在共舞，兩人觸碰著彼此，貝茨注視著賽門，那眼神彷彿在說：現在他們擁有無限的可能性了，而愛情便是故事結局中的理所當然。

這一切「確實」是一則故事，賽門也「確實」是故事中的英雄，拯救了世界。大部分的故事說到這裡就會結束了，人們都滿懷期待地望向往後「幸福美滿的生活」。

而這，就是你在結局過後堅持要留下來的結果。當你的時代來了又走了，當你已經完成此生的使命，卻流連不去……

劇場熄了燈，紙頁一片空白。

這一切都是故事，而賽門・雪諾的故事已經結束了。

1

貝茨

賽門．雪諾躺在沙發上。

最近賽門．雪諾幾乎隨時都躺在沙發上，那對皮革觸感的紅翅膀墊在身後當枕頭，一罐廉價蘋果酒不離指尖。

他以前都是用這種姿勢握劍，彷彿劍是他手臂的一部分。

倫敦的夏季終於來臨，我一整天都在讀書——下週就是期末考了，我和班思都埋在書堆之中，同時假裝雪諾也在為期末考做準備。我猜他已經好幾個星期沒去大學上課了，他成天癱在沙發上，只有要去路口買薯條和蘋果酒時才會起身。外出時，他會把尾巴纏在腰間，翅膀藏在一件醜得要命的駝色風衣下，整個人看上去就像《鐘樓怪人》裡的加西莫多，或是像變態暴露狂。他看上去就像三個小孩子擠在同一件大外套裡，扮成一個大笨蛋。

上次看到沒有翅膀和尾巴的雪諾，是在班思剛下課回家的時候。她想也不想就往他身上施了句隱藏法術——沒想到雪諾就這麼發飆了。「他媽的，潘妮，我如果想要妳的魔法會自己講好嗎！」

她的魔法。

我的魔法。

在不久前，魔法還全是「他的」。

他曾經是天選之子，是最為強大、擁有最多魔法的人。

現在，我和班思都盡量不讓他獨處。我們會去上課和讀書（我和班思就是會做這種事，我們就是這種人），但總會留一個人待在雪諾身邊，幫他泡他不喝的茶、分他吃他不吃的蔬菜、問他一些他不回答的問題……

大部分時候，他應該是看到我們就討厭。

他應該是看到「我」就討厭。也許我該識相一點，別等他說出口……

但是，賽門．雪諾從以前就痛恨我——只有近期幾次苦甜苦甜的例外。某方面而言，我走進同一個空間時，他臉上浮現的表情（一副剛想起某件慘事的模樣）才是現在唯一能帶來熟悉感的事物。

即使在更糟糕的情況下，我還是愛過他。即使在無望之時，我仍然愛他愛得無可救藥……無望之時我都愛過他了，只是少一點希望又如何？

「我想去買咖哩，」我說道，「你有想吃什麼嗎？」

他的視線一次也沒離開電視螢幕。

我又試了一次。「雪諾，你有想吃什麼嗎？」

一個月前，我還會走到沙發旁，輕碰他的肩膀。三個月前，我還會在他的臉頰落下一吻。

去年九月，他和班思剛搬進這間公寓時，我還得從他唇上把自己的嘴拔開，才有辦法問問題，而且問題可能還沒問完又會被他打斷。

他搖了搖頭。

2

賽門

馬雅・安傑洛說過，當一個人把真實的自己展現給你看，你就該相信他。

這是我在一部勵志電視節目上聽到的，節目是接在《法網遊龍》之後開播。我沒有轉臺。

當一個人把真實的自己展現給你看，你就該相信他。

我跟貝茨分手的時候，就打算這麼說。

之所以要跟他分手，是為了幫他省下跟我提分手的功夫。

我看得出他想結束這種關係了，從他看我的方式就看得出來了——或者說，是從他「不」看我的方式。如果正眼看我，他就得面對現實，承認自己在跟一個大混蛋交往，承認自己在跟一個廢物交往。

貝茨現在讀大學了。他活得很好呢。

他也和以前一樣帥。（比以前更帥了。他比以前高、比以前有自信，還隨時長得出好看的鬍子，彷彿青少年時期命運給他的好康到現在還沒發完。）

去年發生的一切……

大法師和凡庸的那一切，讓貝茨成了自己命中注定的樣子。他替母親報了仇，解開了從五歲時就一直困擾著他的未解之謎，也證實了自己的男子氣概與身為魔法師的實力。

他證明自己說對了：大法師真的很邪惡！他也證明我真的是假貨了——我就像貝茨以前說的那樣，是「有史以來最廢的天選之子」。他打從一開始就說對了。

當一個人把真實的自己展現給你看，你就該相信他。

當一個人他媽的做什麼都能搞砸——就表示那個人是他媽的大廢物。

我已經不知道該怎麼做才能讓他搞清楚狀況了。我整天躺在這張沙發上，腦子裡沒有任何計畫，也沒有任何未來。這就是真實的「我」。

貝茨愛上的是「過去」的我——當時的我強大無比，有著無限潛能。原子彈不就等同無限的潛能嗎？

現在呢，我就是原子彈爆炸以後的東西。

我就是那個長了三顆頭的畸形青蛙，我就是那個輻射原子塵。

要不是可憐我，貝茨應該早就跟我分手了。（還有，他當初答應要愛我。魔法師就是這樣重信譽，死要面子。）

既然這樣，那就由我來吧。我可以的。還記得有一次，一隻豪豬妖一針插進了我的肩膀，我是自己咬著那根刺把它拔出來的——疼痛我是受得了的。

我只是……

只是想要再多幾晚而已。想要他在同一個空間裡陪著我，至少表面上還屬於我。

我再也得不到貝茨這樣的人了。世界上「沒有」第二個像貝茨這樣的人了，我彷彿在和傳說中的人物交往。他是英勇的吸血鬼、才華洋溢的魔法師，還帥到沒朋友。（我也曾經是傳說中的人物，還有人說過關於我的預言喔。我以前也是人人口耳相傳的預言之子呢。）

我只是想要再這樣幾晚而已……

但是我最討厭看貝茨受苦，也最討厭害他受苦了。

「貝茨。」我坐起來，放下手裡的蘋果酒罐。（貝茨痛恨蘋果酒，連它的氣味也受不了。）

他站在門口，正準備外出。「怎麼了？」

我吞一口口水。「當一個人把真實的自己展現給你看——」

這時候，潘妮突然衝了進來，被她用力推開的前門撞在貝茨肩膀上。

「克勞利的，班思！」

「我知道了！」潘妮丟下背包。她穿著寬寬鬆鬆的紫色T恤，深棕色頭髮亂七八糟地在頭頂紮成了包包頭。

「知道什麼了？」貝茨皺起眉頭。

「我們——」她指著我跟貝茨，「——度假去！」

我用手掌揉了揉眼睛，明明已經醒來好幾個小時了，還是有種剛睡醒眼屎很多的感覺。

「我不要度假。」我咕噥。

「去美國！」她硬是說了下去。她把我的腳推下沙發，面對我坐在扶手上。「去找阿嘉莎！」

貝茨發出狗吠般的笑聲。「哈！那阿嘉莎知道我們要去嗎？」

「這是給她的驚喜！」潘妮說。

「驚喜喔！」貝茨用唱歌般的語調諷刺地說，「妳前男友跟他男朋友還有妳不怎麼喜歡的那個女生，全都來找妳了！」

「阿嘉莎明明就很喜歡我！」潘妮一副被冒犯了的樣子，「她只是沒有表現得很熱情而已。」

貝茨嗤之以鼻。「但是說到離開英國、遠離魔法，她倒是非常熱情。」

「好嘛，那我老實跟你說，我是在擔心她。她最近都沒回我的簡訊。」

「班思，那是因為她『不喜歡』妳。」

我抬頭看潘妮洛普。「妳上次收到阿嘉莎的消息是什麼時候？」

「那是幾個星期以前的事了，通常她早就回我的簡訊了，就算只是叫我別再煩她，她還是會回應一下啊。而且啊，她最近在 Instagram 上沒貼那麼多張露西——」露西是阿嘉莎養的小狗，「——的照片了，我覺得她可能是很孤單，甚至是憂鬱了。」

「憂鬱了。」我重複道。

「所以呢，我們這是去度假嗎？」貝茨問道，「還是去治療她的憂鬱症？」他雙手抱胸靠在門邊，袖子捲到了手肘。貝茨總是一副在拍奢華手錶廣告的樣子，就算沒戴手錶也一樣。

「為什麼不能邊度假邊幫她，一箭雙雕？」潘妮說，「我們不是從以前就一直想去美國公路旅行嗎？」

貝茨歪過頭。「我們有嗎？」

潘妮看著我，露出了笑容。「我和賽門有。」

她說得沒錯，我們真的有這個夢想。在那一瞬間，我可以想像我們三人開著老舊的敞篷車，飛馳在無人的高速公路上——是『美國』的高速公路喔。在我的幻想中，我在開車，我們都戴著墨鏡，在聽門戶合唱團[1]的歌。貝茨在抱怨歌不好聽，可是他肚臍以上的釦子都沒扣，所以我沒什麼好抱怨的。遼闊的藍天在鏡頭上閃過光暈。

美國啊……

1 門戶合唱團（The Doors），美國六〇年代迷幻搖滾的代表樂團之一。

我翅膀一抖，現在我只要覺得不自在就會這樣。「我們不能去美國。」

潘妮踢我一腳。「為什麼？」

「我過不了機場安檢的。」我的尾巴現在幾乎完全被壓在身下，但我還是把尾巴尖端從大腿下面探出來動一動，提醒潘妮。

「我會用法術蓋滿你全身。」她說。

「我不要全身蓋滿法術。」

「賽門，我最近在研究新的法術，這次的法術真的很棒——」

「在飛機上八個小時，翅膀都要一直縮起來……」

「這個新法術可以讓它們消失喔。」她笑嘻嘻地說。

我錯愕地抬頭看她。「我不想讓它們消失。」

這是騙人的。我希望它們消失，我想變回原本的自己，想要自由。可是我……不行。還不行。至於為什麼不行，我也說不上來。（就算是對自己也解釋不出個所以然來。）

「暫時而已。」潘妮說，「這個法術應該只會讓它們暫時不見，等失效以後翅膀又會出現了。」

「那這個呢？」我又動了動尾巴。

「尾巴就必須用別的法術處理了，不然就是你自己把它收起來。」

我從沒想過自己真的有機會去美國——除非是為了追殺凡庸，但是那不算。

美國啊……

「那個，其實……」潘妮咬住下唇，皺起了鼻子，一副又愧疚又興奮的樣子。「我已經買好機票了！」

「潘妮洛普！」這個想法真的很糟糕。我有「翅膀」耶，而且我沒錢，也不想在自由女神像旁邊被男朋友甩掉。既然要被甩，那我寧可在這裡被甩喔謝謝。而且，我不會開車。「我們總不能——」

她開始高唱《相信下去[2]》，這當然稱不上美國國歌，不過它是我們三年級那年最愛的一首歌。我們就是在三年級第一次提到美國公路之旅的，那時候我們就說，等哪天打贏了戰爭，我們就要去美國好好玩個夠。

嗯……我們這不是打贏戰爭了嗎？（我從沒想過要在過程中殺死大法師、犧牲自己的魔法，但至少技術上來說依然算是贏了。）

潘妮叫我要「抓住那種感——覺——啊啊啊」，貝茲站在門邊看我們。

「既然機票都已經買了……」我說。

潘妮整個人跳起來，站在沙發上。「好耶！我們去度假！」她暫停一下，望向貝茲。「你要來嗎？」

貝茲還在看我。「別以為我會讓你們兩個自己去外國亂闖，尤其在當前的政治局勢之下——」

潘妮洛普又開始跳上跳下了。「美國耶！」

2 《相信下去》（Don't Stop Believin'），美國搖滾樂團旅程樂團（Journey）的代表作之一。

3

潘妮洛普

嗯，好吧，最近的狀況一直不太好。我早該看出事情會演變成這樣的。

難道要賽門預見這種狀況嗎？那怎麼可能！他就連突然發現今天是星期二都會嚇一跳了，怎麼可能預料到這種事情？

難道要貝茨預見這種狀況嗎？過去一年來，貝茨所有的心思都放在賽門身上，除了眼睛裡巨大的愛心以外什麼都看不到。

所以說，我早該看出來的。

但是我們好不容易通過了種種難關，高興都來不及了，哪還有時間想這些？我們消滅了凡庸、揭發了大法師，大多數人也都還活著……賽門也是，他居然還好手好腳的！好吧，賽門是多了一些部位沒錯，可是他至少還好端端的，還擁有未來！

賽門．雪諾不用再面對致命危險了——我最深切的願望終於實現了。

我就只是想好好「享受」這種日子嘛。

我只想租房子、上大學，在青少年歲月離我們遠去之前難得地當個尋常的青少年。我也不想做什麼太激進的事——舉個例子好了，我並沒有千里迢迢逃去加州，還把自己的魔杖丟在英國。我就只是想放鬆休息一下嘛。

結果，我學到了教訓：放鬆休息才是最鬼祟的凡庸。

我們去年都搬來倫敦，開始讀大學了，裝作世界沒被徹底顛覆、大力震盪過，裝作賽門沒被狠狠地震撼過⋯⋯

他畢竟殺了「大法師」，殺了他生命中最近似父親的存在。那雖然是意外，但⋯⋯

至於大法師呢，他殺了厄本。厄本不能算是賽門生命中近似母親的角色，不過絕對算是個稀奇古怪的阿姨。厄本愛死賽門了，根本就把他當成她養的小山羊。

總之，我知道賽門受了不少苦——可是，我還以為我們獲勝就足以彌補一切了。我還以為獲勝就夠了，事後的安心就能填補所有的空洞。

至於貝茲呢，我猜他是相信愛情能彌補一切⋯⋯

他們兩個最後能在一起，還真的是天大的奇蹟。（注定不幸的戀人。「命中註定，從這兩家仇人的肚裡[3]」，就是莎士比亞寫過的那一套。）

我錯了，我不該把那個想成結局的，才沒有結局這種東西。壞事發生後總有結束的時候，然而在人們心中造成的破壞卻不會停息。

我當然很清楚，度假並不能把所有問題變不見。（如果有辦法用「魔法」解決問題，那我對史蒂薇發誓，我早就找到解決辦法了。）話雖如此，換換環境、看看不同的風景，對我們來說還是有好處吧。

讓賽門換個環境看看自己，說不定對他會有幫助。美國沒有什麼不好的回憶等著突襲他——那裡當然也沒有什麼好的回憶，不過只要能讓他離開沙發，我就很知足了。

3 原文為 From forth the fatal loins of these two foes，出自《羅密歐與茱麗葉》，譯文取自梁實秋譯《莎士比亞全集》。

4

阿嘉莎

我從不回潘妮洛普的電話。

這年頭哪有人「打電話」給別人的？哪有人會用語音留言？

就是有。那個人就叫潘妮洛普・班思。

我告訴過她了，叫她像正常人一樣傳簡訊給我。（這是我傳簡訊告訴她的。）

可是妳都不回我的簡訊啊！她回道。

是沒錯，但我至少會讀啊，潘妮。妳留語音訊息給我，我就只會很驚恐而已。

那阿嘉莎妳告訴我，我到底要怎麼做妳才會回我。

我沒有回那封簡訊。

因為，我無論說什麼都沒辦法滿足她。

更何況，我已經離開那個世界了！包括潘妮洛普在內的那個世界，都被我拋在身後了！

我不可能離開魔法世界，卻同時和潘妮洛普・班思保持聯繫——她可是全世界最法師的法師，成天生活在魔法之中，就連呼吸也是在吐納魔法。就連吃片吐司，潘妮洛普也會用魔法讓奶油融化。

有一次我終於忍無可忍，為了逃避她而直接關了手機電源，結果她傳簡訊時手機「還是」叫了。

不准再傳魔法簡訊過來！我傳簡訊對她說。

阿嘉莎！妳聖誕節有要回家嗎？她回道。

我沒有回覆。也沒有回家。

我父母似乎鬆了一口氣。

賽門殺了大法師後，魔法世界徹底陷入混亂。（還是那是潘妮洛普殺的？還是貝茲？我到現在還是不知道當時發生了什麼。）

那天我自己也險些遇害——而且，那並不是我第一次遭遇生命危險。我父母應該是覺得這有一部分是他們的責任（他們「確實」該為此負責），當初就是他們邀請「天選之子」賽門．雪諾進入我們的人生。

假如我沒有從小像手足那樣和賽門一起長大，沒有成為替他卡位的女朋友，那我今天是不是會過上完全不同的生活？

我還是會去讀華特福，還是會學法術，但至少不會年復一年地在危機原爆點求生存。

妳什麼時候要回家？潘妮洛普傳簡訊問我。

我不會回去。我回不回家，到底關妳什麼事？我很想這麼回答。

我和她一直算不上好朋友，在潘妮眼中，我太過奢侈了——她嫌我太膚淺、太輕浮。她現在要我留在她的生活中，純粹是因為我從以前就一直在那裡；她想死命抓著過去不放，而我則是拚命想逃離自己的過去。

在一切崩解之前，我就在那裡了。

但即使我回家了，也沒辦法讓一切拼回原樣。

「不會吧，妳竟然要喝那個？」金潔說道。

我們才剛坐下來準備吃午餐，我點了菜單上唯一的紅茶。「我自己也不敢相信。」我說道，「『香草薄荷』伯爵紅茶呢，我父親要是知道了，肯定會大驚失色。」

「妳這是在喝興奮劑。」金潔搖著頭說。

我往紅茶裡加了點低脂牛奶。在美國，你去哪都買不到全脂牛奶。

「還有『乳製品』！」金潔哀叫道。

她整天只喝甜菜汁，那東西看起來和血液一模一樣、聞起來像土，有時候（例如現在）會在她上唇留下鮮紅色的小鬍印。

「妳看起來像吸血鬼一樣。」我說道。其實她和我見過的唯一一個吸血鬼完全不像：金潔生了一頭彈簧般的棕髮和一身長滿雀斑的褐色肌膚，她媽媽是泰國和巴西混血兒，爸爸來自巴貝多，金潔自己則擁有我看過最明亮的雙眸、最紅嫩的臉頰。嗯，可能是甜菜汁的效果吧。

「我覺得我活化了。」她邊說邊在空中張開十指。

「有多活化？」

「至少百分之八十。那妳呢？」

「還在百分之十五。」我說。女服務生把金潔的藜麥餐和我的酪梨吐司端了過來。

「阿嘉莎，」金潔說道，「妳從之前就一直說是十五趴耶。我們從開始施行計畫到現在已經三個月了，至少該有百分之十六活化了吧。」

我倒是沒什麼特別不一樣的感覺。「說不定有些人天生就是不活化啊。」

她對我嘖嘖幾聲。「別這樣說嘛！我怎麼可能跟一個沒活性的生物當朋友？」

我對金潔微微一笑，但實際上在我們剛認識時，我們兩個都有種缺乏活性的感覺。我們可能就是因此當了朋友——我們處在相同的社交圈，同樣遊走在圈子邊緣，每次參加派對時我和金潔都會同時出現在廚房，或者在篝火晚會上同時坐到海灘的暗處。

和華特福魔法學校相比，聖地牙哥再適合我不過了。我不想念我的魔杖，不想念魔法世界的戰爭，不想念每天裝出在乎自己能不能當個好法師的樣子。

但是，我永遠不可能「歸屬於」這個地方。

我和這邊的同學不一樣，和鄰居不一樣，和我在派對上認識的人也都不一樣。我從以前就一直有幾個凡人朋友，卻從沒注意過他們無意識表現出來的平凡之處，現在才發現那些小東西實在太難以察覺了。

舉例而言，我來到這裡才赫然發現自己不會綁鞋帶。我從沒學過怎麼綁鞋帶，而是直接學會用「法術」把鞋帶綁好。結果現在魔杖被我丟在了家裡，我就算想用魔法繫鞋帶也沒辦法。

應該說，這其實也不是什麼大事——反正我只要穿涼鞋出門，或者沒事不要把鞋帶解開就好了——不過諸如此類的事情多得不勝枚舉。我必須隨時注意自己說出口的話，無論是對陌生人或對朋友，我都可能在無意間說出奇怪的話，或是顯露出自己的無知。（幸好人們通常會把這些當成英國人的特異之處，不太會多問。）

金潔似乎不介意我說出口的怪話，可能是因為她自己也時常說些奇奇怪怪的話。金潔喜歡神經回饋、拔罐和情緒指壓按摩這類事物，而且是遠遠超出「我是加州人」的程度——她可是對這些深信不疑。

「我在這裡真的是格格不入耶。」一天晚上，她這麼對我說。當時我們又一同出現在了派對邊緣，兩人坐在沙灘上，腳趾探進了碎浪。金潔穿著蜜桃色小背心，手裡握著紅色塑膠杯。

「可是我在別的地方也沒有比較融入。」

她彷彿從我心底抽出了這份感受，我感動到幾乎想一口吻在她嘴上。（到現在，我還是有點希望自己當時產生了吻她的欲望。）（如此一來，我就能回答……自己這個問題了。如此一來，我就能說：「喔，原來我就是『這樣』啊。原來我多年來的困惑，都是因為這個啊。」）

「我也是。」我說道。

到了下一次，派對在離我們一段距離之外熱鬧進行時，我和金潔離開了會場，吃塔可餅去了。

下下次，我們乾脆跳過派對，直接去吃塔可餅了。

現在想來，我們還是感到迷惘，還是感到和周遭格格不入。不過，如果有個伴，兩個人一起迷惘、一起格格不入，這樣好像也不錯。

能和朋友一起迷失方向，也是不錯。

金潔的手機響了，我這才想到她已不再迷惘。

她拿起手機粲然一笑，意思是「喬許」，然後開始回簡訊。我默默吃我的酪梨吐司。

我的手機也震動一下，剛從包包拿出手機我就呻吟一聲。看來潘妮終於找到讓我回簡訊的方法了：

阿嘉莎！我們要去度假囉！去找妳！

什麼？我回道。什麼時候？然後——不對，我該先回這句的——不行。

兩週後！潘妮傳簡訊說。行。

潘妮洛普，不行，我到時不會在家。這是真的，我和金潔打算去火人祭。

妳騙人。潘妮回道。

「啊啊啊！」金潔喊著喊著就變成：「啊啊啊阿——嘉莎！」

我抬起頭。金潔舉著手機在我面前晃來晃去，彷彿手裡拿的是中獎彩券。

「怎麼了？」

「喬許幫我們弄到將新會度假村的入場資格了！」

「不不不金潔……」

「他說會幫我們出住宿費跟其他費用喔。」喬許三十二歲，發明了某種讓人把手機當溫度計用的應用程式之類的，不然就是這東西的開發團隊成員。總之，他總是在幫忙出錢，出房錢、出飯錢、出錢買演唱會的票，金潔到現在還沉浸在那份新鮮感之中。

「金潔，我們那週要去火人祭耶！」

「我們可以明年再去火人祭啊，反正沙漠一直都會在。」

「那喬許不會嗎？」

她對我蹙眉。「這個度假村很難進的，妳又不是不知道。」

我攪拌著紅茶。「這個嘛……」

「只有正式會員可以帶客人進去，而且通常只能帶一個人。是我拜託喬許幫妳弄到一個名額的。」

「金潔……」

「阿嘉莎——」她頓了頓，咬住下唇、皺起鼻子，像是準備對我透露什麼重大消息。「——我好像快升級了，等到去度假村的時候。我真的很希望我升級的時候，妳可以在我身邊。」

克勞利的，原來如此。是「升級」啊。喬許和他朋友們都對「升級」與「潛力最大化」十分著迷，你如果提議吃早午餐，他們可能會說：「別吃什麼早午餐了，我們來改變世界吧！」

「我們去爬山吧！」

「我們買U2樂團[4]演唱會的 VIP 入場票吧！」

將新會就是他們的社交俱樂部，有點像有錢男人版的慧優體減重俱樂部[5]，他們都會在活動上輪流分享自己的「活化」程度。我陪金潔參加過幾場活動，大部分時間都無聊得要命。（不過他們每次都會提供頂級的小點心。）每一次活動結束時，正式會員都會一起進入上鎖的房間，可能是在做什麼祕密握手儀式之類的吧。

金潔不敢相信自己的運氣好到和喬許在一起了，他是個事業有成、野心勃勃、身材又很好的男人。

（「阿嘉莎，我的上一任男友可是在咖啡廳打工的耶！」

「金潔，妳自己也是在咖啡廳打工的啊，你們不就是在咖啡廳認識的嗎？」）

她不知道喬許是看上了她哪裡，我則是擔心他就是看上了她「哪裡」，反正就只是看上了肉眼看得到的部分。金潔年輕、漂亮，適合陪襯在他身邊。

話雖如此，我又懂什麼了？也許他們就是適合彼此啊。他們似乎都愛聊植物養分，還有什麼穴位情緒舒解法之類的，而且最近金潔似乎是真的有至少百分之八十被活化了。

至於我呢，我可能永遠都不會升級吧。

但如果這是金潔的願望，那我也不是不能配合她。她是我在這邊最好的朋友，即使我永遠只有百分之十五活化（至於魔法程度，可能還不到百分之十五），她仍願意當我的朋友。我嘆息一聲，「好啦，我去就是了。」

4 U2樂團（U2），愛爾蘭搖滾樂團，是愛爾蘭重要的國家象徵之一。

5 慧優體（WeightWatchers），來自美國的體重管理品牌。倡導不吃藥、不打針、不藉助外力，通過科學、健康、有效、可持續的方法達成減重目標。

金潔尖聲歡呼。「好耶！一定會超好玩的！」

我的手機又震動一次，我低頭一看。又是潘妮洛普。

我打電話跟妳討論細節喔。

我沒有回覆，默默將手機收入包包。

5

貝茨

我們約好在機場集合，我到場時，雪諾已經在那裡等著了。起初我甚至沒認出他——或者說，我認出了另一個時期的他。他穿著牛仔褲和阿嘉莎以前的華特福袋棍球隊運動衫（我得找機會若無其事地把舊足球隊服「忘」在他的公寓，只要是在地上撿到的東西他都會拿起來穿），運動衫的背面劃了兩條縫讓翅膀伸出來，那裡卻什麼都沒有。是真的什麼都沒有。其他法術只能隱藏賽門的翅膀，我還是能看見空氣閃爍或翅膀的影子，今天卻「什麼都沒有」。我伸手想觸碰他肩胛之間的位置，但是還沒碰到，他便轉了過來。

「嗨。」看見我時，他開口說道。他緊張兮兮地拉著自己的頭髮。

我的手仍朝他的方向伸了過去，改成拍拍他的肩。「嗨。」

「潘妮在幫我們登記。之類的。我沒有護照。」他傾身過來，悄聲說道：「她偷了別人的護照，用魔法改造過了。」

班思已經深深踩進泥淖了——我們都知道，她那幾張機票是用魔法買來的。這是我們魔法世界少數的幾條律法之一：不許用魔法偽造貨幣。若把魔法當錢花，我們會毀了世界經濟。大家都偶爾會小違規一下，但班思的母親可是巫師集會的成員。「她可要知道，她母親會很樂意把她交出去認罪的。」

雪諾焦慮不已。「你覺得我們會被抓嗎？怎麼辦，這個計畫真的太蠢了啦。」

「不會的。」我仍然搭著他的上臂，手握得緊了些。「不會的，不會有事的。如果有人用懷疑的眼神看我們，我就當我的吸血鬼，讓他們分心。」

他沒有試圖遠離我，也許是因為離開了平時的生活環境，遠離了平時的壞習慣。班思說要換換風景、轉換心情，也許還真有幾分道理……

「說到這個，」賽門說，「你搭飛機不會有事嗎？」

「你是說，我會不會在大西洋上空突然嗜血症發作？」

他聳了聳肩。

「雪諾，我不會有事的。才八個小時而已，我還不是每天都撐下來了，哪一次大開殺戒過？」事實上，我已經熬過了十五年，一次都沒發生過（吸血鬼相關的）人員傷亡。

「那我們到了以後呢？」

「別擔心，我聽說美國有鼠患，其他動物也多得令人困擾──棕熊也是，表演狗也是。」

他聽了微微一笑，難得的笑容令我忍不住勾住他的肩，還考慮擁抱他。附近有個女人在排隊，朝我們擺了個最委屈、最憤慨的「不要搞基」臉，但我不在乎──我和賽門之間輕鬆自在的時刻實在少得可憐。

可是賽門在乎。他一注意到那個女人，馬上就彎腰開始在背包裡翻來翻去──他以前在華特福也都是用那個圓筒包。他直起身時，和我之間多了一段距離。

他拍了拍大腿，緊張地檢查尾巴是否已藏妥。

時至今日，我還是不確定雪諾為什麼要讓自己長出一條尾巴……

翅膀的部分我能理解，那是他逃跑所需的工具，但尾巴又是為了什麼？它像一條長長的紅色粗繩，有著黑色的黑桃狀尖端，我到現在還不曉得它有什麼功能。總之，他沒有用這條尾巴來做什麼。

班思認為，在那個當下，賽門不只是希望自己長出翅膀，而是真的想「變身」成龍。

但即使如此，我也不懂為什麼過了一年多，他的翅膀和尾巴都還在。雪諾為了擊敗鬼祟的凡庸而放棄了魔法——所有的魔法——所以他並不是用魔法維持龍部位的存在，而大部分法術應該在這一年間就會失效了。

「但那不是法術啊，」上回討論此事時，班思如此說道。**「他是讓自己『變化』了。」**

賽門還在摸大腿，把牛仔褲的後面撫平。我試著安慰他，「沒有人看得到的。」

「我只是緊張而已。我都沒飛過。」

我笑了。（拜託，他可是有「翅膀」耶。）

「我沒有『搭過飛機』。」他說。

「沒事的。如果有事——假設引擎停轉了——你會救我嗎？你會帶我從最近的逃生口飛出去嗎？」

他的臉垮了下來。「引擎會這樣嗎？飛到一半突然停轉？」

我用肩膀撞撞他。「你要答應我，就算旁邊有女人和小孩，你也要先救我。」

「如果引擎停轉了，」他說，「你跟潘妮最好趕快把它們修好。你們有練那些法術嗎？」

「我又不會修理飛機引擎的法術。班思，妳會嗎？」

班思剛拿著我們的登機證走過來。「修理飛機引擎的法術？」她重複道。

「以免引擎嚴重故障。」

「賽門可以救我啊。」她說。

「他已經說好要救『我』了。」

「我要救女人跟小孩啦！」雪諾說。

「技術上而言，」我說道，「你到時候也不會有翅膀。」

6

賽門

我還以為自己過掃描安檢的時候會被攔下來。**「先生，等一下，我們得先搜一下你的尾巴，看看裡面有沒有藏東西。」**結果還真的像貝茨和潘妮說的那樣，沒發生什麼事，我都懷疑是潘妮洛普把機器搞壞了。我們一通過安檢，潘妮就幫我買了一包軟糖寶寶和一瓶可樂。（我現在是窮光蛋，這一路上的花費都是潘妮跟貝茨負責。）

這是我第一次進機場，我花了一個小時來回踱步跟轉肩膀。肩膀感覺太輕了，後面真的沒有東西耶，我還一直用背去靠牆壁來檢查是不是真的沒有。我進廁所、撩起上衣，轉頭看著鏡子，可是背上除了雀斑以外什麼都沒有。

我出廁所時，貝茨和潘妮已經在排隊準備登機了，潘妮洛普對我招手，要我動作快。我擠到她身後，都沒有用翅膀撞到人。我開始思考自己沒了翅膀以後可以做的各種事：搭地鐵、看電影，就算和別人並肩用廁所小便斗也不會把隔壁撞倒。

背上長著這對翅膀的話，我是不可能擠上飛機的。光是要穿過走道，我就會撞到已經在座位上的人了。

我們找到座位時，貝茨哀嘆一聲——我們的位置是在飛機最後面，而且是在一排座位的中間。「我的魔蛇啊，班思，妳在偷機票的時候就不能幫我們弄幾張頭等艙機票嗎？」

「我們要保持低調。」她說道。

「我可以在頭等艙保持低調。」

我拉著他坐下，他擠在我和另一邊的女乘客之間。（她有戴十字架。那就方便了——這樣貝茨就不會想咬她了。）

能在座位上往後靠，讓肩膀直接碰到椅背，感覺真好。我的脊椎舒服地發出「喀喀」幾聲。能坐得離貝茨這麼近，感覺真好，戴十字架的女士也不能生我們的氣，因為我們是「不得已」才坐得這麼近的。沒錯，是經濟艙讓我們變同性戀的。

好啦，她也「不一定」會生我們的氣啦……可是有時候，就是會有人讓你覺得自己很糟糕。我和貝茨上次在公共場所牽手時，一個戴鼻環的女生就一副被冒犯到的樣子——連戴鼻環的人想法都這麼不開放了，那還有誰能懷著開放的心胸看我們？

貝茨說那個女生沒有用奇怪的眼神看我們——他說她天生就長那個樣子。**「那個女人天生苦相，往鼻中隔穿環只是為了讓人分心、別太注意她那張臉而已。」**他還說，我不能認定每個對我皺眉的人都是嫌我和男生在一起。**「賽門，有些人就是會討厭你嘛。像我，我也討厭你討厭了『好幾年』呢。」**

那已經是……好幾個月前的事了。遇到戴鼻環的女生。我們在外面牽著手。我記得當時在下雪。

我現在就想握住貝茨的手——我伸出手，他卻拿起一本雜誌開始翻閱。

飛行時間是八個小時，潘妮說我們可以看電影，還會有人一直送食物過來。她說，過幾分鐘以後我們就會忘了我們飛在海上，在那之後就會覺得無聊了。

我們要飛去芝加哥，讓潘妮先去找麥卡。她希望麥卡會決定加入我們的公路之旅。**「他說他要工作，可是說不定之後就會改變主意了。」**

貝茨的膝蓋頂在前方的椅背上（他雖然比我高，不過是腿比較長，我們上半身的高度差不多，我甚至可能比他高一點），前面的乘客把椅背往後推，貝茨痛呼了一聲。

「你可以用魔法幫自己多弄一點空間啊。」我說。

「沒辦法，我在節省魔法。」他把膝蓋往我的方向靠來，「以免真的得對整架飛機施『翩翩如蝶』。」

7

潘妮洛普

從我們四年級那年，麥卡作為交換生從美國來華特福讀書開始，我就和麥卡在一起了。

美國並沒有自己的魔法學校，其實大部分國家都沒有，所以有些外國家庭會把孩子送來華特福讀一年書，當作一種文化體驗。**「也是因為沒有任何一間學校提供如我們這般完善的魔法基礎教育。」**我媽老是愛這麼說。**「沒有任何一間。」**（她現在是華特福的校長了，她為此驕傲不已。）美國孩子讀的是凡人學校，魔法則是在自己家裡學。**「只能學自己父母能教妳的法術，沒有演說學、沒有語言學、沒有辯論學，妳能想像那樣的魔法教育嗎？」**

麥卡的演說能力很強——而且他會雙語，除了英語以外還能用西班牙語施咒。（只有在有人使用西班牙語的地區才有效，但西班牙文的使用人數越來越多了！）

我知道多年來華特福全體學生一直把麥卡當成我的幻想男友，不過對我們而言，這是十分真實的一段感情。我們會透過書信與電子郵件聯繫，還有用 Skype，後來用 FaceTime，甚至偶爾會講電話。

我們之前有三年都沒見面，然後兩年前的夏天，我家和麥卡一家在芝加哥共度了暑假，我們過去真實的感情在那之後變得「更」真實了。

我本來打算在從華特福畢業後就回芝加哥看他，但當時凡庸才剛消失、大法師剛死，我們都還處於某種受到驚嚇後正等待恢復的狀態。（我甚至沒回華特福讀完最後一學期，波西貝夫老師還特地來倫敦讓我考畢業考。）賽門深受打擊，我總不能獨自跑去芝加哥，留他一個人待在英國吧？他已經夠孤單了，我怎麼能拋下他？

無論如何，麥卡一直都能理解這些，他也認為我還是留在倫敦比較好，那是目前為止最好的選擇。我預計要在事情安定下來、情況有起色之後去找他，這是我們雙方的共識。

但如果情況惡化呢……我們就沒有考慮到情況惡化該怎麼辦了。

8

阿嘉莎

本來以為度假村的地點會是飯店，沒想到喬許開車載著我們進到一片設有鐵閘門的社區，接著進到一幢設有鐵閘門的宅院。他開的是跑車，這輛車不發出任何噪音、不用任何燃料，後座沒什麼空間。

「這個社區住的幾乎全是將新會的會員。」他說道，「創辦人大部分都住這裡。」

金潔一臉欽佩，我努力擺出禮貌的表情。

前來迎接我們的是名幹練的年輕女性，只見她全身上下都是刺青，還穿了好幾個環。她是這幢屋子裡最具裝飾性的東西了——所有的將新會聚會都是辦在這種寬敞卻少有裝飾的屋子裡。這棟是目前為止最寬敞、裝飾得最少的一間，彷彿有某個人想讓全世界知道自己能用空氣填滿多少空間。我媽媽若是看到這個缺乏家具擺飾與牆面裝潢的地方，可能會嚇到直接瞎掉。

我個人寧可住飯店，也不想待在這間空空的大宅裡。我和金潔來到我們的房間，我發現房門上沒有裝鎖。

「妳沒必要把行李都拿出來吧，」我對她說，「反正妳會和喬許睡一間。」

「沒有。」她說，「屋子的那一區只有會員可以進去，妳只能每天晚上跟我乾瞪眼啦。」

金潔不想錯過度假村的任何一場活動，馬上就拖著我到露臺上參加歡迎會了。我們拿了香檳調酒就喝，也沒人問我滿二十一歲沒。（我還差四個月。）與會者大多是男人，只有少少幾個女人，所有正式會員都別著金別針，別針是小小的「8」字形。（看到他們的別針，我聯想到父母放在我們家浴室的一件文物，那是條正在吞食自己尾巴的銀蛇，據說可以防止蛇怪沿著水管爬上來。）

歡迎會結束後，他們在一間房間辦冥想活動，另一間房間則是辦投資研討會。我、金潔和喬許選擇冥想；我喜歡冥想，這至少是安靜的活動。

冥想結束後，我們所有人移駕到有一間舞廳大小的客廳，一起聽接下來的主題演講——「死亡的迷思」。不曉得這地方住的是什麼人，他們竟然有五十多張沙發，全都是黑色、白色或不搶眼的奶油色，而且看起來是新買的，即使有人坐在上面，沙發墊也不會變形。

我花了二十分鐘在那裡坐立難安地聽講，體驗近似上教堂的感覺。演講者表示，凡人——呃，人類——誕生在這個世界上就是為了永生，阻撓我們的就只有罪惡、羞恥與環境因子而已了。他一說到「環境因子」，金潔就上鉤了。

在我聽來，這就是一堆幹話。即使是有數千句法術能用的魔法師也無法長生不死，更不用說是毫無法力的凡人了。我父親常說：**「活著就是在死亡。」**

他是全英格蘭最優秀的魔法醫師，只要是能治癒的病症他都能治，但他沒辦法治癒死亡。或者套句他的話：**「我沒辦法治癒生命。」**

我試著對這場演講感到無聊，卻只產生了滿腔的煩躁，看到其他人聽到這番胡說八道還連連點頭，我感到更煩躁了。他們真的以為自己能用熱帶果汁和正念躲過死亡嗎？簡直和大法師一樣。

想到大法師，我便想到塔樓上的那一夜。

還有厄本。

我霍然起身，對金潔說我要去找廁所，實際上就只是想離開會場而已。最後，我來到大廳另一側的一間無人房間，這是間圖書室，大大的窗戶外是一片高爾夫球場。

我這週本該參加「火人祭」的，我還買了人體彩繪顏料，在比基尼上縫了羽毛。這本該是荒唐又歡樂的一週，怎麼會變成這樣——怎麼會變得如此莫名其妙、如此可悲？

我在包包裡翻來找去，尋找我的應急用香菸。我在英國其實幾乎不抽菸，因為賽門和潘妮痛恨菸味，我爸爸又是醫師。但後來，搬到幾乎沒有人抽菸的加州之後，偶爾抽根菸就感覺像在對我們的女王敬一杯。

我敢打賭，無論這幢宅第的主人是誰，看到我抽菸一定會暴氣。

我用手指夾著香菸，施一句：「火焰燃燒，鍋釜冒泡！」——這是我不用魔杖也能施的三句咒語之一，也是我唯一能低聲施出來的咒語。（這份能力十分罕見，不過看到母親對我這份天賦的喜歡之後，我就一直避免培養自己的能力。）菸頭亮了起來，我吸入一口煙，直接吹在滿櫃子的書上。

「可以跟妳要一根嗎？」

我回頭看向門口。有個男人站在那裡，身上別著那個愚蠢的「8」字形別針。

「抱歉，」我說道，「這是最後一根了。」

男人踏進圖書室。他稍微比我年長——以將新會的標準而言稍嫌年輕，但還是和其他人同樣整潔體面、練了一身漂亮的肌肉。汙染他們其中一個人似乎也不錯，他只要抽菸，這一週的保健計畫就毀了，他到時候大概得認罪、淨化，甚至還得齋戒。

「你可以吸一口。」我說道。

他沒有關門，這倒是不錯。（幹，男人總是想把妳困住、和妳獨處。）他走過來，靠著我身旁的書架。我把菸遞給他，他深深吸了一口。

「這下你永遠不可能長生了。」我說。

他笑了，然後被一點煙嗆到，幾縷菸煙從他鼻孔溢了出來。「可惡啊，」他說道，「我都已經計畫好長生不死之後要做什麼了。」

「你有什麼計畫？跟我說一個吧。」

「用基因療法根治癌症。」他似乎是認真的。

「抱歉了，親愛的，你走錯房間了，你們的研討會在隔壁。」

「妳不信嗎？」他問道。

「不信。」

「那為什麼要來？」

「因為我聽說這邊有提供淋巴按摩和純素杯子蛋糕。」

「是有沒錯。」他微笑著說。

我嘆息一聲，往他的臉邊吹了口煙。「我是陪朋友來的。」

他點點頭，雙眼注視著我。他在欣賞我的頭髮——這種事情經常遇到，畢竟我留了一頭淺金色長髮，賽門說是「奶油黃」。我在這邊認識了那麼多人，似乎沒有任何一個人會吃奶油。

「『你』顯然買帳了。」我看著男人的別針說，「或者說，你『已經』買帳了。」

「不只是買帳，還創辦了這東西呢。」他說道。

「真的嗎？」他看上去頂多二十五歲而已，「竟然。你是年紀輕輕就成名了嗎？」

「算是吧。」

我環顧周遭的書架，架上擺的都是現代出版的書籍，多是平裝書，沒有展示用的皮革裝幀書。

「妳好像很不以為然。」他說道。

我聳聳肩。「這種人我見過不少。」菸燒到只剩尾端的濾嘴了，我環視四周，找尋能把菸捻熄的東西。他從書桌上拿起一面銅盤，那看上去像某種獎盃。「來。」

「我是有些失禮沒錯，」我說道，「但還不到粗野的程度。」

他笑了。他笑起來有那麼一點好看。「不要緊，這是我的。」

我捻熄香菸。「這是你的房子？」

「是啊。這下妳還不以為然嗎？」

「摩根勒菲的，那怎麼可能。你這個年紀的人怎麼會需要高爾夫球場？」

「我喜歡打高爾夫，」他說道，「也喜歡擁有大房子。有大房子才能辦這樣的週末活動啊。」

「嗯，一樣米養百樣人吧。」

「妳想憤世嫉俗也無所謂。」

「我是憤世嫉俗沒錯。」

「但這麼悲觀的態度是沒辦法達成任何成就的。」

「錯，」我說道，「悲觀態度能拯救人命。」

「不可能。」

「有很多事情我打死都不做，所以我永遠都不會有機會被它們害死。」

「例如？」

我拍掉洋裝上的菸灰。「登山。」

「那樣算悲觀還是膽小？」

「老實說——」我頓了頓，「你叫什麼名字？」

「布雷登。」

「還真是人如其名……」我一面嘀咕，一面上下打量他。「老實說啊，布雷登，我已經憤世嫉俗到懶得管這些了。」

他走近一步。「我想改變妳的想法。」

「謝謝，但我才剛脫離一個邪教，還不忙著馬上加入新的邪教。」

他微微一笑，開始和我調情了。「我們不是邪教。」

「我覺得你們是。」我「不算是」在和他調情。

「天主教算是邪教嗎？」

「算。你該不會在拿天主教和自己做比較吧？」

他的頭頸往後一縮。「等等，妳覺得天主教會是『邪教』？」

我們注視著彼此的眼眸，他想必在想：我的眼睛是相當不尋常的一種褐色。還好他沒說出口。

「我們只是想幫助人而已。」他說道。

「你們只是想幫助自己而已。」我糾正他。

「第一，我們也是人；第二，為什麼『不能』幫助自己？我們可是世界的影響者呢。」

「那聽起來像是你隨便創的詞呢，布雷登。」布雷登也是個隨便創出來的名字。

「我不介意創新詞。」他說，「我想重建這個世界。隔壁的那些人呢，他們『已經』在改變世界了，我的目的是扶助他們、鼓勵他們，將他們的影響力最大化。」

「我會離開隔壁房間，就是因為這個。」我說道，「我就是不想影響世界。」

9

貝茨

我們在飛機上都沒睡。班思寫了幾道邏輯題，雪諾看了幾部電影，片中角色從頭到尾都在踢來踢去。每過兩個鐘頭，他就說：「嗯，這部也超難看的。」接著開始看下一部。我自己很想睡，卻怎麼也無法調整成舒服的姿勢——我的膝蓋被前方的椅背擠著，附近有至少三個戴十字架的乘客，而且其中一個人應該是戴了銀質十字架，害我鼻水流不停。

我擠在雪諾身邊，以窄小的座位為藉口湊到他身旁。我都忘了他是多麼溫熱，我們從肩膀到膝蓋緊緊相貼，我彷彿沐浴在陽光下，只少了陽光所帶來的刺痛。

從離開學校後賽門就變了，身體發生了變化。他比從前柔軟一些、飽滿一些，彷彿過去吃了那麼多奶油，現在終於付出代價了（實際上應該是蘋果酒的作用）。當天選之子應該是不錯的心肺運動吧，而且過去的他簡直是魔法反應爐，代謝速率想必比常人高得多……

雪諾看起來像好一陣子沒充電了，他皮膚蒼白，太妃糖色的頭髮失去了光澤。他的頭髮留長了——應該是懶得剪吧——現在滿頭都是蓬鬆的鬈髮，在他走路時隨著腳步彈動，他也時時拉扯著自己的頭髮。

「廢物。」雪諾對著前方椅背上的迷你螢幕說道，「太廢了。那傢伙應該這輩子都沒拿過劍吧。」他搖了搖頭，滿頭鬈髮跟著搖晃。

他好美。有點頹廢、有點悽慘，蒼白、灰敗又不修邊幅，但還是好美。

我闔上雙眼，靠著他的肩膀裝睡。

賽門

我們花了一個小時排隊入關。

美國的移民官超可怕的，還好我的翅膀沒突然冒出來，他們也沒看出護照有什麼問題。潘妮說，比起我這個長了翅膀的人，她身為褐皮膚人種更該擔心被移民官攔下來。（她是印度人和白人混血兒，爸媽都是英國公民。）

話雖這麼說，我們還是通關了。

我們來到美國了。「我」來到美國了。飄洋過海，來到美國了。「我」耶。要是兒童之家的其他小孩能看到現在的我……

嗯，老實說我不想讓他們看到現在的我，因為我現在可不想看到他們。我對華特福以外的童年時光都沒有什麼太好的回憶。

我的諮商師（去年夏天幫我諮商的那個）老是要我談那些——我小時候的生活啊、以前有什麼感受啊、誰負責照顧我啊，都是這類的問題。我跟她說我不記得了——我是真的不記得了，那些記憶都片片斷斷的。我隱隱記得自己在魔法跑出來前住的是什麼地方、讀的是什麼學校、看的是什麼電視節目……我只記得那時候狀況很差，但確切是「怎麼」個差法，我已經不記得了。諮商師說，創傷會影響記憶，大腦會封鎖通往痛苦的走廊。

「我覺得聽起來很棒啊。」我對她說。「謝啦，腦袋。」

我為什麼沒事要去把童年的痛苦和麻煩挖出來？我的腦袋都已經把那些東西封印起來了，現在要處理的痛苦和麻煩也夠多了，我幹嘛沒事找事做？

諮商師說，我必須先整理完過去的回憶，別讓它們對現在造成損害。然後我就說——嗯，我什麼都沒說。下一次的諮商時間被我翹掉了，那之後我也沒再預約了。

潘妮幫我們租了車，但我們得先走半英里路去取車地點。貝茨明明在飛機上的大部分時間都靠著我的肩膀睡覺，現在卻看起來半死不活的。（我在飛機上的最後四個小時一直很想去尿尿，可是又不想吵醒他。）

我們走到車子前，我一看到它就猛然停下腳步，貝茨走著走著就直接撞在我身上。

「潘妮洛普……」我竟然雙手抱著頭。DIY電視節目上，那些看到自家客廳被改造完的人都是這種動作。「妳在跟我開玩笑吧！」

潘妮笑了。「是認真的喔。」

克勞利啊，它好美——它是優美的海藍色，車頭像杜賓犬的鼻子一樣。「經典的野馬跑車耶！妳在跟我開玩笑吧?!就跟史提夫．麥昆一樣耶！」

「我們總不能開福特 Fiesta 橫跨美國吧。」

貝茨皺眉看著車頭。「一九六八年……太浩湖藍綠色。」

明明不會開車，我還是爬上了駕駛座——唉，如果我會開車就好了。車子裝的是天藍色塑膠坐椅，我還沒坐過椅背這麼矮的車。

「有空間放你的翅膀。」貝茨評論道。

「喔，說到這個。」潘妮說，「我幫你更新一下法術。」她舉起戴著戒指的手，中指掛著一枚鈴鐺。「鈴響之時，天使便獲得雙翅！」她念道。然後她翻過手掌，搖著鈴鐺用氣音說：

「我放下它，翻轉它、顛倒它[6]！」

魔法擊中我的同時，我聽到貝茨猛抽一口氣——和在公寓裡第一次被潘妮試用法術那次比起來，這次的效果強得多，一股冷冰冰的感覺在肩膀之間綻放。

「我的魔蛇啊，班思，妳當真是天才。」貝茨的兩邊眉毛分別移到了最高和最低的位置。

潘妮甩了甩手。「剛剛那下比之前在家裡強很多耶。」她興奮地說，「會不會是因為這幾句話的發源地是美國？這可能會影響我們的用字遣詞呢！」

「第二句咒語是什麼？不管什麼法術都能反轉嗎？」貝茨問道。

「我還不確定。」她說，「它是流行歌，所以效果還不穩定。」

「不會吧，妳居然拿最好的朋友來測試不穩定的法術……」

「賽門同意了嘛！」

「……而且法術還生效了！他居然也算得上『天使』！」

「對這句法術來說，他已經是很合格的天使了。」潘妮說，「魔法是可以容許譬喻的。」

「謝謝妳啊，班思，我一年級也修過魔法理論。」

他們還在你一來我一往的，我忙著假裝自己是史提夫．麥昆，沒空理他們。我平常不太會思考自己長得多酷（我可不是貝茨），不過現在的我看起來應該「超級」酷。

潘妮不知道在對擋風玻璃做什麼。「你看！」她從我前面伸手，按下儀錶板上的某個開關，引擎響了一下之後車頂就摺起來消失了。「像不像魔法啊？」她笑嘻嘻地說。

我也忍不住對她露出大大的笑容。這個「超棒的」，要不是旁邊有人，我早就開始發出「轟——轟——」的引擎聲了。

6 原文為 I put my thing down, flip it and reverse it，出自美國饒舌歌手梅西．埃利奧特（Missy Elliott）的歌曲《Work It》。

貝茨把我們的行李放進後車箱，然後走到駕駛座旁邊，我們三人中就只有他會開車。「我要副駕駛座。」我邊說邊移過去。要是坐後面，我一定很快就暈車了。

潘妮幾乎是從我身上爬過去坐上後座的，貝茨也坐定位、繫好安全帶。

「走吧，雪諾。我們去欣賞美國風光吧。」

我坐駕駛座的樣子再怎麼酷，也比不上貝茨開車的模樣。

要不是附近有太多東西要看，我可能會一直盯著他不放。車子開往麥卡住的芝加哥近郊，我從沒看過這樣的風景。

這地方的馬路大得驚人——五線道滿滿都是巨大的汽車，在美國好像所有人都開軍用大車。路邊到處都是巨型廣告看板，各種東西都可以打廣告，從披薩到律師到增髮劑，真的是無奇不有。

貝茨一副習以為常的樣子，輕鬆自在地把一隻修長、蒼白的手搭在方向盤上，另一隻手穩穩地握著排檔桿。他今天穿淺灰色長褲、七分袖白襯衫，還有一副我沒看過的墨鏡。從我們畢業到現在，他的頭髮長長了，被風吹得栩栩如生。

下了飛機以後我到現在還是感覺很邋遢，T恤被身上的汗浸溼了（而且是坐著不動的那種酸臭汗水），牛仔褲對六月的芝加哥來說也太厚了。最近我的頭髮也長長了，但純粹是因為我懶得去剪——貝茨最討厭的就是我這種廢人。

潘妮爬到我們兩個的座位之間，對著收音機戳來戳去。「接孔在哪裡啊？」

貝茨用手肘頂她，想把她頂回位子上。「安全帶綁好！」

「可是我準備了公路旅行的歌單耶！」

「妳想在我們有機會聽歌之前先害死我們嗎？」

我開了音響，它似乎是車子內建的。「它好像只能連收音機耶。」我邊調頻道邊說。它像電影裡的收音機一樣，發出那種「哇——哇——」的雜音。說不定美國的一切都跟電影裡一模一樣。

「不能連手機嗎？」潘妮還擠在我們兩個中間。

「好像不行。我來找找看有沒有音樂。」我花了一點時間——你必須很慢很慢地轉調節器，去找電臺的訊號。我轉了轉，聽到一些人在討論政治跟棒球，終於找到播放經典搖滾的電臺。「應該沒有更好的東西可以聽了。」

潘妮嘆一口氣，倒回後座上。

「安全帶綁好！」貝茨高喊。他在換車道——轉頭看後面、換檔、踩下踏板——動作複雜得像在跳舞。還好我們還沒分手，不然我就沒機會看到這一幕了。

10

潘妮洛普

我們很快就會到麥卡家了。

我對他說過要來找他。

我是上週打給他的——我說阿嘉莎的狀況令人擔心，賽門又需要出門散心。我也對他說我想他。「我們會順道過去，」我說道，「先去一趟芝加哥。」

結果麥卡說這不太好，我們應該再討論一下。

「沒時間討論了——阿嘉莎可能已經惹麻煩上身了！」我原本沒打算這麼說的，但話還是出口了。這也不算是謊話，她真的有可能惹上了麻煩，以前麻煩總是如影隨形地跟著她。

然後，麥卡說：「這就是你們的日常吧？」

「你那是什麼意思？你不相信阿嘉莎有危險嗎？」

「我信。阿嘉莎有危險，賽門遇到了困難，貝茨藏了什麼黑暗的祕密，說不定還有什麼妳不能告訴我的陰謀。整個魔法世界可能都岌岌可危了！」

我決定假裝麥卡沒發脾氣，這樣他就隨時可以消氣，我也可以裝作什麼事都沒發生過。我對他說：「這個嘛，我沒辦法肯定現在『沒有』大陰謀啊……」

然後他說：「隨便啦，潘妮洛普。妳愛做什麼就去做吧，反正我也勸不了妳。」

「如果是我『必須』做的事，我就會做。」我說道，「才不是愛做什麼就做什麼。」

那之後，麥卡什麼都沒說。

「麥卡？麥卡，你還在嗎？」

「我在。」

「你覺得這都是我編造出來的嗎？」（在我看來，編造故事和誇大其詞是兩回事。）

「沒有。」

「麥卡……」我試著說得細柔一些，「你說不定可以和我們一起去加州啊，有你來幫忙的話，事情一定可以順利解決的。」

「我還得實習。」

「總之，我們會先飛去芝加哥。如果你之後改變心意——」

「阿嘉莎不是有危險嗎？你們還是直接飛過去找她吧。」

「是沒錯啦……」

「那等妳回國以後我們再談。」他說，「等妳那邊都安定下來以後。」

那之後，他就掛了電話。

由此可見，我規畫這趟美國之旅是對的。我和麥卡已經太久沒見面了，不管我們有什麼該談的事情，還是面對面討論比較好。

11

貝茨

班思的男友住在都市近郊的社區。

「這邊的房子都隔好遠喔。」雪諾說。下了高速公路以後，我們終於能聽見彼此說話的聲音了。「他們能占多少空間就直接占下去，是不是有點貪心啊？」

「也沒有隔『那麼』遠啊。」我說道。

「對你來說當然不遠，你是在豪宅長大的嘛。」

「我是在塔裡長大的。」我說道，「和你住同一間寢室。」

「那棟！」班思指著一幢房屋說。

我在屋前車道停好車，正要下車就被班思按回座位上，她從我身上爬下車。「你們兩個在這裡等著。」

「我也想看看麥卡啊！」雪諾說，「妳是覺得我們很丟臉嗎？」

「沒錯，」她說道，「我等等再來叫你們。我想先和他獨處一下下。」

她撫平了T恤，但還是一副搭了一晚飛機的模樣——而且即使是剛睡飽、剛換上新衣服時的班思，看上去還是有那麼「一點」荒唐。到現在，她還是打扮得像在穿華特福制服，或者是一副很希望能重新穿上制服的模樣：彩格短裙、及膝襪、瑪麗珍鞋或布羅克鞋。畢業後，她在穿著上的唯一變化就是改穿過大的T恤，她可能完全沒注意到自己的服裝配色還是以紫色與綠色為基調。

班思跑到車道中間，又轉回來，無聲地對我們比手畫腳說：不要跟來！

「我們知道了啦！」雪諾喊道，「妳覺得我們很丟臉就是了啦！」

她雙手往空中一抛，轉身往屋子跑去。

我和雪諾兩人坐在車上，他伸手觸碰排檔桿。「還是熱的耶。」

我點頭。

「感覺會不一樣嗎？」他問道，「跟你在家的那臺車比？」

「比較笨重一點。」我答道，「比較不好控制……你想開開看嗎？」

雪諾還握著排檔桿。「我連自排車都不會開耶。」

「我——」我聳聳肩，「我可以教你？」

「在這裡嗎？」

「在這裡又有何不可？附近沒有車，也不會有人發現。」

雪諾緊緊皺著眉頭，露出小孩子似的表情，彷彿不確定別人會不會允許他嘗試開車。我推開我這邊的車門。「來吧。」

我下了車，他爬到駕駛座上，雙手在牛仔褲上摩擦幾下。（美國版的賽門．雪諾：白T恤與牛仔褲，皮膚已經晒得微紅。）

我坐上副駕駛座。「好，」說話時，我感覺自己的語氣和麥克教練有點像，「現在手煞車沒放下來，所以車子不能開。」

「好喔。」

「好，你踩離合器，是左邊那個踏板——」

「我知道，我玩過《跑車浪漫旅》。」

「嗯。在發動和換檔時都要踩離合器，你先熟悉一下。」

他踩踏板的力度大了些，但我沒有糾正他，畢竟雪諾的行為字典裡並沒有「收斂」這回事。

「握住排檔桿。」

雪諾緊緊抓住握桿，我搭著他的手，試圖讓他的手腕放鬆。「放輕鬆，我們只是在練習而已。車子現在沒有發動，煞車也還沒放開，我們只是在熟悉操作方式而已……」我前後拉動排檔桿，「這是空檔。」我帶著他的手橫向一扳，接著往下拉。「這是倒車檔。」

上、側、上。「一檔。」下，「二檔。」

上、側、上。「三檔。」下，「四檔。」

雪諾低頭看著我們交疊的手，點點頭。「把手上有圖示。」

「對，但你在開車時沒辦法看圖示，所以要憑感覺……」我再次帶他一次次換檔。

「我會了。」他說。

我移開手。「好，回到空檔……」

雪諾抬手偷瞄圖示，接著扳動排檔桿。

「要一次把全部的動作做對並不容易——一開始會很難，先別氣餒。」

「是誰教你開車的啊？」他問道。

「我繼母。」

「她很氣餒喔？」

「不是，」我回道，「她非常有耐心，是『我』很氣餒。來，你放下手煞車吧——它在那邊。」我左手搭著他的肩，右手指向他大腿另一側。

「她有用魔法嗎？」

「用魔法教我開車？」

雪諾擺弄著手煞車。「嗯啊。」

「沒有。你又不是不認識黛芙妮，她幾乎從不用魔法的。」

「可是你『可以』用魔法開車吧？」

「也許可以，但這麼一來你就什麼都學不到了。」我用手肘碰碰他，「來吧，詹姆斯・狄恩，發動引擎。」

「轉車鑰匙就好了嗎？」

「對，同時輕輕踩油門。」

他轉動鑰匙，車子往前一傾，隨即熄了火。我撐著儀錶板，以免撞上前方玻璃。「很好。」

「貝茨，我一點也不好。」

「沒事的，」我說道，「這很正常。我應該先檢查車子有沒有換到空檔的。再試一次：離合器、空檔、引擎、油門。」

這回汽車順利發動了，賽門空轉了下引擎，轉頭看我，他樂得合不攏嘴。

我讓他享受片刻。「那現在，我們要開始動了。這部分比較有挑戰性。」

「已經很有挑戰性了好不好。」

「你踩著離合器換到一檔，然後輕輕踩油門，同時放開離合器。」

他搖搖頭，彷彿聽到一串胡言亂語。

「離合器是讓你換檔用的，」我又說，「換檔以後你才有辦法前進。油門踩下去以後，我們就會往前開。」

「所以是先踩離合器，然後一檔——」他的手抖了抖，但還是換對檔位了。「——然後踩油門。」我們猛地往前。

「非常好。」

「是嗎？」

「是……但我們快撞上前面的信箱了。」

原本盯著排檔桿的賽門愕然抬頭。「那我怎麼辦?!」

「轉方向盤避開它。」

「喔，對吼。」他猛轉方向盤，「啊啊。抱歉。」

「沒關係，你做得很好。」

「你為什麼對我這麼好？我以前真的很擅長做其他事情的時候，你都沒誇過我，可是現在開車開得亂七八糟——」

「你只是還在學習而已。繼續控制方向。」

「好喔，好喔。繼續走這條街嗎？」

「走這條街。」

「你把魔杖拿出來。」他說。

「為什麼？」

「以防萬一。」

「沒這個必要。」我一手搭在他肩頭，他上半身每一條肌肉都緊繃到了極點。「你現在開得有點快——」

「抱歉。」

「不，不要緊——你感覺到了嗎？它想換檔。」

「誰想？」

「引擎。它現在很吃力。」

「喔，對。嗯。那我——」

他順順地換到二檔。

「克勞利的，剛剛那下非常優秀喔，雪諾。」

「我試試看——」他接著換到了三檔。住宅區不該開這麼快的，不過他表現得非常好。

「做得好喔，賽門，很有天分。」

「剛剛那樣還行嗎？」

「嗯，非常好。」

「我不去思考的時候比較簡單。」

「我常聽你這麼說。」

「貝茨？」

「嗯。」

「有車——**有車！我不會停啊啊！**」

12

潘妮洛普

麥卡的母親前來應門，看見我出現在她家門口，她露出了困惑的神情。這也是情有可原，畢竟我平時都住在倫敦。

「寇德洛太太，」我說道，「妳好。」

「潘妮洛普……很高興見到妳呢。麥卡怎麼沒跟我說妳要來？」

「喔，我算是來給他驚喜的。」我說，「這次的行程安排得很倉促。他在家嗎？」

「在喔，請進吧。」

我踏進他們的家。我很愛這個家，兩年前的暑假來找麥卡時，我就是借宿他們家的客房。他們的每一間房間都十分寬敞，只有臥室和浴室有門（他們家竟然有「四間」浴室），屋內所有的牆壁、家具和二十幾個廚房櫥櫃都漆成了令人心安的奶油色和奶茶色。

屋子裡擺了至少「三張」奶茶色的皮革沙發。

有「兩間」米色的客廳。

地板上鋪了固定式的地毯，顏色和燕麥粥一模一樣。

嘖，真的太令人心安了。我家裡五顏六色都有，全都不是我們設計的，家具也都是我父親從別人家的二手拍賣會買回來的，原本是什麼顏色就是什麼顏色。而且，我們家裡到處都是雜物；麥卡家不可能「沒有」雜物，但我不知道他們把東西都藏到哪裡去了。茶几上只有少少幾件物品而已：奶油色花瓶、奶油色花朵，以及奶茶色的大理石檯燈。（茶几倒是至少有九張。）

「我去——」寇德洛太太似乎有點緊張，想必是知道我和麥卡剛吵過架。「我去叫麥卡。」

我在其中一張皮沙發上坐下來，一隻奶油色博美犬好奇地晃了過來。

麥卡的父母都是魔法師，不過美國的魔法師家庭不見得父母都會魔法——他們這邊都沒有行事準則的，有些魔法師終其一生都不會遇到親戚以外的法師。魔法師和凡人生的小孩通常也會有魔法，但是不一定，而且多數人認為血統受稀釋的法師力量較弱。那也可能是因為他們受到的訓練較少，我媽說這方面的學術研究少得可憐。

麥卡認為英國魔法師太過注重魔法了。**「我們家是會『用』魔法，」**他說過，**「但這只是我們的一部分而已。」**

胡說八道，如果你有用言語施法的能力，那你就是魔法師——這就是你最主要的身分，其他都不重要。

麥卡的父母都在醫療保險公司上班，基本上只有在家才會用到魔法，主要也是用來做家事。

博美犬還在努力跳到我腿上，但是牠太小了，怎麼也跳不上來。我抱起牠，不是因為我想抱狗，只是覺得牠有點可憐而已。

只要能和麥卡面對面把話說開來，我是真心相信我們能跨過這道坎的。上次來這裡的時候，一切都歸位了，我們是第一次產生「我們真的是一對情侶」的感覺。

「潘妮洛普？」

「麥卡！」我抱著狗一躍而起。麥卡！

「潘妮，妳怎麼會來這裡？」他沒有笑。好想看到他笑喔。

「我說過我要來啊。」

「我也說過，妳不該來。」

「反正我都要來的——」

「這裡又不是加州。」

「麥卡，你不是說我們需要談談嗎？我同意。我們的確該談談。」

「潘妮，我從六個月前就說我們該談談了，是妳一直要我再等一等的。」

「我又沒有——」

麥卡雙手抱胸。他和我上次見到的模樣差好多，還留了那種很難看的小鬍子加下巴鬍。我們上次用 Skype 聊天是什麼時候的事了？

「麥卡？我不懂，你為什麼不要我來？我是你女朋友啊。」

他用看怪人的表情看我，彷彿我剛把荒謬至極的話說出了口。（例如：「我打算留小鬍子加山羊鬍，你覺得如何？」）「潘妮洛普……我們已經有一年沒好好說過話了。」

「那是因為我們都很忙啊。」

「更之前那一年，我們甚至聊得更少。」

「那是極端情況嘛，你又不是不知道。」

「妳已經躲著我兩年了，怎麼還會以為我們在交往？」

「麥卡，我什麼時候躲過你了？你怎麼會說出這種話來？」

「妳沒有躲著我，妳對我『什麼』都沒有！這兩年來，『我們』根本什麼關係都沒有，就連我奶奶和我聊天的次數都比妳多。」

「我現在是在跟你奶奶競爭嗎？」

「重點是我和賽門・雪諾的競爭吧。」

小博美吠了一聲。

「你明明就知道我跟賽門不是那種關係。」

他翻了個白眼。「我知道，真的。可是我也知道他對妳來說很重要——妳從來沒這樣在乎過我。」

「你有這種感覺，那怎麼都不告訴我？」

「哈。」麥卡說，彷彿聽我開了糟糕至極的玩笑。「我試過了。結果呢，我還不如去對龍捲風說話。『妳』就跟龍捲風一樣。」

我聽得一頭霧水。「我們英國其實很少有龍捲風……」

「那好，潘妮洛普・班思，妳就像強風一樣，想做什麼就全力去做，其他什麼都不在乎。這件事我已經試著對妳說過太多次了，妳卻每次都當耳邊風。」

「你這樣講也太不公平了吧！」我越說越焦躁。

他依然冷靜。「我說的話不只公平，還是『實話』。妳、都、沒、在、聽、我、說、話。」

「我明明就有。」

「是嗎？我告訴過妳了，我覺得這樣遠距離交往很累——」

「我不是說了嗎，我也這麼覺得啊！」我回道。

「我告訴過妳，我覺得我們漸行漸遠了——」

「我就跟你說，這是正常的！」我幾乎是用喊的。

他注視著我，似乎怎麼也弄不懂我這個人。「潘妮，我問妳，妳覺得和一個人交往是什麼意思？」

「意思是——意思是我們愛著對方，我們已經把人生中這個部分想清楚了，也知道自己最後會和誰在一起。」

「不對。」他說道。從對話開始到現在，他的語氣首次從不耐變為哀傷。「交往的重點不是最後結局，而是一路上的陪伴。」

「麥卡？」一個女孩子踏進客廳，「我聽到有人在大聲說話，你媽說沒事，可是——」

「沒事的。」麥卡輕聲說，「我過幾分鐘就回去。」

那名少女盯著我猛瞧。她留了一頭深色長髮，臀部比一般人寬，身上穿著碎花洋裝。「妳是潘妮洛普。」她說。

「我是。」

「我是艾琳，很高興認識妳。」她伸手朝我走來，想和我握手，我擺出一副用盡了全身力氣抱住那隻小狗的模樣。

「給我幾分鐘就好，」麥卡說道，「我等等會再解釋——」

「很好。」我說。

他轉頭看我，像在看智商低得出奇的傻子。「老天啊，潘妮，我不是在對妳說話。」

「麥卡，這到底是怎麼回事？你要跟我分手了嗎？」

「不是。」他回道，「我已經跟妳分手好幾次了，妳就是沒聽進去！」

「我百分之百確定你從來沒說過『潘妮，我要跟妳分手』這句話。」

「除了這句以外，我想得到的說法都說過了！我們之前整整兩個月沒聯絡，結果妳根本就沒發現！」

「我那時候應該是在處理一些非常重要的事啊！」

「是啊！妳想必是有什麼比我重要得多的事情嘛！」

吵到這裡，我恨不得對他說：「不對。麥卡，你錯了。這全都是場錯誤，我可不接受這種事情。」

若不是那個名叫艾琳的人站在旁邊，我可能已經把話說出口了。她貌似是凡人，不然就是把魔杖插在了洋裝後面——她身上穿戴的廉價手環和拖鞋都不可能是魔法容器。若不是她在一旁，我可能會大聲宣布：「我要走了，等你想理性對話再打給我。」

然而，我說出口的卻是：「我母親三年級時看到我父親，就立刻知道他們未來會結婚成家了。」

「我們不是那種關係。」麥卡說，「世界上沒幾個人是那種關係。」

他說得對……

……

……好丟臉。

我霍然起身，走出這棟房子，沒對他或艾琳或寇德洛太太說再見就這麼走了。我走到他們家門前步道時，麥卡追了過來。

「潘妮洛普！」

「我不想再跟你說話了！」

「不是，妳——妳把我媽的狗抱走了。」他從我懷裡抱過小博美，小狗吠叫一聲，彷彿想回到我懷中。麥卡小跑步回屋裡去了。

我泣不成聲。不會吧，現在還得面對賽門和貝茨，對他們解釋這一切……

奇怪，車子不見了。

他們不見了。

13

賽門

我在開車耶，是真的在開車耶。好啦，這裡不是高速公路，就只是一片叫哈芬布克的住宅區而已，可是我是真的坐在駕駛座、真的在踩這幾個踏板喔。太用力去思考的話，我可能本來要踩離合器就會不小心踩到煞車，整輛車都會震動一下然後熄火——不過這種事情只發生了兩次而已，貝茨還在旁邊不停誇我，一副我天生就是神車手的樣子。他一直說：「很完美喔，雪諾。」我很希望他說：「很完美喔，賽門。」可是現在有這句「完美」就很棒了。他一隻手搭在我肩膀上，我感覺自己現在表現得很好，不會讓他失望。

「你應該可以開上大街了。」貝茨說。

「我還沒辦法跟其他車子開在一起。」

「只有做了才有機會學習，交通和車流是練習不來的。」

我們正在經過哈芬布克莊園社區的入口，我可以看到外面的大馬路。「我要試試看嗎？」

「好，試試看吧，雪諾。活著就該活在刀鋒上。」正在教我開車的吸血鬼對我說。

「那潘妮怎麼辦？」我是在找藉口拖時間。

「她多半還處在甜蜜的兩人世界，但以防萬一，我們先回去看看好了。」

「你還記得地址嗎？」

我們一同抬起頭來。哈芬布克莊園社區裡每一棟房子都長得一樣，只不過稍微換過方位、漆上不同的顏色而已，而且這邊說「不同的顏色」其實也就是那五種低調的色調。

「印象中它是淺褐色的房子。」貝茨說。

「是這個淺褐色嗎？」我指著一棟屋子說，「還是那個很淺的淺褐色？」我指向另一棟。

「那不是淺褐色，是暖灰色。」

「它們都有點像暖灰色好不好，」我說，「連那邊那棟綠色房子也灰灰的。」

「哪有綠色的？」

「在那邊啊。」

「那是棕褐色吧。」

要不是潘妮坐在屋子前面的人行道邊緣，我們可能一輩子都找不到麥卡的家。看到我們開回來，她馬上就站起來，沒等我們停車或開門就直接爬上車，然後癱倒在後座。

「抱歉了，班思，雪諾剛才繞了好幾圈。」

「這個社區的馬路都嘛是圓圈！」

潘妮摀著臉。「我們走。」

我在座位上轉過去看她。「可是我也想去看麥卡啊！」

「你早就看過麥卡了。」

「而且我要上廁所。」

「賽門，快開啦！」

「還是讓我來開吧。」貝茨說。

他下車換到駕駛座，我爬到副駕駛座上，低頭看著倒在後座的潘妮。「妳還好嗎？」

她翻身趴著。

「對不起啦，讓妳在外面等了這麼久。」我說，「他不在家嗎？」

她的聲音悶悶的。「賽門，我不想討論這個。」

貝茨開著車駛出死胡同。「那我們來討論之後要去哪裡吧。」

「去廁所。」我說。

「聖地牙哥。」潘妮說。

貝茨載我去星巴克用廁所，等我帶著一杯超大的彩虹條紋星冰樂出來，就看到他在對潘妮大喊：「去聖地牙哥要三十一小時?!」

「不會吧，」潘妮說，「那簡直就像是從倫敦開去莫斯科的車程。給我看。」貝茨剛剛在看她的手機，她把手機拿了回去。「不是都在同一個國家嗎？」她說。

「我們來這裡不就是要公路旅行嗎？」我邊說邊上車。

「公路旅行頂多三個小時吧，」貝茨說，「中間再下車野餐休息一下。現在是要開三『天』的車——而且我們必須在七天後坐上回程的班機。」他對潘妮冷笑一聲，「妳還說什麼『去聖地牙哥的路上順道經過芝加哥』。」

潘妮還在看手機。「我哪知道美國中間這些州一個個都和法國一樣大？『內布拉斯加』這個地方我連聽都沒聽過啊。」

「我們可是要在那地方開一整天的車，」貝茨說，「到時妳就會和它很熟了。」

三天的公路旅行聽起來不錯啊，電影裡的旅行不是都要花很長一段時間嗎？這樣才有時間在路上冒險啊，不然三個小時是要怎麼冒險？（好吧，『我』是有在三小時內完成冒險過啦，可我是極端案例嘛。）

貝茨不再瞪著潘妮洛普，轉過來開始瞪我了。「雪諾，你喝的是什麼鬼東西？」

「獨角獸星冰樂。」

他皺起眉頭。「為什麼取這個名字——是不是喝起來像薰衣草？」

「喝起來像草莓口味的 Dip Dab 糖果。」我說。

潘妮一臉噁心地看著貝茨。「我的魔蛇啊，貝茨頓，你怎麼會知道獨角獸喝起來是什麼味道？」

「閉嘴啦，班思，那是永續農場養殖的獨角獸。」

「獨角獸會『說話』耶！」

「牠們只會閒話家常而已。我又不是吃海豚。」

貝茨把我的星冰樂拿過去，喝下一大口。「噁心。」他把飲料還給我，「根本就不像獨角獸。」

他把墨鏡往上推，揉了揉眼睛。他的黑眼圈好重，看起來像是眼睛凹陷了下去。

「你口渴嗎？」我問他。

「嗯。」他說，「我進去買杯茶好了。」

「我不是那個意思啦。」

「我知道你的意思，但我可不打算大白天在近郊狩獵。」

「我們可以買三明治啊。」我說。

「雪諾，我沒事。」

「好吧，可是我還是想吃三明治。」

貝茨說我可以在高速公路上開車，很安全的。「比在市區開車還要簡單。」他說得沒錯——不過我開到時速五十英里，匯入車流的時候真的頗可怕，我還不知道自己幹了什麼，引擎就發出那種有點像狗叫的嗚咽聲。

上高速公路以後，我們就一路順風了。開著車頂行駛感覺就像在飛一樣，暖風吹過我們的頭髮和皮膚，我的T恤被吹得啪答啪答亂飛，貝茨的黑髮像火焰一樣，在他臉邊飛來飛去。

潘妮洛普還癱在後座，看得出來是發生了什麼不好的事，也看得出來她不想談這件事。她的三明治連一口都沒吃。應該是跟麥卡吵架了吧。

14

貝茨

班思似乎出了很嚴重的問題，像死兔般癱在後座，但我無法將注意力放在她身上，因為**太陽**很烈、風很強，也因為我忙著在腦中列清單。

我厭惡的事物清單：

1. 太陽。
2. 風。
3. 沒了主意的潘妮洛普．班思。
4. 美國的三明治。
5. 美國。
6. 美國（樂團）。一個小時前的我可還不知道有這東西。
7. 堪薩斯。又是個我近期認識的樂團。
8. 堪薩斯（州）。這地方離伊利諾州不遠，想必也同樣可悲。
9. 幹他媽的伊利諾州。
10. **太陽。**照在我「眼睛」裡的太陽。
11. 吹在我「頭髮」上的風。

12. 敞篷車。
13. 最討厭的就是我自己。
14. 我這顆柔軟得過分的心。
15. 我愚蠢的樂觀想法。
16. 被人興奮地連著說出口的「公路」和「旅行」四個字。
17. 老實說，我討厭當吸血鬼。
18. 我討厭當坐在敞篷車上的吸血鬼。
19. 我討厭當正午坐在敞篷車上，渴到快瘋掉的吸血鬼。而且還是在伊利諾州——這個鬼地方應該是地球上陽光最毒辣之地了吧。
20. 太陽。它在天佑的英國倫敦可沒有這麼熱，怎麼感覺它和伊利諾州明努卡村之間的距離近了好幾英里，直接晒在了我身上？
21. 伊利諾州明努卡村。這地方感覺糟透了。
22. 這副垃圾墨鏡。
23. 他媽的太陽！我們都知道你很亮，你可以收斂一點了吧！
24. 當初想到要來這地方的潘妮洛普．班思。她只想了個開頭，就沒有後續計畫了——為什麼呢，當然是因為她滿腦子想著要見她男友，而搞砸這一切的想必就是那個垃圾男友。好吧，我們怎麼能對一個來自伊利諾州的人抱有什麼期待呢——這地方可是「又」熱「又」潮溼的詛咒之地喔。當你想像地獄時，也許會預期那地方炎熱無比，但你絕不會想到它同時「也」很潮溼。沒錯，這份出人意料的小驚喜，就是地獄該有的樣子！魔鬼還真是聰明機智啊！

25.「天才少女」潘妮洛普・班思。

26.以及她所有愚蠢的想法。「對我們都有好處。」她是這麼說的，但我只聽見「對賽門好」這一部分。克勞利啊……也許她說得沒錯……瞧瞧賽門的樣子，他簡直像在泥地裡打滾的豬一樣開心，像中了「在泥地裡打滾的豬」法術一樣開心。過去六個月來，我「多次」考慮對他施這句法術，我是真的好累，也不曉得該如何——應該說，我沒辦法——沒辦法把他「修好」。

27.大法師。祝他永遠無法安息。

28.潘妮洛普——誰叫她可能說對了。賽門的部分，美國的部分，這輛可惡的敞篷車的部分。

你看看他現在的模樣……

他下了沙發，出了公寓，飛過了大海，來到了陽光下。

賽門・雪諾，在你如此喜悅之時，我光是看著你都會心疼。

在你憂鬱之時，我看著你也會心疼。

我無論在何時都不能安心看著你，你的一切都能將我的心從胸中掏出來，讓我脆弱的心離開這具身軀。

賽門轉頭看我。「怎麼了？」

「沒事。」我說道。

「什麼?!」他喊道。在風聲、引擎聲與經典搖滾的掩蓋下，他完全聽不見我說的話。

「我真他媽恨這輛他媽的車！」我大聲回答，「我快被太陽烤焦了！我隨時可能會著火！」

風吹直了賽門的頭髮，他瞇著眼睛——除了被晒到不得不瞇眼之外，也是因為他笑得無比燦爛。「什麼！」他又對我大喊。

「你好美！」我大聲回應。

他將收音機的音量調低，現在只剩風聲與引擎的噪音。「你剛剛說什麼?!」

「沒什麼！」

「你還好嗎？怎麼一臉病懨懨的！」

「雪諾，我沒事——你專心看路！」

「要我把車頂弄起來嗎?!」

「不用！」

「我把車頂拉起來喔！」他伸向控制桿。

「等一下！」

金屬吱呀一響，我回頭望去——敞篷車頂上升了約六英寸，然後就卡住了。

「我們用手拉它好了！」賽門高喊，「等下停車的時候再拉它！」

車頂徹徹底底卡死了。

賽門跪在後座拉扯車頂，它卻紋風不動。

「應該是不能在汽車行進時把它拉上來。」我說道。

「可是MV裡都這麼演啊——」他改而用力拉扯另一邊，「——〇〇七電影也都是這麼演的。」

我又累又餓又被晒得頭暈目眩，還準備踏入一間滿是潛在捐血者的購物中心。坐敞篷車的唯一好處就是，我在汽車行駛期間聞不太到賽門或潘妮的氣味……

話雖如此，我已經非常熟悉他們的氣味了，也能清清楚楚地回憶起自己在飢渴時嗅到他們的感受。賽門聞起來像是剛爆完爆米花、把奶油加熱到溶化後的廚房，他的味道帶有某種焦味，還有種圓潤、肥美的油黃色氣味，會一直黏在你的上顎。班思的氣味較鮮明也較甜，像是混了糖蜜的醋。有一次她膝蓋擦破皮，害我的鼻竇連續灼痛了好幾個鐘頭。

他們若是知道我幻想過他們的滋味，想必不會太高興，不過我真心相信自己沒把他們吸乾就已經很了不起了。我沒有把「任何人」吸乾，這樣還不夠慈悲嗎？我渴得要命，卻必須等天黑才能狩獵，那現在也只能進購物中心吃晚餐了，在場所有人都能活著見到明天的太陽。

「雪諾，走啦。」我說道，「起司蛋糕正等著你呢。」班思已經在餐廳裡了。我們才剛停好車，她就直接下車進了餐廳。

「我們不能這樣開著車頂吧。」賽門說，「你可以用魔法把它拉起來嗎？」

「那當然，我可是記了十幾種敞篷車維修法術。」

「太好了。」

「我在『開玩笑』好嗎。並不是每一件事都能用法術完成——你在華特福讀書時，沒聽到他們每天重複這句話嗎？」

賽門爬下了車。「是啊，我還真希望自己以前在魔法學校有乖乖聽課——說不定我只要認真讀書，就可以當個『有用』的人了。」我聽見他語音中的怨恨，然而他轉身面對我時卻笑了起來。

「幹嘛。」

他別過了頭，捂著嘴。

「你在笑什麼。」

他垂下頭，卻對我揮了揮手。「你——你的——」

我絕對不會低頭看自己的身體。「雪諾你告訴我，我的什麼？」

「你的頭髮。」

我絕對不會摸自己的頭髮。

「你看起來像那個戴假髮的人——」他做了個彈鋼琴的動作，「登登登、登——」

「貝多芬？」

「我不知道他叫什麼，就是那個戴一大頂假髮的人。之前不是有人拍他的電影嗎？」

「莫札特。你覺得我像莫札特。」

「貝茨你快看，真的很好笑喔。」

我絕對不會看。我轉身走向購物中心，讓雪諾自己跟上來。

我看上去還真的像莫札特。我看上去像是那種長髮金屬樂團的團員。（此外，我還嚴重晒傷了，被晒黑的皮膚呈一種詭異的顏色，但我不想冒險對自己施法，以免晒傷的情形惡化。）我用魔杖指著頭髮，施了句：「打理整齊！」見法術效果不佳，我乾脆將整顆頭湊到水龍頭下。

幸好芝樂坊餐館的男廁沒有別人。

我本來想找一間貨真價實的餐廳用晚餐，愛荷華州迪蒙恩市總該有幾間像樣的餐廳吧？問題是，賽門想去他聽過的餐廳，特別是「有名的美式餐廳」，在他望見芝樂坊招牌的瞬間，我再怎麼爭論都沒有用了。

我走出洗手間時還是頂著八〇年代樂團團員的髮型，只不過現在沒那麼金屬了，倒像是「野性呼喚樂團[7]」或「轟！合唱團[8]」的造型。（我媽在世時酷愛「轟！合唱團」。）

我找到坐在巨大塑膠皮椅雅座的雪諾與班思，只見賽門抱著麵包籃，忙著翻閱一本厚到用螺旋邊條裝訂的菜單。潘妮坐在他對面，我還是頭一次見到她這副比殭屍還要無精打采的模樣。

「這個菜單超厲害的，」賽門說道，「有滿滿一頁的塔可沙拉，還有一般的起司通心麵跟炸起司通心麵，還有各種雞喔——你看，有『橘雞』耶。」

我在他身旁坐下。「『橘雞』是什麼？」

「應該就是它寫的那樣吧。」

服務生來幫我們點餐時，我點了一份『越生越好』的牛排，雪諾點了「美式漢堡」，班思則說要加一份「跟他們一樣的」。

「是要加一份漢堡還是牛排？」女服務生問道。

「潘妮，」賽門說道，「妳不吃牛肉啦。」

「喔。」她說，「那我點……大家平常都點什麼，我也來一份。」

「有很多客人都喜歡我們的水牛炸雞。」服務生說道。

「水牛不也是牛嗎？」賽門問我。

我聳聳肩。我和水牛非常不熟。

「是炸雞。」服務生又說，「炸雞搭配水牛醬。」

7　野性呼喚樂團（Bucks Fizz），八〇年代的當紅英國流行樂團。
8　轟！合唱團（Wham!），八〇年代的當紅英國男子雙人樂團。

「好喔。」潘妮同意道。

「不然她不要沾醬好了……」服務生走遠之後，賽門喃喃自語。

我知道班思目前還在緊張性抑鬱狀態，但我們真的必須討論接下來的計畫了。我需要從前那個愛用黑板、愛畫圖解的班思。「那麼，今晚有什麼打算呢？」我說道，「我們是不是沒有住宿地點？」

我和雪諾等著她回答，她卻盯著麵包籃與賽門肩膀之間的某個位置。

「好喔。」我接著說，「班思，妳把手機給我，我來找飯店……班思？……潘妮洛普。」她抬起頭，「妳的手機呢？」

「它在車上就沒電了。」她說道，「我在車上沒辦法充電。」

「那『你』的手機呢？」賽門問我。

「它在美國不能用。」

「你怎麼沒辦國際漫遊？」

因為我的電信方案是父母辦的，我可不想讓他們知道我要出國，但我也不想將這些告訴賽門。「你呢？你有辦國際漫遊嗎？」我問他。

「沒。我想說你跟潘妮都會辦。」

班思現在默默盯著自己的大腿。

「潘妮洛普？」賽門問道，「妳還好嗎？」

「很顯然不好。」我悄聲說。

「潘妮洛普？」

「我想回家。」她陡然開口說。

賽門愕然地往椅背一靠。「什麼？」

「這全都是個大錯誤。」她顯得比較像平時直來直往的她了，卻多了一種我看不慣的躁狂。「是我之前沒想清楚。對不起。」

「可以直接回去嗎？」我問道，「我們的機票——」

「應該可以用法術把機票改一改吧。」她說。

「不是每一件事都能用魔法完成。」賽門用令人不快的語氣說道。

班思聳聳肩。「那就買新的機票。」

我氣得呼出一口氣。「現在的機票已經是偷來的了！」

班思不願退讓。「那不然『你』幫我們買新的機票啊，貝茨——你不是很有錢嗎？」

平時的她可不會這樣拿我的錢攻擊我。「我還在領父母發的生活費，」我說道，「而且我不能用 Visa 卡，我父母根本連我來了美國都不曉得。」

「那我呢？」她回道，「『我』父母也不知道『我』來了啊。」

賽門一臉受傷。「你們怎麼都沒跟你們爸媽講？」

「因為這個主意太糟糕了啊，賽門——」潘妮說到破音了，「——他們要是知道了，一定不會讓我們來的！」

賽門把手肘撐在桌上，雙手抵著額頭。「我們該不會連晚餐錢都付不起吧？」

「晚餐錢我來出，」我說道，「但是我沒辦法買機票，我們也不可能一直偷錢。年輕人行為失檢是一回事——巫師集會若是知道了，可能還願意原諒我們——不過我們現在可說是踏上了瘋狂犯罪之旅。」

「這才不是瘋狂犯罪之旅！」潘妮反駁道，「我們沒有搶銀行，也沒有殺人放火。」

「是『還沒』！」我回道。

「我只是——」她的下巴開始顫抖，「我是真的以為這次可以成功的。我還以為——」她閉上雙眼，張口深深吸氣，然後咬著嘴唇用鼻子呼出一口氣。過了片刻，我才發覺她是在拚命忍住淚水。「我以為我和他面對面談過以後，情況就會有所改變了。結果情況還『真的』變了，變得好不一樣。」

「妳是說麥卡嗎？」雪諾問道。

「她當然是在說麥卡了。」我說道。

賽門又追問下去。「他是跟妳分手了嗎？」

「呃，不算是。」班思的聲音細若蚊鳴，「根據他的說法，他已經跟我分手了，我只是沒聽進去而已。」

「幹。」賽門輕聲說。我們同時往後靠著雅座椅背，彷彿想遠離這份駭人的消息，彷彿擔心被班思傳染。

我當然知道這個想法糟糕至極，不過我腦中浮現的第一個念頭是：我和賽門暫時逃過了一劫。感情死神彷彿不小心認錯人，誤把潘妮洛普與麥卡帶走了。

15

賽門

潘妮洛普跟麥卡以後會結婚，到時候潘妮就會搬去美國，留我一個人在英國——從華特福的六年級開始，我就做好心理準備了。

潘妮洛普跟麥卡很確定他們以後要一起度過一輩子。

我都沒聽潘妮擔心過麥卡是不是還愛她、對她的愛是不是正確的那種愛，我也從來沒看過她在走廊上對女生朋友哭訴麥卡的事。（潘妮其實沒有女生朋友。她算是有阿嘉莎這個朋友，還有她媽媽，還有我……）潘妮洛普跟麥卡從不吵架，麥卡也從不會忘記他們的交往紀念日是哪一天——老實說，潘妮好像不怎麼關心紀念日這種東西。

潘妮洛普談到麥卡時，總是顯得比較堅強、比較踏實，她不會眨眼，也不會懷疑自己。我都沒聽過她為了無關痛癢的小事情跟麥卡拌嘴，也沒聽過她像其他人那樣說：「你那是什麼意思？」或是：「你怎麼可以用那種語氣對我說話？」我從沒看過她在麥卡說話時翻白眼，或是用那種不耐煩的方式呼吸——那種像在說「我真的受夠你了喔，快閉嘴閉嘴閉嘴」的呼吸。

這麼想來，從四年級過後，我好像就沒看到他們兩個在一起的樣子了。他們四年級的時候也不算是真的相愛，那時候他們還只是小孩子嘛。以前的麥卡完全是個書呆子，整天只想讀書和聊電玩，潘妮洛普馬上就喜歡上他了。這可是前所未有的事情，潘妮當初可沒有馬上就喜歡「我」，倒像是馬上就開始對我管東管西，把我當軟柿子捏。說不定麥卡也是軟柿子，他以前都跟著潘妮在華特福亂晃，整天練習施法、抓寶可夢，還有吃他媽媽從波多黎各買來、大老遠從伊利諾寄到英國的芝麻糖。（其實不難吃喔，很有嚼勁。）

華特福沒有網路，所以在學期間潘妮和麥卡是真的用紙筆寫信聯絡。我記得潘妮洛普常常拿著麥卡寄來的信跑上大草坪——類似的記憶實在太多，後來全部融合在一起了——我記得潘妮每次都穿著褶裙和及膝襪，笑嘻嘻地拿著白色信封。

潘妮洛普跟麥卡本來是要「結婚」的。

而現在……梅林啊，他們現在怎麼了？

我跟貝茨都沒有說話，潘妮卻像在聽我們說話似地連連點頭。

「妳確定——」我開口問。

「非常確定。」她說。

「你們兩個要不要先睡一覺再來討論啊？」

「不行。」

「說不定——」

「就說不行了！賽門！他現在在和別人交往。」

「混蛋。」貝茨嘶聲罵道。

「不是。」潘妮笑了，「他不是混蛋，就只是——」她抬頭看我，「——不愛我而已。」她的肩膀開始發抖，一秒過去後，她哭了起來。「我們的感情好像從頭到尾都是我自己幻想出來的。」

「水牛炸雞？」另一個服務生來到我們餐桌邊，貝茨接過餐盤，男服務生還沒問完我們要番茄醬還是田園沙拉醬，就被貝茨揮手趕走了。克勞利啊，這個漢堡也太美了吧，上面還有薯餅耶！貝茨的牛排幾乎是全生的，看起來有點像草莓果凍。

「哪是妳幻想出來的，」我說，「他不是有寫信給妳嗎？」**我們要開吃嗎？我暗想。還是現在的情況太悲慘了，不能邊吃邊討論？**

「我們就只是筆友而已。」潘妮說。

「你們有用 Skype 啊，我還有聽到他說他愛妳。」

她聽了反而哭得更厲害。「那他顯然是在騙我嘛！」她拿起一塊水牛炸雞，淚流滿面地咬了一大口。**（可以開吃了——萬歲！）**

「他說都是我的錯，」潘妮滿嘴炸雞地說，「說我不是真的想和他談戀愛，只是想交個男朋友，把這件事從清單上劃掉，把時間用來為更重要的事情操心。」

貝茨拿起刀叉，開始小心翼翼地切牛排。

「貝茨頓，你的想法我都看到了，我知道你認同他的說法。」

「班思，我並不認同他的說法。」

「可是？」

「我不認同他，而且我對感情的事一無所知。」

「但我是『真的』把他從清單上劃掉了。」她說，「我還以為我們以後會結婚。」她整個人泣不成聲。

貝茨放下餐具，坐到潘妮那一邊，拉著她放下炸雞。他攬著潘妮。「班思，拜託妳別噎死。妳能想像自己在芝樂坊餐廳暴斃嗎？那多丟人。」

潘妮把臉埋在他肩頭，繼續哭泣。「麥卡說得沒錯。」她抽抽噎噎地說，「我真的把他當成了理所當然的存在。」

「也許是這樣沒錯，」貝茨說，「但這不是劈腿的藉口。他是個懦夫。」

「他說只要是我不想聽的話，他再怎麼說我都聽不進去！」

貝茨對上我的視線，我們同時皺起了臉，因為這句話說得太貼切了。

「我喜歡妳這一點啊。」我安慰她。

「我們都很喜歡。」貝茨說，「若不是妳這麼固執，大法師和凡庸到現在都還會活著，繼續在魔法世界興風作浪。」

「可是你們都不會想跟我交往。」潘妮說。

「我絕對不會想和妳交往的，」貝茨無比認真地回答，「但這不是因為妳冥頑不靈。冥頑不靈的人根本就是我的菜。」

「貝茨，我是大笨蛋！」

貝茨揉著她的背，讓潘妮的眼淚把他的上衣浸溼。我真的好愛他，也好想告訴他，可是我一直沒辦法說出口，現在也絕對不是說這種話的時候。

他突然一臉十萬火急地抬頭看我。「雪諾，快和我換位子，我快忍不住把她吸乾了。」

潘妮洛普坐了起來——我覺得她的動作可以再快一點——貝茨趕緊遠離她的手、她的頭髮與整個雅座。

他甩著頭想讓自己清醒。「我先出去一下。馬上回來。」他臉色慘白，臉頰和鼻子卻有點發黑。貝茨旋身往出口走去，出去的路上還稍微往帶位的服務生那個方向走了幾步，最後才倒退著走出餐廳。

我在潘妮身邊坐下，把自己的餐盤拉過來。「我知道妳不吃牛肉，」我說，「可是這個漢堡真的是美國的味道喔。」

她拿了我的一根薯條。

我攬住她的肩膀。「對不起。」

「你不用說對不起。」她說。

「我總覺得這都是我的錯。」

「是你把那個叫艾琳的女孩子介紹給麥卡的嗎？」

「不是，可是我——」我壓低聲音，實在不好意思說出口。「——我知道妳是為了我才留在英國讀大學的。」

「別傻了。」她說。

「我才不傻。」我注視著她的棕色眼睛。「潘妮，我不傻。」

她直直對上我的視線。「賽門，我要是真的想來美國讀大學，應該就會來了。我可以帶著你一起來啊。」

「真的嗎？」

「也不是。貝茨怎麼可能讓我把你帶走。」她低頭看著自己的餐盤，「無論如何，我之前一直很滿意。對我和麥卡的關係——那種遠距離的關係——很滿意。對之前的我而言，這樣的關係就很夠了。」

16

貝茨

現在仍是大白天，但我實在忍無可忍了——我得找些什麼殺來吃，否則就得找到已經死了的動物……

我繞到購物中心後方，到了幾個大型垃圾桶後面。我完全不曉得西狄蒙市有哪些野生動物，應該多半是老鼠吧……不過我忍了這麼久的飢渴，可能得一次吃一整船的老鼠才夠。

山丘另一頭有幾幢房屋。若不是在別無選擇的情況下，我也不想用這句法術，但我是真的別無選擇了。我蹲了下來，將魔杖舉在地面上方，將體內所有的魔法都傾倒下去。

「貓貓過來！」

我回到雅座時，女服務生正好回來了，她將三塊大得嚇人的起司蛋糕擺到桌上。

賽門坐在潘妮身邊，見到他們兩人，我心中盈滿了暖洋洋的情感。（大概是因為我剛喝了九隻貓，這是無可避免的副作用。）我坐到他們兩個那一側——「過去點。」——拿起叉子。

賽門指向三盤起司蛋糕。「這個蛋糕叫『浮誇』，這個是『終極』，這個是『極端』。」

「才不是，『這個』才是極端。」班思一面說一面吃下一大口蛋糕，「極端是有加奧利奧餅乾的。」

我跟著吃了一口，捂著嘴說：「唔，好好吃。」

「這裡是芝樂坊嘛，」賽門說道，「起司蛋糕當然好吃了。」

晚餐結束後，我們所有人都累壞了。我們本來打算繼續上路，早早離開愛荷華州，然而三人都飽受時差折磨，腹中滿是奶油起司，班思仍像是腦子裡的小燈泡被打碎了的模樣。

最後，我們來到了高速公路附近的一間旅社，這地方十分廉價，但至少房間非常寬敞，還有兩張大床。班思直接癱倒在一張床上，我碰了碰她的腳。「快幫手機充電。」

我和雪諾仍提著行囊。我們是可以同睡另一張床，我們也不是沒有睡過同一張床，睡過了幾次。我們……

和賽門在一起的生活，和我想像中迥然不同。

起初，我還以為自己所有的美夢都成真了，他終於成為我的人了。我可以愛他，可以和他同住——和他散步——可以擁有他。在此之前，我沒和任何人交往過。**「我想當你糟糕的男朋友。」**雪諾如此說過，我也迫不及待地接受了。

也許我該認真聽他說出口的話。

在當男朋友這方面，我們雙方都糟糕至極。

倒是現在「這樣」——尷尬地站在同一個房間裡，雙方都不將想法說出口，被沒說出口的話語悶到窒息——這可是我們的拿手強項，世上沒有任何人贏得了我們。

「我睡沙發。」雪諾和我擦肩而過，將行李丟在一張棕色小沙發旁。「我的翅膀會在半夜張開來。」

我走向另一張床。

三人當中只有我沖澡，不過三人當中也只有我花了半個小時在大型垃圾桶後面和虎斑貓角力。我胸口被抓出一道猙獰的傷口，鼻子到現在還帶有被陽光烤過的焦色。（我以前沒遇過這種事，也不確定晒傷的皮膚能不能痊癒……也許「這」就是讓吸血鬼毀容的方法。）旅館的香皂竟然飄著棉花糖的甜味，還好我自己從家裡帶了盥洗用品。

我走出浴室時，房裡已經熄了燈，我看不出另外兩人是否入睡了。

我在床上躺了一段時間，在黑暗中看著天花板上的電扇旋轉。班思似乎在哭。

我也不怪她。我所擁有的生活遠不如她穩定，但一想到自己可能會失去這少少的安穩，我就痛苦得生不如死。

17

賽門

旅館房間冷死了。

潘妮在哭。

貝茨洗好澡了，他打開浴室門那一瞬間，蒸氣、杉木和佛手柑的香味都湧了出來，我一時間像是回到了華特福的宿舍。想當年，我每天早上都會看到剛沖完澡的他走出浴室，每天都會假裝自己不在乎——不對，那也不算是在假裝，那時候的我只是還不曉得而已。

那時候的我是真心不懂自己的感情。

我以為我恨他。我從早到晚一直想著他，暑假還會想念他。（我以為自己只是太孤單。我以為自己只是餓了。我以為自己只是太無聊。）

踏出浴室時頭髮往後梳的貝茨，對著鏡子繫制服領帶的貝茨——以前我的目光怎麼也離不開他。

我們以前每天晚上都睡在同一間寢室裡，每天早上都在同一間寢室裡醒過來。

上次聽著他的呼吸聲睡著，不知道是多久以前的事了？

如果我今晚默默等著，有沒有機會坐起來看他睡覺的樣子？（沒錯，我以前就是這麼厚顏無恥。）

我們不該變成這樣的——我和貝茨本來應該互相廝殺的。

那之後呢，我們也不該變成這樣的——我們不是該「在一起」嗎？

是我把事情搞砸了（我現在正在把事情搞砸），誰叫我從一開始就壞掉了。是我不想跟他說話，不想要他在我們的公寓留宿，不想要他看我。（不想要他看到我，其實就是不想讓他「看到」我的意思。）

「**你怎麼可以期待我做這種事？**」我在某天晚上說。那天他——我們——

「**我以為你也想要。**」他說。

我是想要沒錯，可是我也「不想要」啊。

「**這樣真的太多了。**」我說。「**你不要給我壓力。**」

「**我沒有在對你施壓，也不會對你施壓。你想要什麼就告訴我。**」

「**我不知道。**」我說。「**我已經變了。**」

「**那是什麼意思？**」

「**我不知道——不要一直給我壓力啦。**」

「**你說的是性愛的部分嗎？**」

「**不是！**」

「好喔。」

「嗯，可能是吧。」

「好喔。賽門，我不知道你要什麼。」

「這樣真的太多了。」

那之後，我就沒再試著解釋自己的感受，他也沒再問我了。我到現在還是不知道答案……

我到底想要什麼？

我這輩子想要過的人就「只有」貝茨一個，我這樣愛過的人也就只有他。

可是每次想到要被他碰，我就好想逃走。每次想到要吻他——

在和別人親吻的時候，就算你閉上了眼睛，也沒辦法把自己藏起來不讓對方發現。

我聽到貝茨下床在黑暗中走動，不知道是不是覺得冷，或是口渴了。突然間，溫暖和杉木香和佛手柑的氣味湧了過來，他親了我的臉頰一下。「晚安，雪諾。」他說。

我聽見他再次爬回床上。

18

阿嘉莎

金潔悄悄溜進我的房間，像是不想吵醒我。

我數個小時前就回到房間了。為什麼呢？因為我沒興趣參加晚間的冷凍治療，也沒興趣到露臺上和其他人合唱。（即使在我們的房間裡，我還是能聽見外頭的歌聲，來來回回就只有《大家都想統治世界[9]》和皇后樂團那首說是想長生不老的歌，這些人是不是只會唱這兩首啊？真是的，怎麼感覺像是在搭我爸爸的車一樣。）

「我還沒睡。」我說道。

「怎麼還不睡！」金潔輕聲說，「明天是很重要的日子耶。」

「明明就是妳這麼晚了還不睡，在別人的豪宅裡瞎搞。」

她咯咯笑了起來，沒有出言反駁。

「明天是什麼重要的日子嗎？」我問道，「妳要升級了嗎？」

「沒有，升級是最後一天晚上的事，他們好像會辦一場儀式。」

「金，『升級』到底是什麼鬼？妳是會拿到別針，還有拿到俱樂部的鑰匙嗎？」

「升級就表示我會變成他們的一員，和他們一起帶領人類『進步』，帶領人類走向光明。」

「金潔，拜託別跟著別人飄進黑暗盡頭的光明。」

9 《大家都想統治世界》（Everybody Wants to Rule the World），英國樂團驚懼之淚（Tears for Fears）的代表作之一。

「阿嘉莎，我沒在開玩笑。他們好像看到我的本質，看見我的靈魂了。」

「我只是……妳告訴我，這到底是什麼意思？他們其他人可是發明了網際網路，不然就是在製藥業工作耶。」

「妳是說我不夠有成就，沒資格升級嗎？」她用受傷的語氣說。我也不能怪她，畢竟我基本上就是這個意思。

「我只是有點擔心而已。」我說道，「妳應該想想看，他們想從妳這裡得到什麼？」

「那我是不是也該想想看，『妳』想從我這裡得到什麼？」

「金潔，我想要妳做的事，妳應該很清楚才對啊。我想和妳一起參加火人祭，我想去妳的公寓，和妳一起看沒營養的電視節目。」

「等我升級以後，我們還是可以做這些啊！」

「那還用說嗎。和我一起看電視絕對是引領人類進步的關鍵步驟。」

金潔用一隻手肘撐起上半身，注視著我。「妳是在嫉妒嗎？是這樣嗎？阿嘉莎，妳明明就知道我很想帶妳一起升級。」

「嗯。」我語調平板地應道。

「而且不只是我，妳今晚還給布雷登留下了很好的印象喔。」

「真是枉費了我的一番努力。」

「我是認真的啦。他說妳有種『獨一無二的能量』。」

「金潔，他想表達的是他喜歡我的金髮。」

「不只是這樣吼，他明天還要邀請妳進他的辦公室耶。」

「我才不要第一次約會就隨便進男人的辦公室。」

「阿嘉莎！」金潔完全坐起身了，「我是很認真的！這可能是妳的大好機會耶，布雷登可是前途無量的人——我告訴妳，他的靈氣是『金色』的喔。」

「妳看得見？」

「我明明就告訴過妳了，我可以感應到別人的氣場……」

「妳不是也說過我有金色的靈氣嗎？」

「妳的比較像是薑汁汽水，有一些氣泡。」

「喔。」我翻身遠離她。

「妳給他一次機會嘛。就算他只是想追妳，人家也是『名人』耶。他跟歐巴馬家去度假過，愛馬仕有一款包包就是用他的名字起名——妳能想像跟這種傳說級別的人物交往是什麼感覺嗎？」

這就是問題所在了。

我不必想像，也說得出那是什麼感覺。

布雷登在擺滿杯子蛋糕的桌子前找到了我。

仔細想想，我早該預料到他會找上門的。

我翹了今天的將新會活動。我本來硬著頭皮去聽關於基改穀物的討論會，卻聽不出講者究竟是支持還是反對基改作物，而且我真的累壞了。自從四年級那年，凡庸派一隻「仇狳」闖進我們宿舍之後，我就再也無法在沒上鎖的房間入睡了。（仇狳根本就不是英國原生種，潘妮對凡庸派入侵種攻擊我們這件事怒不可遏。**「牠現在哪都入侵不了啦。」**賽門一面說，一面將屍體丟了出去。）

「嗨。」布雷登說。他穿著卡其長褲與深藍色西裝外套，看上去有點像學生制服。他確實有點可愛，是那種對稱、乏味、打扮得整整齊齊且手頭非常、非常闊綽的可愛。

「嗨。」我說。

「我就說我們會提供杯子蛋糕吧。」

「那是『我』對『你』說的……」我挑了個粉紅色的杯子蛋糕。

他對我粲然一笑。「阿嘉莎——」

「我可沒把我的名字告訴你……」

「是金潔告訴我的。」他說道，即使被逮個正著也絲毫不以為忤。「我想說今天或許會有機會和妳說說話。」

我試圖在情況惡化之前打斷他：「你聽著。金潔也告訴過『我』，你認為我有某種特殊的能量。我知道這都是你在胡扯，你還是把這招拿去撩別人，饒過我吧。」

布雷登雙眼放光。「這不是撩妹的話術，妳是真的很特別。」

我嗤之以鼻，但還是咬了一口杯子蛋糕。「你們俱樂部所有人都是某個領域的超專業怪咖，我剛才還遇到兩個『去過外太空』的人。是真的外太空喔。你以為我沒發現嗎？這裡大部分的男人都像你，像喬許，女人卻少得可憐，而且大多是我和金潔這樣的人。我可不傻，我知道我們『特別』在哪裡。」

「妳朋友金潔是真的非常特別。」他說道，「妳看不出來嗎？真令人訝異。」

「哪有，我看得出來，我不是——」

「妳知道她看得到靈氣嗎？」

「那比較像是一種感應。」我咕噥道。

「她還替我看了手相，真是太了不起了。她說我的生命線完全沒有斷。」

「這我知道。」莫名其妙，我怎麼會在這邊和他爭論金潔特不特別？這根本就不是我的重點。

「另外，我還是頭一次見到她這樣高程度有機活化的人。」

「我知道啦！」過於激動的話語脫口而出，「金潔是獨一無二的存在，也是我最好的朋友。」

布雷登又笑吟吟地注視著我。「妳說得也對，」他說道，「我們的男生成員確實多了一些，但我們已經在努力改變這一點了。」

「我其實不在乎，我甚至不知道自己為什麼要和你吵這個。」

他踏近一步。我們幾乎身高相當，有些男孩子會很在意，不過他似乎不甚介意。

「那是因為妳不相信我，我是真的在妳身上看見了極為罕見的特質。」他說道，「妳認為我對妳感興趣是因為妳貌美，這也沒錯——我確實對妳感興趣，妳也確實很美。可是阿嘉莎，美麗是非常廉價的東西，不僅廉價，美麗的東西多得很，一點也不特別。對我這種身分地位的人而言，美麗就像是自來水，永遠不會流乾……」

他緊鎖著我的視線。我將手裡的杯子蛋糕吃完，盡量表現出若無其事的模樣，卻越吃越覺得口乾舌燥。

「『妳』呢，則是特別的東西。」他說道。

我用餐巾擦拭雙手。

「能讓我帶妳參觀我們的園區嗎？」

我嘆息一聲。「好啦，隨便你。既然我這麼特別，你想帶我參觀就帶吧。」

「說得沒錯，妳就是這麼特別。」他彬彬有禮地將手肘伸來，邀我搭他的手臂。

19

潘妮洛普

我在空無一人的旅館房間裡醒了過來。已經中午了，有人在外面敲門。

「客房清潔！」一名嬌小的女人用鑰匙開門走了進來。

「等一下！」我說道，「能給我幾分鐘嗎？」

「十分鐘！」她高喊一聲之後關上門走了。

我雙眼都腫到無法完全撐開，昨晚還穿著沾了全北美洲塵土的衣服就睡了，裙子下、耳朵裡都是沙塵。我脫下及膝襪，只見襪子與肌膚的邊界多了一條明顯的沙痕。更要命的是，我的手到現在還沾著水牛炸雞的味道。

我決定洗個快澡。房裡還真的空無一人，貝茨和賽門應該是已經把行李搬上車了。我往窗外望去，野馬跑車還停在停車場，貝茨站在車邊不怎麼低調地對著故障的車頂施咒。賽門坐在汽車前座，可能在玩開車遊戲吧。

好喔，總之先沖個澡，再來決定接下來往哪去……等沖完澡再來決定下半輩子該何去何從。

現在想來，我的狀況也沒發生太大的變化：我本以為自己出去闖蕩時，麥卡會在家等我，其實我現在還是可以出去闖蕩，只是不會有人在家等我罷了。

「理性」想想，事情其實完全沒變。我已經一年沒見麥卡了，若不是這次來美國，誰知道我們何時才會再見面呢？若不是我感覺到我們之間的隔閡，還會堅持要展開這趟瘋狂旅程嗎？

（以廉價旅館而言，這家的淋浴間還真是大得可怕。）

理性想想，「老實」想想，我其實從頭到尾都沒有真心想搬來美國。我不想來這邊讀大學，也無法想像自己在這邊生活——或者說，我無法想像自己居住在英國以外的地方。

那麼，我「究竟」想像了什麼？

我以為麥卡最終會妥協，並且認同我的看法……

這樣的想法錯了嗎？這難道是什麼致命的缺點嗎？賽門從沒說過這句話，貝茨倒是直言不諱：**「班思，妳總是認為自己沒有錯。」**

是又如何？我通常都沒有錯啊，既然如此，我難道不該假定自己每次都是對的嗎？這是平均律嘛。我寧可假設自己每次都對然後偶爾猜錯，也不該成天質疑自己，對所有人說：「那你怎麼看？」

我就是很擅長思考嘛！

麥卡如果乖乖採用我制定的計畫，難道就不會過上好生活嗎？

我媽說什麼我爸都會照做，他還不是過得很幸福？他們兩個都很幸福啊！所有的決策都由我媽負責，而她大部分時候做的都是正確的選擇，在她的領導下，我們全家人都能過著非常有效率的生活。

麥卡原本能和我過上好生活的。我很聰明，我很有趣，外表也「至少」和麥卡在同一個層級。他原本能和我生下聰明絕頂的小孩！在許多方面我的基因都十分優良：我的父母都是天才，我的牙齒也很整齊——

和我在一起，他永遠不會感到「無聊」。

我自己倒是可能對他感到無聊，這我也不是沒考慮過，但我可以忙工作的事啊！我身邊還會有賽門，我是不可能對賽門感到無聊的。

麥卡本該是這條方程式中的穩定因子，本該是我的常數。

他說得沒錯。我以為自己早早解決了交男友的問題，就這麼把清單上的「男朋友」這一項劃掉了。我身邊的人都浪費了好幾年努力愛上別人，我可是完全沒有浪費！我的清單上少了一項煩惱。

現在看來，我似乎浪費了一切。而最慘的部分是——

最慘的部分是……

最慘的部分是。

他不要我。

我一手撐著浴室牆壁，冷冰冰的感覺再次充斥腹部。

不行，這樣不理性。

「客房清潔！」

我走向敞篷車時，兩個男孩子都倚靠車身站著，賽門在吃香蕉，貝茨戴著巨大的墨鏡、身穿漂亮的印花襯衫。（白色、藍色、紫色花朵與肥嘟嘟的大黃蜂。那件上衣應該和我的大學學費差不多貴吧。）他正在用淺藍色絲巾裹住頭髮。

「你不能包那個啦。」賽門笑嘻嘻地說。

「雪諾，閉嘴。」

「那東西到底是哪裡來的啊？你平常都會帶著女生的絲巾到處跑嗎？」

「這是我母親的遺物。」貝茨說道。

「喔。」賽門說，「對不起。等一下——所以你平常都會帶著你母親的絲巾到處跑喔？」

「我出門旅遊時會用它裹著墨鏡。」

「那這也是你母親的墨鏡嗎？」

貝茨翻了個白眼，看見我時表情突然變得柔和。我真的很受不了他這種表情。「班思，早安。」

「嗨，潘妮。」賽門同樣溫和地說，「妳還好嗎？」

「還好。」我回道，「好得不得了。」

貝茨露出疑惑的神情，但他沒有說什麼，而是動手往鼻梁抹防晒乳。

「妳錯過早餐了，」賽門說，「可是沒關係，反正早餐超難吃的。」

「雪諾原本非常期待旅館附的歐式早餐。」貝茨說道。

「它跟我想像中的歐式早餐不一樣，」賽門皺著眉頭說，「沒有法式料理，就只有一些可憐兮兮的麵包跟難喝的茶而已。喔對了，妳還錯過了貝茨吃松鼠的好戲喔。」

「我並沒有吃松鼠。」

「喔抱歉，你是把牠『喝』光以後，把牠小小的身體丟進了水溝。潘妮，妳覺得這邊有任何的魔法生物或是魔法師嗎？怎麼感覺美國的東西都好平凡？」

貝茨轉向我。「妳得幫雪諾施天使法術。我們吃早餐前我幫他藏了翅膀，不過翅膀現在還在，只是看不見而已。」

「呃，」我說，「我們現在要做什麼？」

「什麼意思？」賽門問我，「我們不是要去聖地牙哥坐飛機嗎？那就繼續前進啊。」

「是沒錯，可是——」我不想繼續前進了，只想待在原地不動。「阿嘉莎不知道我們會去，她見了我們可能不會太高興。我不該瞞著麥卡的，早知道就不要給他什麼驚喜了……」

「不會那麼慘啦，」賽門說，「阿嘉莎又不打算甩了我們。」

貝茨用手肘撞他一下，一臉「你別對她提這件事」。你以為我會忘記自己昨天被甩了嗎？

「我是說，」賽門苦惱地說，「我們都來了，就乾脆在這個國家好好玩個夠吧，去看看山啊、海啊，說不定還可以去大峽谷，還有那個上面有幾張臉的岩石。」

我只感到不知所措。當初拉他們加入美國之旅計畫時，我根本就沒想清楚，現在也依然沒想清楚。「貝茨，『你』覺得呢？」

貝茨正在往雙手塗防晒乳，裹著絲巾的樣子和我奶奶有幾分相像。他看向賽門。「是啊，」他說道，「既然來了，乾脆就完成此次的公路之旅吧。」

20

賽門

愛荷華州好美喔，到處都是和緩的綠色丘陵和玉米田，和英國有點像，只不過人比較少。

貝茨

愛荷華州和伊利諾州長得一模一樣，沒事幹什麼把它們分成兩州？它就只是一片一望無際的高速公路與養豬場罷了。（好吧，這就是兩州之間的區別：和伊利諾州相比，愛荷華的空氣中豬屎味較濃。）

太陽毫不留情。

收音機震耳欲聾。

我從早上就沒喝到茶。連一滴都沒喝到。

而且我下定了決心不讓鼻子被太陽烤熟，只能像防晒乳成癮般一直補防晒。

而且，我的魔法似乎出了點問題。我對車頂施了幾句法術，將全身的法力都傾注進「整整齊齊」這一句——結果車頂根本沒有要被修好的意思。我的魔杖竟然噴出了『火花』。

賽門

今天貝茨指導我開進車流，然後讓我開上高速公路。我感覺自己真的在開車了，現在只差沒有墨鏡。嗯，Wayfarers 墨鏡還滿適合的。

貝茨那雙墨鏡和整顆腦袋一樣大，而且他還包著絲巾，理論上應該看起來像瘋婆子才對，結果卻有那麼一點時尚，簡直像男版瑪莉蓮．夢露……

我的腦子卡在「男版瑪莉蓮．夢露」這個想法，停了好一陣子。

然後收音機又開始放我最愛的歌了。

貝茨

懷舊金曲顯然不夠多，我們在離開芝加哥後分明沒有轉臺，這首歌卻已經聽第四次了。怎麼會有人騎著無名的馬兒走在沙漠裡？你這一路上都不幫那匹該死的馬取個名字嗎？

雪諾想將音響的音量調高，但高齡六十歲的音量旋鈕已經轉到底了。

我從口袋抽出魔杖，指著收音機。「靜悄悄！」

完全沒反應！

賽門

「在沙漠裡，你可以記住自己的名字，不會有人帶給你痛苦……」

貝茨

「『歡迎來到內布拉斯加州……好生活』──不知道這句是不是咒語……」

這是我們離開迪蒙恩市後班思首度發言。她之前一直用手臂遮著臉躺在後座，令我好生羨慕。

我們飛馳經過那塊路牌，進入這兩個小時內看到的第一座城市。美國人也是很識時務，大部分的人顯然都發現這塊地區不能住人，選擇到別處落地生根了。

「我餓了！」潘妮喊道。雪諾沒聽到，她擠到我和雪諾之間，將收音機音量調小。

「嗨！」雪諾笑嘻嘻地對她說，「妳醒了！會餓嗎?!我超餓的！」

潘妮掛在我們兩個中間，對他豎起拇指。

「繫好安全帶！」我對她高喊。她竟然死不要臉地讓整個臀部離座，故意扭屁股給我看。我用魔杖指著她，語帶魔法地重複一次——「繫好安全帶，安靜坐穩！」這是怎麼回事，為什麼還是沒反應！這句咒語本該讓她坐下、閉嘴，還會幫她繫好安全帶的——為什麼沒反應！

大人都叫你別用魔杖指著自己的臉，但我還是將它舉到面前比劃幾次。它是不是出了什麼問題？

「內布拉斯加人都吃什麼啊?!」雪諾問道。

「他們的夢想！」我對他喊道。

「喂，你們看那個——」他指向路邊一塊看板，全中美地區都是用看板糊成的。脫衣舞！全麥麵包！冰啤酒！

至於這塊看板呢，上頭寫的是：奧瑪哈文藝復興節&園遊會！復興起來啦。

「不不不不不。」我說道。

「是這個週末耶！」雪諾高呼，「我們運氣也太好了吧?!」

「好得要命。」我回道。

「潘妮洛普?!」他對著後照鏡裡的班思喊道。她應該什麼都沒聽見。「要不要去?!是園遊會耶！」

她又豎起了拇指。

我們循著一面面看板開往文藝復興節會場，最後來到一片停了數百輛汽車的長形碎石地，野馬跑車一開上去便激起了大片大片的塵土（塵土全落在了我們身上）。雪諾找了個車位，將車子停妥之後露出自得意滿的表情。「等我們回家以後，我也要買車。」他說道。

「你要把車停哪裡？」

「你幫我用魔法弄個停車位就好了。」

他平時不是這樣說話的——他不會談到魔法，或是我們，或是未來。我忍不住對他露出笑容。我深深痛恨這趟公路之旅的一切，但如果能讓賽門走出內心的陰影，那要我一路開去夏威夷也行。

班思從車上爬了出來，她似乎忘了怎麼開關車門。我解開絲巾，甩了甩頭髮，將後照鏡轉過來檢查髮型。絲巾果然效果非凡。

我的視線從鏡子上移開，就看見賽門站在車邊微微歪著頭看我，舌尖稍微從唇角探了出來。

我狐疑地皺起眉頭，然後才緩緩地揚起左眉。也許內布拉斯加州還真的是個過好生活的所在……

他抬起下巴——「走吧，園遊會耶！」——開始倒退行走。

我匆匆下車，跟了上去。「等等——班思！」

潘妮轉回來看我。

「妳施咒用雨傘遮住車子吧，免得等等下雨。我的魔杖有點毛病。」

她走了回來。「什麼意思？」

「意思就是我從一早就在到處施咒，卻全都沒有效果。」

「你確定是魔杖的問題嗎？」她伸出手，「借我看看。」

我交出魔杖。「妳該不會想說是『我』有毛病吧？」

「也不是不可能。」她嗅了嗅魔杖，「我用用看喔？」

我聳了聳肩。你不見得要用自己的魔杖，但別人的魔杖用起來可能效果較差。班思摘下自己的魔法器具——她的是一枚浮誇的紫色戒指——交給了我，接著用我的魔杖指著地面低聲說：「光天化日！」光線從魔杖射了出來，只是有些微弱而已。

「可惡。」我邊說邊取回魔杖，接著轉頭四下張望。有幾個凡人從旁經過，不知為何打扮成了妖精的模樣。（我說的不是真正的妖精，妖精穿的可是蜘蛛網；這些人是打扮成凡人奇幻故事裡的妖精，臉上黏了亮片，背上裝著戲服店買來的廉價假翅膀。）等他們經過以後，我指向地上的空寶特瓶。「鮮奶一杯半！」這是連小孩子都會的小法術，寶特瓶理應瞬間裝滿牛奶才對——怎麼還是沒反應！

班思咯咯笑了起來，她昨晚哭了一整夜、嚴重睡眠不足，現在笑起來的模樣實在恐怖。

「笑什麼？」我不悅地問。我真的受夠了在外國被這兩個傢伙嘲笑。

「貝茨頓，你今天還施了哪幾句咒語？」

「我哪知道——『整整齊齊』、『靜悄悄』、『絕讚蛋糕』之類的吧。」

她笑得更厲害了。雪諾皺起眉頭瞅著她，似乎也不懂她在笑什麼。

「貝茨，」班思說道，「那些是我們英國人的慣用語——在這邊是沒有用的。」

喔。克勞利的。有道理。

「等一下，」賽門說道，「為什麼不能用？」

「因為使用這些慣用語的美國凡人太少了，」我回答道，「畢竟為詞句賦予魔法的其實是凡人——」

賽門翻了個白眼，開始背誦波西貝夫老師從前教過我們的話：「『人們以特定且固定的組合書寫或說出語句……』好啦，我知道了。所以你的魔法沒問題囉？」

「對。」我收起魔杖，只覺得自己傻到了家。「是我的語法出了問題。走吧。」

我們走向園遊會入口時，一名身穿中世紀農民服裝的男子站起身來，搖了搖鈴鐺，賽門的翅膀猛地從背後爆了出來、完全撐開，全世界都能看見那對皮革觸感的紅翅膀。

賽門全身一僵，班思舉起戴著戒指的手準備施咒，然而前方排隊的人們絲毫不以為意——甚至有幾個人開始鼓掌。

「好棒的服裝喔。」一名青少女踏上前仔細欣賞那雙翅膀，「這是你自己做的嗎？」

「是？」賽門回道。

「酷喔——它們會動嗎？」

他有些猶豫地將翅膀往後折。

「哇！」少女說道，「我都聽不到馬達聲耶，你是用繩子控制的嗎？」

「天機不可洩露。」我說道。（這句也是咒語，但天曉得在美國能不能用。）

潘妮拉著賽門的手肘，硬將他拖到隊伍尾端。

「這是什麼地方？」我喃喃自語。排在我們前方的人打扮成了維京人，我還看見神燈精靈、海盜與三個打扮成迪士尼公主的女人。「這些奇裝異服是怎麼回事？」

「角色扮演折五元喔。」售票員對賽門說道，「你也是。」她轉頭對我說。

我低頭看著自己的打扮。「這件上衣可是很貴的。」

「走啦。」賽門拉著我的手，哈哈大笑著說。他轉向我，拉著我進入會場——在那一瞬間，一切都顯得近乎魔幻。賽門撐開了翅膀，他身後掛著一排燈籠，空氣中飄著燻肉的香味，附近某處還有人在彈德西馬琴。（我阿姨也會彈德西馬琴，這是我們家族所有女性的必修技能。）

然後賽門晃到我身旁，我終於將整個園遊會場收入眼底。

「這他媽是什麼鬼？」我說道。

班思與雪諾也同樣看得目瞪口呆。

園遊會乍看下宛如小村莊，到處都是草草搭建的小屋與手繪掛牌。在場幾乎所有人都打扮得像……克勞利啊，我也不曉得怎麼形容，也許算是《聖杯傳奇》、《公主新娘》與《彼得潘》的大雜燴吧……

不僅如此，在場所有女人都穿著爆乳內衣與超低胸洋裝，無論是少女或婦女都穿著緊得誇張的馬甲，胸部從領口擠了出來。我這輩子還是頭一次見到這麼多胸部的這麼多部分——老天，我們還在會場入口附近呢。

「不得了耶。」賽門說道。

一個幾乎沒穿上衣的女人對上他的視線，旋身轉向他。「閣下，日安啊。」

我揮手趕她走。「好了好了，走啦。」

「來日再會！」女人對賽門高喊道。

「他們的主題到底是什麼啊？」班思雙手叉腰，顯然在努力思索。

「文藝復興？」賽門提出。

「那是伽利略和達文西的時代，」她說道，「才沒有……」

佛羅多．巴金斯搖搖擺擺地從旁經過。

「你們看！」賽門說道，「火雞腿耶！」

我本以為他是看見了打扮成火雞腿的人，轉頭才發現是一間小屋，窗前掛著火雞腿形狀的大招牌：「煙燻家禽」。

我和班思跟著賽門走向小屋。「好怪喔，」賽門笑吟吟地說，「都沒有人看我耶。」

兩個小孩子愣然停下腳步盯著他，孩子的母親舉起手機拍了張照。

「全世界都在看你。」我說道。

「是沒錯，可是他們都沒在大驚小怪，大家都以為這是我的角色服裝。」他將翅膀撐到最開，排隊買火雞腿的所有人都「喔喔喔」了起來，有更多人拿出手機對著他。

班思捂住雙眼。「我媽會宰了我。」

櫃檯後面又是個上身波濤洶湧的女人。「閣下幸會，這真是美好的午後呢。汝有何吩咐啊？」

「呃，嗯。」賽門說，「來一份火雞腿跟……」他看向菜單，「……一大杯麥芽酒。」

「少爺，汝有個人證明嗎？」

「個人證明？」

班思也加入了對話。「妳是指護照嗎？」

侍女向前傾身，胸部幾乎掉進了賽門懷裡。「幾位少爺小姐似乎年紀尚輕呢。」「克勞利的，雪諾，」我說道，「她說話的方式怎麼和厄本一模一樣。」

「我二十歲，」賽門對她說，「可以喝酒了。」

「小女子十分欣賞公子的口音與勇氣，但還是得遵守國王的律法。汝不若改為品嘗一杯可口可樂可好？」

「好喔……」賽門說。

「我是說真的，」女人壓低聲音說道，「你們的英國腔裝得超棒的。」

我們拿到食物後離開小屋，結果直接被遊行的人龍捲走了。「諸位聽真！」一個身穿鎖子甲的男人高呼道，「為女王陛下讓路！」我正要頷首致意，班思也準備行屈膝禮（雖然很荒唐，但我們就是這種人），這時一匹馬馱著裝扮成伊莉莎白一世的女人從旁走過。

「借過啦，小伙子。」一名打扮成福爾摩斯的女人推開我們走過。

班思揮著火雞腿示意這整個荒謬至極的場面。「這東西的主題該不會是『英國』吧？」她氣鼓鼓地問道，「主題是英國的怪東西嗎？」

「倘若真的是英國怪東西，那班思妳的服裝還真是無人能敵。」

「可是這裡還有維京人耶，」賽門說道，「還有穿毛茸茸動物裝的人耶。」

「還有頂著一雙龍翅膀到處走的小鮮肉。」我補充道，惹得他再次露出罕見的微笑。

「那邊的店鋪在賣魔杖耶！」潘妮說道，「他們根本就是在針對『我們』！」

「他們只是玩玩而已嘛。」賽門說道，「我們去找桌子吧。」

「這位少爺所言甚是。」我說道，「汝當真是位英俊聰慧的人物。」

「你是怎麼做到的？」賽門問道，「你有開關嗎？」

「我不過是假裝自己在演莎劇罷了。我的男孩啊，應戰吧！」

「我不是你的男孩吼。」他笑著說，但還真的應戰了。

「『他已然消失，』」我哀嘆道，「『我飽受折磨，除怨恨他之外別無選擇。』」

「《奧賽羅》啊。」班思說道，「很不錯喔，貝茨頓。」

我揮著火雞腿，華麗麗地一鞠躬。

「你玩得很開心吼。」賽門指控道。

「呸！」

21

賽門

文藝復興節超棒的。

我吃了火雞腿，喝了一大杯黏答答的可樂，然後還吃了某種叫「漏斗糕」的東西（基本上就是撒了糖粉的炸麵團），我幫它打滿分。賣漏斗糕的女人還免費幫我淋上巧克力醬。「天使吃的東西當然得是升級版。」她說。

這邊所有人都好友善喔，不知道是內布拉斯加州的特色還是他們的中世紀英國人設。

潘妮洛普對大家學得很糟糕的英國腔很有意見（還有很糟糕的蘇格蘭腔跟愛爾蘭腔，我還聽到一些人講話像在學很詭異的澳洲腔），貝茨卻完全融入這個文藝復興節了，如魚得水地在那邊學他們文謅謅說話。

是我求貝茨跟潘妮在園遊會多逛一下的。「就算是公路旅行也不能一路上都待在車上啊。」我說，「我們應該要出來到處看看，認識一些怪人嘛——蓮花食者啊、海妖之類的。」

「那又不是公路旅行，」貝茨說，「那是《奧德賽》。雪諾，你什麼時候看《奧德賽》了？」

「是大法師叫我看的——他好像想讓我受到一些潛移默化的影響——還有，那明明就是公路旅行！」

貝茨對著我笑，我好久沒看到他露出這樣的笑容了——他幾乎從來不在公共場合這樣笑，笑得輕鬆自在。「你說得對呢，雪諾，不如把你綁在船桅吧。」

他的上衣印了一整片花田的花。不必每天穿學校制服以後，我就不知道要怎麼穿衣服了，可是貝茨顯然是期待了很久，我幾乎沒看過他用同樣的穿搭方式重複穿同一件衣服。

他越來越能展現出自己的個性了。至於我呢，我越來越頹廢了。

但是今天不一樣，今天的我根本是別人，今天的我就只是個背上裝了紅色假翅膀的傢伙。

這條通道上有一家店在賣水晶和魔法物品，潘妮想過去看看，確認他們沒有不小心賣到什麼真正的魔法物品。通道對面有一家賣劍的小攤位——這裡有好多人賣劍喔！

貝茨跟著我走進賣劍的帳篷（招牌寫著「長與闊」）。「雪諾，你不能每一把劍都拿起來玩。」

「我聽不到聽不到。」我邊說邊拿起一把重量分配得很差的軍刀。

「嗚呼，閣下啊，吾生命之光——汝莫能試使王國境內所有刀劍。」

我聽了哈哈大笑，他也笑了起來。我把軍刀拋給他，他接住了。

「我完全不懂劍的用法。」他說。

「太可惜啦。」我說，「不然我們就可以對練了。」我回頭看展示架，「應該說，要不是我沒有劍，我們就可以對練了。」我現在應該不算是有自己的佩劍。以前法師之劍都會掛在我腰間，讓我任意召喚使用，可是我現在沒辦法召喚它了，我沒辦法念法師之劍的召喚咒——不對，念是念得出來，但不會有效果。

貝茨幫我試過一次，一隻手舉在我左腰旁邊念出召喚咒：「**為正義，為勇氣，為守護弱小，為面對強者。以魔法與智慧與善良之名。**」

劍沒有出現。

「可能只有大法師的繼承人能用這句咒語吧。」他對我說。

「現在沒有大法師的繼承人了。」我對他說。

貝茨拿了另一把劍拋給我，我趕緊接住。劍比我想像中輕，是保麗龍做的，他自己也握著一把同款的劍。「這比較符合我的風格。」他說。

「這個是大師之劍。」我說。

「那不就是為我量身打造的嗎？」

「《薩爾達傳說》的梗啦。」

貝茨還是沒聽懂，他不怎麼喜歡打電動。他舉起寶麗龍劍。「粗鄙之人啊，準備接招！等著受死吧，無賴！」

我用我的劍碰了他的劍一下，他試著把我擋開。他技術超差的。

除了劍術以外，我還真的想不到貝茨有什麼不擅長的事。來到這個地方，連他也變得和平常的自己不一樣了。

「汝等弄壞了就要買！」一個男人對我們大喊。

我們不理他，兩把劍撞來撞去，腳步往店外面的通道移去。我對貝茨放水了，就只有用劍把他拍回去而已。他試著擺出凶狠的表情，卻一直笑場。

他只有一次突破我的防禦，一劍拍在我腿上。「雪諾，你退步了！就憑你這種技術也能擊退小淘氣鬼大軍？」

「你比小淘氣鬼更讓我分心嘛。」我說，「你的頭髮比較閃亮。」

「『你的唇齒訴說著巫法。』」貝茨說。

「這也是莎士比亞寫的嗎？」

「是啊，抱歉了，我知道你偏愛荷馬。」

他揮劍逼我退到一根木樁前面，是我讓他的。我把保麗龍劍舉到胸前，他和我兩劍相抵。

「將、軍。」他說。

「全錯了好嗎。」我說。

「我贏了。」

「明明就是我讓你贏的。」

「那還是我贏啊，雪諾，這甚至可能是更具決定性的一場勝利呢。」

貝茨那雙灰眼睛閃閃發亮，身上都是防晒乳的香味。我在努力思考要怎麼回嗆。我在努力想，是不是可以親他？今天，和平常不一樣的我，可以親和平常不一樣的他嗎？這在內布拉斯加州是合法的嗎？我們會不會被趕出園遊會？

貝茨突然嘶聲吐出一口氣，一副聞到鮮血的樣子轉過頭和身體。

我跟著轉過去看。「怎麼……」

他直勾勾地盯著一群朝我們走來的人——他們有六七個人打扮成吸血鬼，還有幾個是隨處可見的巨乳馬甲女。（我到現在都不確定自己還喜不喜歡女生，也不確定自己到底有沒有喜歡過女生。還是說，我根本就不是什麼異性戀同性戀，就只是「貝茨戀」而已。這地方有不少胸部可以看，總之我是看得挺開心的。）

「好啦，」我盡量不讓他把注意力放在那幾個假吸血鬼身上，「我知道這個是潘妮說的『盜用』——可是你不要那麼生氣嘛。」

吸血鬼們大搖大擺地走近，貝茨看得齜牙咧嘴。那群人穿著各式各樣的吸血鬼裝，兩個人披了披風，還有一個是打扮得像虎克船長的女生。他們每個人的服裝都噴滿了假血，只可惜大家都戴了鏡面墨鏡，感覺有點不倫不類。

不知道他們有什麼魅力，巨乳馬甲女們都被迷得神魂顛倒了。我看到一個吸血鬼懷裡抱著一個女生，女生的腿纏著他的腰，他這樣還能走路也是很厲害，也太強壯了吧。貝茨轉頭不去看他們，這時候離我們最近的男生把墨鏡往下拉，看了看我。他的皮膚和灰燼一樣蒼白，臉頰看上去有點太飽滿了。他對我拋了個媚眼。

我全身一抖。「貝茨。」

「我知道。」貝茨的尖牙伸出來了，他又轉回去盯著那群人。

「他們是——」

「賽門，我知道。」

「潘妮去哪裡了？」

「等我們這邊結束了再去找她。」

「結束什麼？」

他果斷地吸一口氣。「斬殺吸血鬼。」

「我們又不能隨便殺他們。」我說。（至少我自己不行。我現在已經不是那種會隨便找怪物戰鬥的人了。）

「當然該死的可以了，先發制人就行。」

「可是他們沒做壞事啊！」（你看看我，現在居然會努力去看人家吸血鬼好的一面。）

「是『還沒』做壞事，雪諾。我們繼續在這邊爭論，那幾個浪女就會被他們當啤酒喝乾了。」

「那我們去找潘妮洛普比較好吧。」我說，「他們人比較多耶。」

「占數量優勢的是我們，我們有兩個魔法師，他們一個都沒有。」

「所以說——我們應該去找潘妮洛普啦。」

「他們去哪了？」

我東張西望，吸血鬼還真的消失了。

「可惡。」貝茨已經循著他們的氣味追了上去。

「貝茨——」

「賽門，那幾個女孩子會被他們弄死！」

「不會馬上就死啊，現在是大白天耶。」

「你以為吸血鬼會有行事準則嗎？」

賣劍的攤販對貝茨大喊：「喂！回來啊！汝還未結帳！」

「我們馬上回來。」我邊說邊把手裡的大師之劍放到桌上，然後隨手抓起一把闊劍。「真的是馬上喔！」

我追上貝茨，看到他躲到兩棟棚屋之間。「看到他們了嗎？」

「聞到了。」他小聲說，「安靜。」

這一區的攤販都設在一排大樹旁邊，小屋和帳棚後面都沒有人在做生意，有種到了後臺的感覺。

我聽到咯咯笑聲，過了一秒鐘才看到藏在幾棵樹後面的他們：那幾個女人被吸血鬼包圍了，他們好像都在……熱吻。

「天啊，你們也太變態了吧。」

「他們才不是我的同類。」貝茨說，「安靜點，吸血鬼聽力很好。」

「他們還是沒做壞事啊，我們總不能看到他們跟女生亂搞就殺了他們吧。」

這時候，其中一個女人尖叫了起來，而且不是那種「我要死了」的叫法，而是那種「亂搞」的叫法。另一個女人也加入尖叫的行列。

貝茨咆哮一聲——與此同時，潘妮大聲喊道：「燃燒吧，火鳥！」

一隻吸血鬼的腿突然燒了起來，他試圖把火踩熄，結果……嗯，吸血鬼果然是易燃物。另外六隻吸血鬼嚇得往後跳，然後不約而同地往潘妮衝去，我跟貝茨也朝他們衝了過去。

吸血鬼的動作快得不可思議，貝茨也很快，我追著他們跑了一分鐘以後才想到自己會飛。我拍拍翅膀飛到帳棚上方，到處找潘妮。吸血鬼們追著她在人群裡橫衝直撞，她舉著戴戒指的手，卻沒機會瞄準他們。

我在潘妮附近降落，大家紛紛鼓掌讓位給我——結果才剛空出空間，吸血鬼也都跑過來了。潘妮瞄準他們，「人頭落地！」她對其中一個吸血鬼大叫，法術就這麼生效了。（潘妮洛普從來不放水的。）吸血鬼的腦袋整個往後一滾，身體往前倒——他那幾個朋友火冒三丈地朝我們撲了過來。

我往其中一隻吸血鬼衝去，同時舉劍一揮。嗯，不愧是粗製濫造的劍，整個被那傢伙的肩膀撞彎了。

我快步後退，直接退進一家賣劍的小攤位。（真的不是我運氣好，園遊會有一半的攤販都在賣這種武器。）我抓起一把大砍刀就往吸血鬼揮去，刀身敲在吸血鬼身上，接著就和刀柄分家了。

這隻吸血鬼留了一頭蓬亂的金髮，身上穿著巧古拉麥片男爵[10]的高領披風。我又抓起一把

10 原文為 Count Chocula，是美國早餐穀物經典品牌「怪物麥片（Monster Cereals）」的巧克力口味，包裝盒上的代表人物是名為「巧古拉」的吸血鬼男爵。

劍稍微架開他，然後他就抓著劍身把整支劍從我手裡扯出去了。我用尾巴勾住他的腿，拉得他摔倒在地——然後趁機用左手抓起一把短彎刀，右手抄起一把戰斧。

吸血鬼馬上就重新跳起來。我往後退到會場主幹道上，附近的人群全都站到了泥土路兩邊，像在看遊行表演一樣。我沒看到潘妮，她的魔法應該沒有多到能再砍一顆頭了。我告訴自己：潘妮很聰明，還有貝茨，他一個人就能打三個變態吸血鬼，不會有問題的……吧？

吸血鬼朝我撲過來——我把彎刀重重砸在他胸口，刀就像火柴棒一樣斷成兩截，吸血鬼順勢抓住我的手。不太妙啊，他這樣可以咬我，甚至是把我整個人掰成兩半。我要是還有魔法，現在就會絞盡腦汁思考要用什麼法術對付吸血鬼，然後怎麼也想不出來。（我以前如果真的精通魔法，現在沒了魔法一定會超痛苦的。）

我試著往天上飛，想要遠離吸血鬼，可是他緊抓著我不放。我右手還握著戰斧，於是我最後拚了老命往他身上砍去——

斧頭砍在他脖子上，然後從斧柄上掉了下來。

22

貝茨

潘妮洛普．班思斬了一隻吸血鬼，然後又燒了兩隻，簡直可以當我母親的傳人了。

賽門在哪裡？

我不停找尋制伏這群吸血鬼的方法。（制伏他們有什麼用？制伏了以後要交給誰？給官方嗎？美國有魔法公務機關嗎？）

雪諾，你到底去哪了？

他不在班思身邊，班思還在和一隻吸血鬼戰鬥。

我一次壓制住兩隻吸血鬼，一個是身穿聚酯纖維披風的男人，另一個是女人，打扮成湯姆．克魯斯飾演的黎斯特。（我當然讀過安．萊絲的作品了，十五歲的我可是個深櫃吸血鬼，父母甚至會假裝沒注意到家裡養的狗離奇失蹤。）

在戰鬥的同時，我也在尋找賽門的蹤影。一般在戰鬥中，他可是不容忽視的存在。

我對吸血鬼施的法術都沒造成太多傷害，「抽筋剝皮」似乎只達到了惹怒他們的效果。我試了句「滾蛋！」，他們理應被我往後推個幾英尺，給我一些思考的時間才對，結果他們紋風不動，法術「完全」無效，一定是太英式了。可惡，早知道就在電視上重播《六人行》時多看幾次了。

「閃邊！」我徒勞無功地喊著，同時閃到一棵樹後。「走人！滾開！」無效，無效，全部都無效。（我也很想試試「幹他媽滾」，不過髒話的魔法效果往往難以預料，完全取決於觀眾的組成。）

「閃人！」人叢中某人對我高呼道——那是個戴著老奶奶眼鏡的黑人青年。我跳到了樹上，穿斗篷的吸血鬼正在撕扯我下方的樹枝。「閃人！」人群中的青年再次高喊。

我用魔杖指著吸血鬼。「閃人！」

成功了，吸血鬼觸電似地向後跳。

我對黎斯特．德．萊昂柯特施下相同的法術：「請閃人！」「請」字並沒有加強法術的效力，但對方還是受到了影響，後退一步。

我從樹上跳下。我到底該怎麼辦……**（賽門到底去哪了？）**

為何手下留情？面對這幾個冷血無情的殺人犯——「無」血無情的殺人犯——我為什麼只施了小孩子打鬧用的法術？

最初發現他們的身分時，我告訴自己：你非得行動不可。不能袖手旁觀。殺害我母親的犯人雖然死了，這份血海深仇卻仍然存在，我阿姨現在就是在獵殺吸血鬼，讓他們一隻一隻為我母親之死付出代價。

我們「親眼目睹」了這些吸血鬼攻擊女孩子，倘若今天放跑他們，往後只會有更多人遇害。**這就是吸血鬼的本性。**

沒必要保持低調了。

他們已經把我們追趕到了人群之中，我們都將在網路上一炮而紅，即使大法師復生也不可能挽回局面了。

我也沒必要對他們仁慈——潘妮做的是正確的選擇，畢竟我們無法將吸血鬼關進大牢，也不可能放他們逍遙法外，我也沒機會勸他們改吸老鼠血。**「各位聽過小型哺乳動物的福音嗎？」**

我不能僅僅壓制這兩隻吸血鬼，一直和他們保持距離、用法術代替肢體攻擊。（我無法在肉搏戰中一次打兩個。）問題是，黎斯特的目光鎖定了我的象牙魔杖——她一旦欺近我，就會來搶奪魔杖。

我聽見熟悉的一聲吶喊，旋身望去。

他就在廣場另一頭，像印第安納瓊斯與羅賓漢的私生孫子般大搖大擺走出劍舖。

找到你了，賽門．雪諾。

他雙手各握著一把武器，一隻金髮吸血鬼緊追在身後。

戰鬥中的賽門美得驚心動魄，片刻也不停下動作。你沒機會看到他為下一招鋪墊，他這個人從不做計畫，而是讓身體行雲流水般「行動」。

然而，他已經沒有退路了。他的劍斷成了兩截，另一隻手裡的斧頭劈向吸血鬼——結果被吸血鬼堅硬的頸子撞斷了。**克勞利的，**不行啊。現在的賽門沒有魔法，敵不過吸血鬼了。

「雪諾！」我呼喚道，完全忘了我的兩名對手——

而就在此時，賽門舉起戰斧的斷柄，一把插進了吸血鬼的心臟。

賽門

我聽到貝茨喊我的名字，抬頭就看到兩隻吸血鬼分別抓住他的兩隻手臂。

被我用斧柄刺穿的吸血鬼已經開始乾枯了，彷彿原本就只有他心臟裡的魔法在支撐身體。

我把斧柄拔出來，他就這麼倒在地上，變成一堆人形的血液、靴子和灰燼。

我已經飛到空中全速往貝茨那邊飛去了。兩隻吸血鬼把他推倒在地上——幹！他的魔杖被搶走了！

我用斧柄猛敲女吸血鬼的背，這個角度不方便刺她心臟。她轉過來對我亂揮貝茨的象牙魔杖，可能是以為法術會從裡頭飛出來。

貝茨趁我讓吸血鬼分心時爬起來，一拳往旁邊的男吸血鬼身上招呼，可是動作亂七八糟。貝茨明明身體跟鋼鐵一樣堅固，卻從來沒學過用身體戰鬥的方法，但還好和他對戰的吸血鬼也空有一身巨力，沒什麼戰鬥技巧，他們兩個像笨拙的蒸汽機般你一拳、我一拳亂打。

我用尾巴勾女吸血鬼的腿，可是這次沒有效。她穩穩站在地上，還用力把腿往後一扯，扯得我整個人摔進她懷裡。她舉著魔杖往我的臉猛戳——看來她已經放棄施咒了，只想用魔杖刺死我——我用翅膀裹著她全身，我們兩個距離近到她沒辦法動彈。

啊，我忘記她有尖牙了。她大大張開嘴巴。

我大力撐開翅膀，把她甩得老遠。

我趁這個空檔一拳打在貝茨對手的下顎。（他被打了也幾乎沒反應——吸血鬼根本就是金剛不壞之身——不過我打了他一拳還是很爽。）

女吸血鬼比我想像中更快撲回來，我一回神就發現她趴在我背上，早知道就不要背對她了。我用力拍翅膀，她卻死命抓著我不放。

「賽門！」貝茨大喊，我很想叫他不要分心。

我用腦袋往後撞她，盡量不讓她用尖牙攻擊我。我的翅膀還在拍個不停，雙腳離開地面幾英尺了，但還是沒辦法飛上天。

貝茨踉蹌地退離對手，接著挺胸站直，雙手都在腰間握成了拳頭，眼睛陷入深深的陰影。

哇，好好看的死法喔。我心想。然後我就看到貝茨張開手，手裡多了兩顆火球。

他把一顆火球往男吸血鬼臉上塞，另一顆朝我背上這隻怪物丟來——她整個人燒了起來。

我也跟著燒了起來。

我滾倒在地上——四周的群眾開始歡呼鼓掌。

貝茨伸手要拉我起來，我握住他的手，然後從地上抄起他的魔杖塞給他。「潘妮。」我說。

我們同時轉向廣場另一邊，看到潘妮讓最後一隻吸血鬼灰飛煙滅的畫面：前一秒吸血鬼還在，下一秒他就不見了。吸血鬼消失以後，潘妮看到我們，有點猶豫地對我豎起拇指，繞過吸血鬼那一小堆殘灰朝我們走來。

我們像是事先說好了一樣，邁開腳步走了起來，很慢很慢地往出口走去。

旁邊的凡人都還在歡呼，貝茨轉身對觀眾揮手。我被他用手肘撞了一下，也跟著揮手。

潘妮追上我們，拉住我們的手臂。「我們得趕快離開這地方。」

「我們如果用跑的，」貝茨微笑著從牙縫擠出這句話，「他們會跟過來。」他開始鞠躬，雙手都對觀眾揮了起來。

我和潘妮努力模仿他。

「多謝捧場！」貝茨大喊，「我們六點和九點還有表演，各位敬請期待！」

我們緩慢地倒退著穿過人群邊緣，有好多人都在拍我們的照片，還有人伸手來摸我的翅膀。

「繼續走。」貝茨說。

伊莉莎白女王和她的臣子們看著我們經過，每個人都文雅地拍著手。

貝茨深深一鞠躬。

然後，我們都加快了腳步，用走路能達到的最快速度前進，盡量不要被逐漸散去的人群追上。走到園遊會出口的瞬間，我們都跑了起來——跑下階梯、經過購票的隊伍、經過妖精和農夫和吸著電子菸的軍閥。我忍不住自己的笑聲。哇，我已經有一年沒玩得這麼過癮了。

貝茨

我們在碎石地上奔向野馬跑車，潘妮居然縱身一躍，跳上了後座。

賽門趕了上來，將我壓在車身上，毫無預警地吻了過來，我被他壓得半躺在後車箱蓋上。

「你剛剛超酷的。」他一面喘息一面說，「根本連魔杖都不用。」

我攀著他的雙肩。「獵殺吸血鬼竟然讓你如此興奮，這是不是有哪裡不對勁？」

他用力吻著我，吻到我的頭頸都往後仰了。

「你們兩個！」班思尖喊道，「我們不是要逃離犯罪現場嗎？這裡還是中美耶！」

她說得沒錯。我輕推賽門一把。

「好性感喔。」賽門說道，「我不用自己找你打架，就可以看到你戰鬥的樣子了。」

班思拿寶特瓶往我肩後扔來，砸到賽門的翅膀。「你們再不走，我對史蒂薇發誓我真的要自己走了！」

我望向賽門身後，只見十多人朝我們的方向走來。

「我保證晚點會再性感給你看，」我說道，「在美國中西部各處縱火。」

賽門終於和我分開了，眼中仍閃爍著那絲異光，然後乖乖跳上副駕駛座。

他們兩個都沒用車門，我可不打算自己浪費時間開關門——我跳上駕駛座、發動了汽車。

我們在隆隆引擎聲中衝出停車場，激起了雷雲般的大朵塵土。

23

潘妮洛普

我母親會宰了我。她甚至不會召開巫師集會會議，而是會直接將我扔進巫洞。魔法世界的規則其實不多，我們今天卻把所有能違反的規定都違反了一遍，規定全都蕩然無存了——

別騷擾凡人。

別干涉凡人的生活。

別偷凡人的東西。

最重要的一條：別讓凡人發現魔法的存在。

最最重要的一條：別讓凡人發現「我們」的存在。

魔法師必須與凡人共同生活，因為我們的魔法是奠基在凡人的語言之上，但倘若他們發現了我們的存在……**倘若凡人得知了魔法的存在，更發現這份力量被別人握在手裡……**

我們就再也不可能過上自由的生活了。

母親會沒收我的戒指，把我關進塔牢。

在舊時代，魔法師若在公共場合使用魔法、被凡人看見了，就會用魔法改變自己的樣貌。我們沒辦法一口氣抹消所有目擊者的記憶，只能一個一個來（而且這之中還有一些道德問題）。

在發生無可挽救的公開事件之後，你只有兩個選擇：一是從此消聲匿跡，二是乾脆把事情鬧大，穿上披風、戴上禮帽到處表演去。只要對凡人說這是你的「戲法」，那你在他們面前做什麼都無所謂了，甚至可以讓自由女神像憑空消失。

貝茨這招很聰明，裝作這一切都是某種表演就行了。

我沒有他那種聰明機智，要我裝也裝不來。

我在數百個凡人面前殺了好幾隻吸血鬼。殺吸血鬼這件事沒有問題，我媽也不會在乎——有時候你殺了吸血鬼還能領獎章。重點是，我在大庭廣眾下用了太多魔法。天曉得賽門和貝茨那邊發生了什麼事，他們可是有翅膀、有尖牙、有巨力，貝茨甚至還有魔杖。

我只希望這一切都太過浮誇、太過直接，不會有人相信這是真的。你想想看，「真正的」魔法師怎麼可能如此隨便地使用魔法？

大魔女摩根勒菲啊，「全世界」都會看到今天發生的事，我們所有的朋友、以前教過我們的老師，全世界都會看到。

麥卡會以為我被他甩了以後腦子就壞掉了。

現在想來，我還真的是瘋了。

24

貝茨

我應該大發雷霆才對。

班思在後座崩潰了，我幾乎能用肉眼看見她的一波波罪惡感與恐懼與震驚。她就是該崩潰！等我們回到家，家長一定會割了我們的舌頭，我們也逃不過被巫師集會審訊的命運了。逃不過了。我們一踏上英國國土，就得為這邊發生的一切付出代價。

不過話說回來，我們此刻可不在英國國土上呢。

賽門．雪諾也沒有家長。

我被他的狂喜傳染了——不只是傳染，還被他深深迷住了。

即使到現在，我似乎還能感覺到他嘴唇的觸感、他擁抱我的感覺，久違的親暱深深印在我心頭。從我們在一起至今，或許還是第一次那般任性無慮地相吻。

想當初，我們在華特福大草坪將巨龍逐走的那一天，我也是這種感受——只不過在那天，我不得不掩飾內心的狂喜。想當初，他的魔法與對我的注意令我宛如騰雲駕霧。

我們早在半個小時前便離開奧瑪哈市了，賽門仍然燦笑著，任由風將頭髮吹到眼睛前。潘妮終於施法讓他的翅膀消失了，他才能夠繫安全帶。（我們在高速公路上惹來不少異樣的眼光。）

他不時伸手過來捏捏我的肩膀或手臂，動作絲毫不帶疑問或猶豫，就只是因為高興、因為興奮而想要觸碰我。我也是方才那些事件的一部分，也是令他興高采烈的事物一部分。

他一手搭在我後頸捏了捏，輕輕拉著我前後搖晃。我看向他，他樂不可支地大笑著。

等我們回到家，鐵定會被亂石砸死。我們會被從魔法之書中除名。

不過，那是回到家以後的事了。

「如果」我們回到家。

美國的疆土遼闊無邊，無盡的道路也許一生都開不完。

行駛好一段時間後，我們在高速公路旁的服務站暫停上廁所，也買了幾塊難吃的三明治。

我和班思先回到車邊。「油應該快用完了吧？」我說道，「我們從出發到現在都還沒加過油。」

「我有定期對油箱施咒。」班思皺眉看著自己的晚餐，開口回道。「美國人到底是有什麼毛病，怎麼連『三明治』也做不好？」

「它『又』乾硬『又』溼軟。」我咬了一口說，「究竟是怎麼做到的？」

「問你喔，你覺得我們惹了多少麻煩？」她抬頭看向我，在斜陽下閉上一邊眼睛。

「能惹的麻煩都被我們惹上了。」我回道。

「也許不會有人看到啊。」

「剛才有在錄影的人比沒錄影的人更多。」

「我在想，有沒有辦法用法術……」

「用法術做什麼？抹消整個網路嗎？」我將三明治放在引擎蓋上，動手用絲巾裹住頭髮。

「妳可能得犧牲七頭龍，施一整本聖書的咒語吧。」

「也不是不可能嘛……」

「放棄吧，班思，我們都他媽死定了。」

「那你怎麼還一副若無其事的樣子？」

賽門提著一袋東西，大搖大擺地走出商店。「我找到解決三明治問題的辦法了。」他說道，「牛肉乾！這地方有至少三十種牛肉乾給我們挑耶。」

他一手伸進我的牛仔褲口袋，想取車鑰匙。「換我開車啦。」

我旋身抽離他的手。「是嗎？」

他將我的下身按在車身上，把鑰匙挖了出來，我們都笑個不停。

班思凝視著我們。

賽門坐上駕駛座，潘妮走到我身旁。我還沒纏好絲巾。「再過不到一週我們就得回家了，」她說道，「一定要趕快想想辦法。」

汽車引擎發動了，收音機的音樂從音響爆了出來。

「我們今天晚上要睡哪裡？」賽門問道。

我橫著從潘妮身旁走過，上了車。「等到在路上看到合適的地方，我們就會知道了。」

先前說美國疆土「遼闊無邊」是詩意的誇飾法，不過內布拉斯加州還當真遼闊無邊，不僅和英格蘭地區同樣大片，還和月球同樣空無一物。我從沒見過這般漆黑的夜空。

玉米田變成了貧瘠的草地與岩石地，我們在薄暮時分瞥見了長草中一閃一閃的亮光，還以為是小精靈——停車近看時，我們才發現那些是會散發螢光的小甲蟲。「好像是螢火蟲。」賽門說道。

我和他踏入長草地，觀察這些小蟲子緩緩閃爍飛行，牠們飛行的動作相當遲緩，似乎隨手一撈就能抓到——雪諾還真的抓了一隻。他捧著那隻小蟲舉到我面前，我握著他的雙手，湊近一看。

「牠們是魔法生物嗎？」我問道。

賽門搖了搖頭。「好像不是。」

螢火蟲在賽門的掌心爬膩了，忽然飛到低頭看牠的我們兩人之間，嚇了我們一跳。我們試圖再抓一隻，時而追逐一閃一閃的光點，時而追著彼此亂跑。

就連班思也暫時將萬般煩惱放到一旁，和我們一起抓蟲，抓到一隻甲蟲時興奮得像小馬般又跑又跳。「哇啦啦啦！我抓到了！牠的翅膀在動耶！」

「別把牠壓扁了！」賽門說道，「我也要看！」他攤開班思的拳頭，螢火蟲飛了出來，停在他的頭髮上。賽門全身靜止不動，唇角掛著燦爛的笑容，微光在他耳朵上方緩緩地一閃一閃。

我傾身想吻他，盡量不去驚動螢火蟲。我是來無影去無蹤的吸血鬼，這不成問題。雪諾見我湊近便保持靜止，但在我和他嘴唇相擦時，他別過了臉，螢火蟲飛了起來。

又回到這種狀態了。他先前那股莫名其妙的放肆已然消耗殆盡。

「走吧。」他說。至少他臉上仍掛著笑容。

我好想握住他的手讓他留下來，讓他陪我站在雜草之中。**「你還是我的人嗎？」**我好想問他。**「你還想要我們這種關係嗎？」**

但是，我並沒有握住他的手。

我不想聽到他拒絕的話語。

一小時過後，我們看見真正的小精靈了，十多隻小精靈圍成一圈在長草中旋轉，成群的螢火蟲在他們髮梢飛舞。「『那些』才是魔法生物啊。」我說道。

賽門卻只看得見長草中的點點微光。

25

賽門

真正「注意到」那輛銀色卡車的一個小時前，我就注意到它了。後照鏡中那對車燈一直沒變，銀色水箱護罩不停對我露齒微笑，卡車一次也沒超過我們，也一直沒有下交流道。不過話說回來，這附近沒什麼地方好去，就算下了交流道也只有荒郊野外嘛。

剛才我們停車抓螢火蟲的時候，那輛卡車就該越過我們繼續往前開了。那之後，我們不是還停下來看小精靈繞圈跳舞嗎？（我看不太到小精靈。這當然是因為我變回凡人了，不過貝茨跟潘妮都不肯直說。）

可是，那輛卡車還是跟在我們後面。

好啦，它也「可能」是別的銀色卡車。或者說，它是同一輛卡車，只是剛剛也停下來休息，現在只是湊巧跟在我們後面而已。

可能啦。

我在下一個出口下交流道，貝茨揚起眉毛看我，卻沒說什麼。

「不能再停下來看小精靈了啦！」潘妮高呼，「除非你跟我說這裡有小精靈開的旅館。我快累死了，膀胱也快炸裂了！」

我盯著後照鏡。沒過多久，同一對寬間距車頭燈又出現在鏡子裡了。我把音響的音量調低。「有人在跟蹤我們。」

「什麼？」潘妮大聲問，「是誰?!」

「不要往後看！」我說。

她馬上轉身往後看，貝茨則看向後照鏡。「多久了？」他問我。

「至少一個小時了，可能快要兩個小時。從我們看螢火蟲之前就在跟蹤我們了。」

他抽出魔杖。

我以前也被跟蹤過，也被伏擊過，哥布林啊、狼人啊、和大法師有仇的魔法師都跟蹤過我。重點是，以前的我有對付他們的武器，不但有一把魔法劍，還有滿肚子的魔法可以用。我一直都不太擅長用魔杖，不過每次快被敵人弄死時，我的魔法就會自動消滅他們。

我現在什麼都沒有了。

卻有兩個非常強大的朋友。

潘妮解開安全帶，湊到我跟貝茨中間。「不然我對他們施咒！」

貝茨按住她戴戒指的那條手臂。「別傷害他們！」

「我比較怕『他們』來傷害『我們』！」我大喊。風很大，我們每個人都在大聲喊叫。

貝茨還是按著潘妮的手臂。「不能每次遇到不順眼的凡人就對他們施咒啊！」

她聳肩抖掉貝茨的手。「反正我們已經違規很多次了，再多幾次也不可能變得『更』慘！」

「你們兩個是雌雄大盜嗎？這不是重點好不好！」

潘妮已經轉過去跪在後座，短裙在風中飛揚。她舉起右手，高喊一聲：「滾遠點！」

對方的車燈堅毅不搖地照著我們。

「別急，等魔法生效。」貝茨說。

我們默默等著卡車停下或轉彎，就這麼開過了兩個十字路口，然後是第三個。到了第四個路口，我突然從兩線道的公路轉上一條砂石路，輪胎吱吱嘎嘎地輾過碎石，我們甚至感覺到小石子敲在車底盤上。

貝茨和潘妮盯著我們後方的黑暗，我緊緊盯著後照鏡。

車燈又出現了。

「幹。」貝茨說。

潘妮又吐出一句法術——「不准動！」——卻沒有效果。她張開戴戒指的手——

「不行！」貝茨說，「妳這樣會累死自己。」

「他們可能是吸血鬼耶！」潘妮說。

「他們還可能是其他的怪物耶！」我跟著說。可能是幽靈、濾蛭或是食屍鬼。也可能是美國特有種，槍魔、草原緩鼠，或是那種住在井裡的水妖。不知道郊狼會不會開車？我聽說牠們會打撲克牌——是大法師告訴我的。

「在敵人認識你之前，先去瞭解對方。」這是大法師最愛跟我說的幾句話之一。不管是我多麼不可能遇到的威脅，他都會叫我把它們的各種特徵記下來，還叫我無論如何都別來美國：**「形形色色的魔法師與魔法生物都去了那地方，新舊魔法混而共居，還有無可預測的混種與變異種。那是全世界最危險的所在。」**那時候我才十三歲，聽了覺得美國好像超級酷，各式各樣的魔法和法術都集中在同個地方。

「開到下一座城鎮就停車。」貝茨說，「我們去有人的地方會安全一些。」

問題是，沒有下一座城鎮。

我在一條條砂石路上彎來彎去，那對車燈一直緊跟在後。

貝茨一刻也沒放下魔杖，潘妮盯著後面的車燈觀察了一陣子，然後壓低身體癱在後座上，免得她觀察的東西反過來觀察她。碎石不停敲在車子的各個金屬零件上。

我們就這樣過了三十分鐘。

我回頭對潘妮大喊：「妳還想尿尿嗎？」

「想！」她說。

「那我要停車嗎？」

「不要！」

前方沒有下一座城鎮也沒有燈光，我只看得到前方幾英尺和後方幾英尺的路面，貝茨和潘妮成了車上兩道黑壓壓的人影。

跟蹤我們的卡車有時進到我的視線範圍，有時隱沒在後面的黑暗中。

我叫潘妮上網查查看附近哪裡有城鎮，可是她收不到訊號。

後照鏡中的車燈關了又開。

「那是什麼意思?!」潘妮大喊。

「他叫我們停車。」我回答。

貝茨轉向我。「你想都別想！」

車燈開了又關，閃得很慢、很刻意。

「這是摩斯密碼嗎？」潘妮縮著身體擠在我跟貝茨中間問。

「應該是基本的交通信號，叫我們停車吧。」我說。

「你別想！」貝茨又說。

「我不會停啦！」

「我們得制定計畫。」潘妮說。

「我們已經有計畫了！」貝茨的語氣很堅定，「計畫就是開到下一座城鎮。」

「這裡『沒有』城鎮啊！」我說。

潘妮：「我們需要戰鬥計畫！」

我：「同上！」

「你們在說什麼傻話！」貝茨幾乎無聲地喊道。（風聲太大了，我們甚至連自己的聲音都聽不清楚。）「我們不能冒險戰鬥！」

「我們有三個人啊。」潘妮反駁。

「他們可能也有三個人啊！」他說，「而且就算我們戰力勝過對方，也不能再像先前那樣引人側目了！」

「你自己看看這地方——」潘妮對著周遭的黑漆漆的荒郊野外一揮手，「根本就沒有目擊證人啊！」

「他們可能現在就在錄影啊，班思！」

「我們總不能一直這樣開車吧。」我說。我等對方動手等到快瘋了，以前每次都是三言兩語就打起來，哪有這樣乾耗著。

「這樣才安全！」貝茨說，「我們這是在減低衝突，雙方都沒有傷亡。」

卡車比之前逼得更近了，頭燈照得貝茨蒼白的皮膚一片慘白，他抬手遮住光線。對方又關閉車燈，暗了幾秒之後再開燈。

「幹，你去死。」我乾脆換檔，油門一路踩到底。

車子發出怪吼，潘妮和貝茨都用雙手緊抓著座椅。

貝茨

想當年，我還佩服這兩個傢伙一次又一次死裡逃生。

現在我親自體驗了他們的生活，才發現他們之所以能一再華麗地死裡逃生，完全是因為他們一再跳進別人設下的陷阱！維彼羅就是看不慣他們這種行徑，才會飄洋過海逃到加州。

野馬跑車發出蝙蝠奮力從地獄飛出來的怪響，而賽門就是那個負責載牠跑路的司機，居然在碎石路上開到四檔，藍眼眸瞇成了兩條細縫。我母親的絲巾被風捲起，從我頭上滑脫，雪諾猛地探出一隻手將它救了回來。他斜睨我一眼，絲巾如同高舉在空中的旗幟。

賽門

銀色卡車又被我們拋在後頭，但還是沒跟丟。

我又轉了個九十度的彎，車子開回柏油路上，越開越快——可能有點太快了。現在要我煞車我可能也煞不住了，前面的馬路不停朝我們衝來，我根本沒時間做什麼準備。

貝茨握著魔杖，潘妮舉著右手。

「開慢一點！」貝茨尖叫。

可是我沒有放慢速度，也不想減速。我已經受夠了這種僵持的感覺，受夠了被「追趕」的感覺。

突然間，我的翅膀從背後爆了出來——怎麼會這樣，我沒聽到鈴鐺的聲音啊？我被那股力往前推去撞方向盤，敞篷車開始左右搖晃。

貝茨在施咒，但是我聽不到他說什麼。他對潘妮喊了一句，潘妮也試著施咒。

「沒有魔法了！」貝茨高喊。

「這裡是死角！」潘妮拍了我的肩膀一下，「不能在這裡停車！」

「我沒有要停啊！」不過在我說話的同時，引擎突然開始劈啪作響。「你做了什麼？」我對貝茨大喊。

「我什麼都沒做啊！」他說，「這不是我弄的！」

引擎越來越沒力了。我猛踩油門，試著換檔，可是都沒用。後方的卡車迅速逼近，我看到右手邊突然冒出一條車道，趕緊在最後一刻一扯方向盤，車子突兀地轉彎開上一片鋪了碎石的空地。

野馬跑車又往前滑了一段路，最後在巨石陣前停了下來。

潘妮洛普

車子駛離道路時，我緊緊閉上眼睛、雙手抱頭。我試過的每一句法術都失敗了，現在只能後悔自己沒租一輛附安全氣囊的現代汽車……然後咬緊牙關等著撞擊的瞬間——

撞擊的瞬間一直沒來。

汽車終於停止前進時，我睜開眼睛，赫然發現巨石陣就在前方數英尺處。我滿腦子想著：**感謝摩根勒菲，我們不知怎麼回到家了。**

但這並不是巨石陣，也不可能是巨石陣。首先，這地方沒有魔法——它是魔法大氣中的死角。**（凡庸莫非來過內布拉斯加州西部？難道還有美國版凡庸？這個死角也是賽門弄出來的嗎？）**

還有，前方立著的巨石並不是「巨石」，而是……汽車。一輛又一輛巨大的舊車，每一臺都漆成了灰色，排得和威爾特郡的巨石陣一模一樣。有幾輛用車尾立著、稍微陷進了地面，還有幾輛橫著疊在其他車子上。這是什麼地方啊？

我們沒有魔法。

手機也沒有訊號。

我們得制定「計畫」。

賽門從前座轉過來看我，碰了碰我的手臂。「妳還好嗎？」

「我們還有貝茲，」我說道，「還有你的翅膀。必要時，我們還能學半獸人的方式戰鬥。」

貝茲跳下車，站在後車燈前打頭陣。我挺起胸膛站到他身旁，我已經習慣和比自己強大得多的人並肩作戰了。「先毀了他們的手機。」我說道。

賽門站到貝茲的另一邊，撐開了翅膀。

卡車駛入停車場。既然我們已無路可逃，對方放慢了速度，在我們面前停車。卡車引擎熄了火，接著關了車燈。

一個人下了車，他是個和我們年齡相仿的黑人男生，戴著金屬框眼鏡，穿了件牛仔外套。

他空著雙手。片刻後，他揮了揮手。「嗨。」

26

賽門

「嗨。」我回道。

潘妮洛普可不吃這一套。「你想幹什麼?!」

那個男的搔了搔脖子，一臉害羞。「我沒想幹什麼。我在奧瑪哈看到你們的……呃……『表演』，想找你們說說話。」

「你追著我們橫跨了整個內布拉斯加州，就是為了找我們說話？」

他搖搖頭。「我本來沒有要追你們的意思。」

「感覺很像是高速追車啊。」我說。

「我們很明顯沒有和你說話的意願。」潘妮說。

貝茨的態度冷若冰霜，魔杖直指著那個男的。「你是什麼東西？」

「我什麼都不是。」男生說，「我發誓，我真的是凡人。」

我瞬間覺得背脊發涼。

凡人怎麼可能知道自己是凡人？

「你究竟想幹什麼。」貝茨踏上前說。這不是問句，而是威脅。

那個男生笑笑的，兩隻手都在我們看得到的地方，沒有亂動。「對不起，你們別太介意，我真的只是想找你們說說話而已，後來不小心玩上癮了。」

貝茨冷笑一聲。「這可不是什麼遊戲。」

「對不起，你說得對，是我錯了。我只是從來沒見過——」

「你什麼都沒看見。」

「——會獵殺吸血鬼的吸血鬼。」

我感覺自己的心臟和貝茨、和潘妮洛普連在了一起，感覺到我們三個同時屏住一口氣。

「你在說什麼，我們都聽不懂。」潘妮說，「更何況你一路上追趕我們、威嚇我們，我們才不要和你說話。」

「請聽我說——」他還在努力表現出友善的樣子，「——我有時候會不小心做得太超過，但我知道如果跟丟了，以後就再也遇不到你們了。這可是千載難逢的——」

「你的確再也不會遇到我們了。」貝茨說，「給我回自己車上——等一下。」貝茨頓住了，握著魔杖的手微微垂下來。「我看過你。」

「我是雪帕德。」男生伸出手來。

貝茨沒有要跟他握手的意思。「之前在文藝復興節，就是你喊出那句咒語的。」

「閃人。」男生笑吟吟地說。

「既然你真的相信我們是吸血鬼，」我說，「為什麼要跟著我們來荒郊野外？你就不怕我們嗎？」

「我是雪帕德。」他又試了一次，對我伸出手來。

我握住他的手，潘妮哀嘆一聲。

「『你』不是吸血鬼……」雪帕德說。他用哈里遜．福特[11]看法櫃的眼神看著我。「你是

11 哈里遜．福特（Harrison Ford），電影《法櫃奇兵（Raiders of the Lost Ark）》中飾演主角印第安那瓊斯的演員。

某種新的東西，不然就是很古老的東西。要不要跟我喝杯熱咖啡，聊聊你的來歷？」

「喝你個頭。」潘妮說，「凡人先生，你現在給我離開。」

「雪帕德。」他邊說邊向潘妮伸出手。

「不要！」她指著馬路，「給我滾！我們不報警抓你，你就該偷笑了！」

「好啦。」他雙手插進口袋，「是我不好，給你們留下了壞印象。」他往自己的卡車走去，

「你們想要的話，我可以打電話請人幫你們送汽油過來。你們是不是對油箱施了法術，結果後來魔法失效，車子就開不動了？」

「誰說我們魔法失效了？」我拍了拍翅膀。呃，我不是故意的。

「這地方沒有魔法。」他說，「言者是用不了法術的。」

「為什麼？」潘妮問他。比起保守祕密，她顯然更想知道答案。「魔法都去哪了？」

「這裡的凡人不夠多，」他說，「所以你們沒辦法從凡人的語言汲取魔法。對你們這種人來說，內布拉斯加州是全美國魔法最匱乏的幾個地區之一——你們為什麼要離開州際公路啊？」

潘妮氣壞了。「還不是為了離你遠一點！」

我轉向貝茨。「有這種事情嗎？」

他揚起眉毛，像是在說：**我哪知道？**

「所以說，我們困在這裡了。」潘妮說。

「我可以載你們一程。」凡人男生提議。

「你在開什麼玩笑！」潘妮直接罵了下去。

「你是從哪得知這些——」貝茨惡狠狠地瞪著他，「——你以為你知道的情報？關於我們、關於魔法的這些？」

雪帕德對他微笑。（我要是他，我可不會在這種情況下露出笑容。）「我聽人——聽其他魔法言者——說的。」

「哼。」潘妮說，「他們也是被你追到荒郊野外、逼到了絕境嗎？」

「是我問他們的。」他說，「他們都知道我沒有惡意。」他又轉回去看貝茨，「我還是第一次遇到吸血鬼。」

「我只能祝你繼續維持好運氣了。」貝茨回道。

凡人站在他的卡車旁邊，車門開著。他把眼鏡往上推了推。「我可以幫助你們——」

「我們現在會需要幫助，就是你害的！」潘妮怒吼。

「怎麼幫？」我問他，「你能怎麼幫助我們？」

他往我這邊走一步。「你們迷路了，而且你們很明顯完全不瞭解美國——你們用的法術有一半都沒效，剛才還開進了靜區。我是不曉得你們要去哪裡，但我可以像薩卡加維亞[12]那樣，當你們的嚮導。」

潘妮雙手抱胸。「你想協助我們入侵美國，奪走你們的土地？」

「喔，幹，這是你們的陰謀嗎？」

「是啊。」貝茨諷刺地說，「我們的計謀進行得好順利啊。」

凡人男生不肯放棄。「你們是來獵殺吸血鬼的嗎？這是你們的任務嗎？」

「才不是！」潘妮說。

「我們是來玩的。」我說，「來度假的。」

他又把眼鏡往上推一下。「你們來『內布拉斯加』度假？」

12 薩卡加維亞（Sacagawea），為開拓美國西部的遠征隊擔任嚮導及翻譯的原住民婦女。

「只是路過罷了。」貝茨說，「雪帕德……能不能容我和兩位魔法朋友商談片刻？」

雪帕德那句「好啊」都還沒說完，貝茨就抓著我和潘妮的手臂，把我們拉回那圈汽車巨石陣旁邊。（竟然有人用「汽車」蓋了「巨石陣」耶，這絕對是我看過最棒的東西了。）

「我們該接受他的幫助。」貝茨說。

「貝茨你腦子進水了嗎？」

「班思，我們困在這裡動彈不得了。」

「對啊，還不都是『他』害的。」

「所以說，我們先接受他的幫助，」貝茨又說，「然後送他一句記憶法術。他承擔的風險比我們高得多。我們人多勢眾，而且一旦到達有人煙的地區，我們就會恢復法力了。」

「要是他有槍怎麼辦？」我問他。

「我會坐在他後面，必要時把他的脖子折斷。」

我皺著眉頭看貝茨。「你知道要怎麼把別人的脖子折斷嗎？不然上車前我先教你——」

這時，我們聽見輪胎壓過碎石的聲音，一瞬間以為是雪帕德自己開車走了。我們一起轉過身。

新的車燈從馬路轉入停車場，然後是第二輛、第三輛。

「那是誰啊？」潘妮問道。

貝茨搖搖頭。「不會是什麼善類。」

27

貝茨

一輛、兩輛、三輛卡車駛離道路，緩緩朝我們駛來，三對車燈將我們定在了雪帕德的卡車前。

我們沒有試圖逃跑。賽門還可以逃，他方才有很多機會能逃跑。

我用手肘撞了他一下。「雪諾，快飛走。快點。」

「不行。」

「你可以去求援。」

「找誰求援？」

車門開了又關上，有人向我們走來，但我被車燈照得什麼都看不見。

那是某個類似男人的東西……「類似」。

喀擦聲響起，緊接著是一聲槍響。那東西終於走得夠近，我們看見對方的樣貌了——

那是隻成年男人大小的貂，手裡還握著一把散彈槍。

黑白條紋，小珠子般的眼睛，藍色牛仔褲。他嘴角微開，一口褐色液體吐在我腳邊，聞起來像菸草。

「原來傳聞是真的啊，」他說道，「有人擅自闖進了我們的地盤。」

另一個東西飄在貂的斜後方，那是一團濃濃的灰霧——長了手臂的灰霧。牠嘶嘶作響地捲著潘妮。「言者。」牠的手擦過我的臉頰，我卻沒感覺到。「還有吸血鬼。」

「你們有帶武器嗎？」貂回頭望去，「把他們都搜一遍。」

第三個東西走出了明亮的車燈光束，又是個似人非人的生物。這一隻身材魁梧，穿著迷彩長褲與法蘭絨襯衫，頭部形似山羊——不像厄本養的山羊，而是較凶悍的羊，一對大角往耳朵的方向捲去後又轉向前方。他胖胖的人類手指朝我伸來。

「別想碰我。」我警告道。

黑白相間的貂歪了歪散彈槍。「小子，你給我聽著，我們可不會讓你來這邊撒野。我不曉得你們是哪裡來的，那邊的人可能願意接受你們這些異常的傢伙，但這裡可是內布拉斯加。」

（他所謂「異常的傢伙」究竟涵蓋了什麼範圍？魔法師、吸血鬼、鳥男，還是同性戀……）

「你們進到靜區，就是給自己找麻煩。」

山羊男在搜班思的身，想必是在找魔杖。她是運氣好繼承了魔法戒指，凡人與魔法生物一般都不會發現那是魔法物品。至於我自己的魔杖，它目前也沒有被摸走的危險——它被賽門用尾巴捲著藏到了背後。

班思抬頭盯著山羊男的臉，彷彿認出了某位影星。「你是『弗摩爾族』嗎？」

他對著班思冷笑。

「你是吧。」她居然好奇到忘了要害怕，「他是製造混亂的惡魔，」她興奮地對我和賽門說，「會帶來乾旱、糧荒與海難。」她又轉向山羊男，他忙著摸班思的及膝襪——幸好他的動作還挺規矩。「你們不是住在愛爾蘭嗎？」

「我是『美國人』。」山羊男說道，「我的家族四代前就移民過來了，之所以來這邊，就是為了遠離你們這種人。」

「魔法師嗎？」班思問道。

「還是印度人？」雪諾說道。

「他媽的英國人。」山羊男回道。

我清了清喉嚨。「不好意思，」我對貂男說道，「我們並沒有要擅闖任何地區的意思。我們不懂這裡的規則。」

山羊男開始搜我的身，動作比方才噁心許多。我或許能折斷他的脖頸——甚至可能可以趁貂男開槍前制伏他，畢竟我的動作十分迅速——不過他們後方還有蠢蠢欲動的影子，不知是何種生物。這地方究竟是什麼扭曲的動物園？究竟有多少佩帶散彈槍的類人生物？

「總之，」我無視山羊男帶有濃濃羊騷味的口臭，接著說道，「我們真的非常抱歉。我們這就離開你們的地盤。」

「我們這兒可沒有『不知者無罪』這種事情。」貂男說道，「我們的法律非常清楚：不管是在印第安保留區外或是下了州際公路，只要是言者就不准進靜區。這地方的凡人已經夠少了，他們是我們的東西。」

「我們幹嘛和你們搶凡人？」班思說道。

「你們這些人每個都貪得無厭，」貂男邊說邊吐了口唾沫，「要是隨便放你們離開，其他人會怎麼想？他們會覺得我們沒遵守協約。」他舉槍瞄準賽門，「比起他們，你長得更像是我們的人啊。你是什麼東西？紅惡魔嗎？怨仙子？還是翼手龍人？」

賽門咬牙切齒，即使在明亮的車燈下臉頰也被陰影籠罩著。他死死盯著山羊男，看著羊男檢查我褲子後面的口袋——那兩個口袋他已經搜過一次了吧？

貂男看向山羊男的手。「真是的，泰瑞，你一定要現在玩性騷擾嗎？」

然後，賽門「暴走」了。

他的爆發力雖不如從前，暴走的場面卻同樣壯觀。

他用尾巴將我的魔杖拋到身前，右手接住魔杖後一把刺入山羊男的頸子。山羊像一堆磚塊似地癱倒在我身上，我推開他，滿腦子想著貂男手裡的槍。

班思和我想法一致，她立刻就撲向那隻貂，兩人在地上扭打，雙方都死命抓著散彈槍的槍管。我將貂男從她身上拉開，槍聲一響——隨即成了絕響。我一把抓住散彈槍，抵著膝蓋折成兩半。（這個不會痛。）

「別被他咬到！」有人喊道，「不然你也會被傳染，變成他那樣！」

「你以為我要你這種東西加入我的族群嗎！」貂男惡吼道。他個子比我矮一英尺，雙手又長又利的爪子扒抓著我胸口。我拋開斷槍，抓住他那雙毛茸茸的手腕。我沒了主意，只隱隱覺得自己似乎在盡量不殺他。

我從眼角餘光看見賽門在和某個人形的東西戰鬥，但對方的雙手散發出詭異的紅光。賽門飛在她上方，一次次踢向她後背，盡量避開她的紅色魔法。

「喂，吸血鬼！」有人喊道。我沒理他。

然後我聽見潘妮的呼喊：「貝茨！」

我轉身就看見方才的凡人坐在卡車駕駛座，潘妮則在副駕駛座上，上半身探到窗外呼叫我：「快過來！」

我再次低頭看那隻貂，只見他露出不懷好意的燦笑。我嗅到某種噁心的臭味，接著全身都被那股惡臭纏住了。我放開手，一把推開他。

「貝茨！」潘妮又大喊一聲。她的車窗還開著，某個毛絨絨的小東西不停扒抓她的車門，卡車開始駛離這裡了。我追了過去，邊跑邊呼喚賽門。

追上卡車並不難，我輕輕鬆鬆地將抓著車門的生物扯下來，縱身跳上車斗。我站在車上，扯開喉嚨喊賽門。

他仍在戰鬥，飛在空中用雙腿攻擊對方。

槍聲響起，接著又傳來三聲槍響，然後——

「賽門！」

28

賽門

就算我下地獄被五馬分屍，也不可能讓一隻魔鬼眼山羊男在我面前對我男朋友上下其手。

貝茨想用話術解決這次的大災難，但他是不可能成功的——這些生物自己也說了，他們是來弄死我們的。而且我跟他們這種調調的魔法生物很熟，他們會把我們所有的東西都搶走，把我們知道的情報都逼問出來，然後再砍了我們的腦袋示眾。

他們現在占上風。我們三個狀況都很差，潘妮跟貝茨不能用魔法的時候像是殘廢了一樣。貝茨應該是在場最強的生物了，不過他不是像吸血鬼那樣戰鬥，而是用魔法師的腦子在思考，沒了魔杖就不想戰鬥，只想跟對方「談判」。我告訴你，我們是不可能靠談判脫身的。

我們連對方是什麼狀況都不清楚，他們這是治安隊還是軍隊？我們都對美國的魔法生物一無所知，我甚至不確定那隻拿來福槍的動物是什麼——他是貛嗎？

大法師老愛說美國時時刻刻威脅著魔法世界，這地方沒有中央管理，大家都亂成一團，也沒什麼魔法律法可言。這裡的魔法師甚至不會互相聯繫，頂多和自己的魔法師親戚往來而已，每個法師都只能自求多福。

「都是群特立獨行的傢伙與恐怖分子。」大法師這麼說過，「沒有社群的共識，沒有共同的目標，半數人都只用魔法洗碗做家事，另外半數人過著縱情聲色的荒唐生活。

「這是美國用語的問題！它太不穩定了！太多變動因素了！他們的方言有如少了自然彎道

與淺灘的河流——早在他們熟習法術之前，法術就失效了。

「賽門，無論在何種鬥爭之中，我的心都是向著革命軍，但美國根本是失敗的實驗品。那是個混亂當道的國家，法師都失去了自我，像寄生蟲——像黑魔物——那般靠凡人為生。」

他要是還活著，要是知道我來了，肯定會氣瘋。

山羊魔的手插在貝茨的屁股口袋裡。羅男從我身上移開視線的瞬間，我就用貝茨的魔杖解決了那隻山羊。（我以前如果這樣用自己的魔杖，搞不好會比施咒更有效。）呃，我「應該」是解決他了啦，我其實不確定山羊魔有沒有氣管可以插爆。

貝茨撲向抓著潘妮的玀男，玀男本該就這麼死翹翹的——貝茨完全可以把他像巧克力棒一樣掰成兩半啊，怎麼還不動手？

我正打算過去幫他把玀男掰成兩半，突然有東西跳到我的背上，是個手很燙的女怪物。我們全面開打了，這也是脫身的唯一方法。我飛在那個紅手女人上方，用尾巴抽打她。可惜我沒有球棒或劍之類的武器，沒辦法揮過去砸她。

我沒看到潘妮——她去哪了？

還有，怎麼到現在還沒有東西朝我們開槍？美國不是連小嬰兒都拿得到槍嗎？這些黑魔物怎麼可能只有一把槍？

我聽到引擎發動聲，回頭看了一眼——是那輛銀色卡車，看來凡人想落跑了。貝茨跑去追他。讓他走啦，貝茨，我們這邊有更棘手的問題要解決。

我一腳踢在燙手女臉上，唉，如果我穿的是鋼頭靴就好了。我轉身想找潘妮——喔。我就說他們不可能只有一把槍嘛。

29

潘妮洛普

「喂！小女巫！」

貝茨剛把臭鼬從我身上拉開，我還倒在地上。我可能在流血——剛才摔倒時身體在碎石地面重重撞了一下。

「褶裙女巫！就是妳！」

我抬頭看見凡人男生蹲在一顆石頭後方，用氣音對我說話。「快過來！」

我回頭望向仍在和臭鼬扭打的貝茨，以及忙著和某種火妖戰鬥的賽門。我爬到凡人身旁。

他一手搭在我肩頭，悄聲說：「我們趕快上我的卡車，聽懂沒？」

「不行，」我說道，「我的朋友——」

「他們都很強，等等就會跟上來了。我們現在唯一的任務就是別被子彈打中。」

「我怎麼知道這是不是你設下的陷阱？」

「不管妳要不要跟我來，我都要走了。」

他矮身跑向卡車，我跟了上去。（因為在場至少六個敵人當中，他是最不具威脅性的那個。）幸好魔法生物們沒注意到我們——這也是理所當然，畢竟在幾乎所有情況下，貝茨與賽門都是現場最引人注目的存在。

凡人發動了卡車，我們一起喊貝茨，他似乎馬上就瞭解狀況了。有一隻動物想開我這邊的車門，結果被貝茨一把扯了下來——他竟然邊跑在卡車旁邊把那隻動物拔掉，真是太了不起了。貝茨沒在假裝自己不是吸血鬼時，真的很嚇人。

他現在站在卡車的車斗裡，喊著賽門的名字，呼喊聲和槍響混在了一起——對方是什麼時候開始開槍的？凡人縮著肩膀握住方向盤，我幾乎整個人蹲在腳踏墊上。我爬到窗邊找賽門，他還在剛才的巨車陣旁邊，飛在那幾隻魔法生物上方，下方有六七隻生物拿著槍對他揮來揮去。

我搖下車窗，用全力尖叫：「賽門！」原本擔心他聽不到，但他立刻就轉過頭往我們這邊飛來，在空中越飛越高。

「快、快、快、快！」我對凡人大喊，但他已經很快了。卡車在吱嘎聲中開回碎石道路上，猛往前衝。

「他們會跟過來。」我說道。

「他們跟不上的。」凡人笑吟吟的。

「你做了什麼？」

「把他們的輪胎割破了。」

「不會吧！」

「會喔。對他們來說，我的氣味太無聊了，他們剛剛把注意力都放在你們身上了。」

「那……也不錯。」我承認道。

「應該說，他們還是有機會跟來，」凡人說，「他們還是有魔法的。不過協約是雙向的，一旦你們回到言者地盤，他們就不能動你們了。美國大部分地區都是魔法師的地盤，魔法生物奈何不了你們。」

「那我們什麼時候會恢復魔法？」

「到內布拉斯加州另一邊就可以了。開車大概一個鐘頭。」

貝茨敲著後車窗，我對上他的視線，看到他揚起一邊眉毛。我點點頭，讓他知道我沒事。

凡人拉開插栓，滑開後車窗。

我伸手出去。「賽門呢？」

貝茨握住我的手。「有跟來。」

「後面要坐穩喔。」凡人說。

貝茨看向凡人，又看看我，似乎在問我：我們能信任他嗎？我也答不上來，但我們現在需要這個凡人，需要他帶我們遠離後面的混戰——就算他準備帶著我們迎向新的危險，我們也只能拚了。

貝茨

我向後靠著卡車頭，仰頭望天。

賽門飛在雲層上方。我真希望他降落下來，待在我看得見的地方。

希望他沒受傷。

我好像……受傷了。

我不想從賽門身上移開視線，於是用指尖撫過胸前一處處凹痕。傷口不住刺痛，但似乎不再流血了。時至今日，我還是不知道殺死吸血鬼的所有方法——不過現在看來，被散彈打中胸口也不會死。

後方仍未出現車頭燈，也許黑魔物不需要開車燈，也許他們根本不需要汽車。

班思的臉又出現在後車窗中。「我們要盡量和他們拉開距離！」她喊道，「他把他們的輪胎都割破了！」

誰把輪胎割破了？那個凡人嗎？很聰明嘛，但這不代表他就是可信的對象。當初是不是他故意將我們趕下高速公路，逼得我們自投羅網？他現在又有什麼陰謀？

沉沉的「砰」一聲響起。

雪諾降落在車斗裡，他指尖撐地蹲著，翅膀半收在頸後。他抬頭看我，「貝茨。」

賽門。我伸手將他拉到我面前、到我身邊、到我身上，檢查他身上是否有彈孔或溼痕。

「你有沒有受傷？」

「我沒事。」他說道，「潘妮——」

「她沒事。」

「還有你——」他拉著我的雙肩，嘴唇覆住我的唇。

「我沒事。」他親吻我的同時，我說道。

克勞利啊，如果非得遭槍擊、闖靜區、和敵人高速追車才能讓賽門留在我懷裡——那我毫無怨言。我願意以此立誓，我願意將這樣的冒險當作正職。

他稍微後退，開始摸我的頭髮。「貝茨……」

「賽門？」

「你聞起來像死掉的狼魚耶。」

賽門

比死掉的狼魚更臭。

「像哥布林的腸子。」我說。

「你怎麼會知道哥布林的腸子是——」

「而且是『大腸』喔。」我摀住鼻子，「我的魔蛇啊，貝茨！」

「好啦，我知道啦。」貝茨推了我的肩膀一下，「我的嗅覺可是比你更靈敏。」

「你臭到讓我想哭耶。」我說，「我都吃得到那種味道了。」

「那你不用黏著我啊，雪諾，你可以離我遠一點。」

「沒事，不用啦。」

就算是野馬也別想把我從貝茨身上拖走。

30

潘妮洛普

一個小時過後，我的魔法回來了。自從卡車開回馬路上，我就不停低聲念咒，用戒指輕拍自己的腿。忽然間，我呢喃的一句「一塵不染」生效了，法術刮過我的皮膚與頭皮，將我徹底刷洗乾淨。

法術還沒施完，我的手就伸到了凡人喉頭。

他微微一縮，卻沒有多餘的反應，想必是早就預料到我會這麼做了。「看來我們離開靜區了。」他說道。

我用拇指按著他的喉嚨。「我眼前這不正是一把匕首嗎[13]！」

一把折疊小刀從他外套口袋掉了出來，凡人男生卻沒有抽搐或發光。

我又試了一句法術，試圖讓他顯露出真正的意圖：「真相大白！」

凡人發出一點點紫光，我看了不禁失望。藍色表示他很安全，紅色表示他對我們懷有惡意，但最常見的結果是紫色——幾乎「所有人」都會想從你身上得到些什麼。

我聽見貝茨在車斗施咒，用高深的魔法隱藏我們的蹤跡，讓敵人難以追蹤我們。才施這幾句法術，他應該就已經累癱了。

「我沒有要傷害你們的意思，」凡人說，「我也不想揭發你們。」

13 原文為 Is this a dagger which I see before me，出自莎士比亞四大悲劇之一《馬克白》。

「你光是看著我們、知道我們的真實身分，就是在揭發我們了！」

「我可以『幫助』你們。」他鎮定得出奇，「可以幫你們介紹——」

「是你把我們趕到沒有魔法的地方，害我們掉進陷阱的！」

「那是意外啊！」

「是嗎？」我齜牙咧嘴，「你明明知道我們的魔法會用盡。」

凡人男生一臉慚愧。我的手仍握著他的脖子，他的膚色比我深一些，脖子上戴著一條細細的金鍊。「我只是跟著你們而已。」他的語氣比剛才急促。（很好，他的確該著急。）「我還以為你們是想『帶』我下州際公路，誰知道你們會迷路？」

「你明知前面的車上有三個怪物，還乖乖跟著他們遠離文明世界？」

他聳聳肩。「因為我好奇啊。」

我從齒縫嘶聲吐氣，抓著他喉嚨的手緊了緊。「假設這全都是場意外好了，那些黑魔物怎麼會知道我們在那裡？」

「你們又沒有保持低調。」凡人看了我一眼，說道，「你們在文藝復興節施了十幾個法術，還在眾目睽睽下殺了七隻吸血鬼耶！那種地方通常到處都是魔法生物。」

「有魔法的生物怎麼會想去那種地方？」我厲聲問道，「那東西根本是場鬧劇——簡直就是對我們的侮辱！」

凡人笑了起來，我感覺到拇指下的震動。

太荒唐了，這整件事都荒唐至極，整個國家都莫名其妙。我放開他，坐回副駕駛座。賽門的臉出現在後車窗，他緊緊抱著貝茨不放。「我們要去哪裡啊？」

「前面有一座城鎮。」凡人說道，「斯科茨布拉夫。」

「他們一定會猜到我們要去那裡。」賽門說。

凡人看著後照鏡裡的賽門，提高音量讓賽門聽見。「有可能，不過我們在大馬路上、在鎮上人多的地方比較安全。」

「好吧，」賽門說道，「可是我們得先找地方停一下。」他轉向我，「貝茲……」

「停車。」我命令道。

「再五分鐘就有休息站了。」凡人說道，「那是避難所。」

賽門

卡車後面太吵了，沒辦法對話。

我窩在貝茲身邊，半躺在他腿上，等著「我還活著」的震驚感消失。他抱著我，抱得有點緊。我常常忘記貝茲比我強壯這麼多，畢竟他平常表現得不像個有巨力的人，摸我的時候也都不會用力。他從來不拉我、推我，就算稍微用力也是和我自己的力度相當。

我湊得近一點。

他的聲音有點含糊、有點勉強。「你該戴十字架的。」

「我們不是討論過了嗎——我寧可被咬。」

他抱著我的手臂收緊了點，我有點呼吸困難。

「我絕不會咬你的。」他說。

「我知道。」

幾分鐘過後，我們在路邊服務站停車，貝茲狩獵去了，我則是去尿尿。潘妮對販賣機施了符咒——她試了幾次才成功——我抓起大把大把的洋芋片和起司餅乾。

她的頭靠在販賣機玻璃上。「我的魔法都用完了，現在連一句俗話都施不出來。」

我點點頭。「貝茨也是，他剛剛把所有的魔法都用來遮蔽我們了。雪帕德那傢伙可信嗎？」

潘妮推著販賣機撐起身體，搖搖頭。「我的魔法說他可信，可是我的直覺叫我別信任他。賽門，他知道得太多了——他是怎麼知道『這麼多』的？不如把他丟在這裡，偷了他的卡車就跑。」

這樣是不是有點壞啊？「他救了我們耶，而且我們就算偷了卡車，也不知道要往哪裡去啊。」

「好吧。」潘妮說，「可是我們下一次停車就要把他甩掉。到時候我們偷別人的車，再把各種記憶法術死命往他身上施。」

我舔過嘴唇，點了點頭。

爬回卡車上時，貝茨的動作平穩一點了，但他依舊一副狼狽的樣子。我還是第一次看到他的頭髮這麼狂亂，那件女款高檔襯衫也破破爛爛的、沾了血跡。乍看之下，他有點像是墮落的天使。（墮落的天使就等於惡魔嗎？）

他在我身邊重重坐下，我用指關節敲敲後車窗。卡車動了起來，引擎剛才一直沒熄火。

我把一包洋芋片塞給貝茨。「你還好嗎？」

「這絕不是我最愉快的一次假期，雪諾。」

我偷偷攬住他——氣氛好像變了，我不確定自己還可不可以這樣抱他。「你確定嗎？」

貝茨垂下眼簾，微微一笑——硬要說的話，這個動作可能有點像女孩子，可是他做出來就不會太女性化，反倒是有種……嗯……「嬌弱」的感覺。他靠過來，在我耳邊對我說：「班思想到計畫了嗎？」

我點點頭。「去科羅拉多州，把凡人甩掉，然後再來想新的計畫。」

「我們需要休息。」他說。

「我們可以先休息啊。」

「也許我們該回家了。」

我感覺到貝茨的背靠著我的手臂，他的肩膀就在我手心。「嗯，」我說，「也許吧。」

潘妮洛普

「去丹佛要幾個小時？」

凡人瞥了我一眼。從我們離開休息站之後，他便一直目不斜視地看著前方道路，沒有開口說話。「三個小時。」

「我們真的離開那個……靜區了？」

「對啊。靜區其實沒有很大，就算是在這個地區，沒有人住的地方也已經很少了。」

「是誰……」我思索片刻，想了想自己要問他的問題，也暗暗思考自己究竟想不想鼓勵他繼續和我交談。「是誰訂下這些規則的？」

他又看我一眼，露出了笑容。不算是善良無害的笑容，但也沒有明顯的惡意。我又想了幾個能施在他身上的防禦法術，不過我的魔法已經耗完了。賽門從前常問我，魔法用盡是什麼感覺？從前賽門還有魔法時，從不會遇到法力枯竭的問題。

我告訴過他，這就像喉嚨失聲的感覺，你知道自己再說幾個字，喉嚨就會完全啞掉。這時候你只能默默休息，等著聲帶恢復狀態。

有些法師只有在迫不得已的情況下才使用強力法術，大法師也教我們要把魔法省著用，用於自保。

不過，我母親的說法和大法師截然相反，她教我要天天使用強力法術，大膽地使用魔法。**「訓練自己的肺活量，」**她都這麼對我說，**「幫自己掘一口深一點的井，妳才能貯存更多的法力。訓練自己的身體，讓自己存放與使用更多魔法。」**

經過這一天下來的折磨，即使是強大的法師也會筋疲力盡。我先前對吸血鬼用上了自己所有的魔法，後來為了逃離巨車陣，把自己沒有的魔法也都用盡了。（我對凡人問起了巨車陣的事，他說那是民間藝術，也算是當地小有名氣的景點。）

總之，我現在能對這個凡人做到的，也就只有稍微干擾他而已。

「不然這樣吧，」他面帶不邪惡但也絲毫沒令我產生好感的笑容，對我說道，「我們來交換吧——我回答妳的問題，妳也要回答我的問題。」

「不然這樣吧。」我說道，「你乖乖回答我的問題，我就不把你變成蠑螈。」

「呃，也可以。」他在座位上挪動身體，找個更舒服的姿勢。脫離立即性的危險之後，我才意識到自己還沒仔細看過這個凡人。他個子很高，至少和貝茨一樣高，而且身材瘦長。華福的黑人男生都把頭髮剃得很短，不過他的頭髮較長、較蓬鬆，黑髮緊密地捲在了頭頂。

他的打扮有點怪，不知道這是不是文藝復興節的服裝。他穿著綠色燈芯絨寬褲，膝蓋處的布料磨到只剩幾條線，上半身則穿著牛仔外套，外套上別了十幾枚各不相同的亮漆別針和胸章。他的臉也瘦瘦長長的——臉也可以用瘦長來形容嗎？——帶著約翰藍儂風格的金框眼鏡。他到現在還滿身是塵土。

「我也不是萬事通，」他說道，「不過就我所知，靜區都是自然出現的。既然沒有住人，那就沒有法術可以用。有些魔法生物其實是那些地區的第一批移民——他們在故鄉不是遇到了各種問題，想要逃走嗎？於是他們來到了北美大平原。那裡當然也有原住民言者和原生物種，但是空間也大很多。後來愛爾蘭和德國言者來了，他們才真的鬧起來。那邊吵吵鬧鬧一陣子以後，大家基本上達成了互不干擾的共識，把靜區留給魔法生物用。反正言者也不想要住在靜區，他們都盡量待在語者的附近。」

「『語者』是什麼？」我問道。

「就是你們說的凡人。我這種人。」

「好喔。所以……我們必須待在人多的地區？」

「基本上沒錯。其實現在到處都有魔法生物了，因為靜區實在太少，他們不可能一直待在那幾個地方，不過這對你們來說也是好事。洛磯山脈東邊就只有內布拉斯加州西部這一個靜區，這裡和加州之間還有幾塊靜區。」他瞅了我一眼，「你們是要去西邊對吧？」

我沒有回答。

「我知道你們不是真的來度假的。這是某種任務——是某種『大冒險』嗎？」

「我們如果真的是來執行任務的，怎麼可能什麼都沒準備就來了？」

「你們是在逃亡嗎？」

「現在是了。」我罵道。

他握著方向盤，上半身向前傾。「我可以『幫助』你們啊。除了靜區以外，你們還會遇到不少問題。靜區其實不多，可是這地方大概每走五英里就要換一套魔法規則。除此之外，還要考慮到各個地盤的老大，到時候惹到比傑夫．阿諾還要難纏的傢伙，你們就麻煩大了。」

「傑夫・阿諾是誰？」

「那個臭鼬人。」

「他的名字叫『傑夫』？」

「不然妳以為他叫什麼？小花嗎？」

「你怎麼會這麼瞭解魔法生物？」我再次舉起戴著戒指的手，「你真的是凡人嗎？」

他舉雙手投降，完全放開了方向盤。「真的，我是徹頭徹尾的平凡人。」

不知為何，我忍不住笑了。應該是累壞了吧。

他也笑了，也許是鬆了口氣。**凡人，你可別急著放下戒心。我如果認為你是危險人物，還是會毫不留情地讓你的心臟停止跳動。**

「那你『到底』是怎麼知道這些的？」我又問道。

他又看了我一眼，一副正經八百的模樣——一副希望我相信他是正經八百的模樣。「因為我會追著女巫跟吸血鬼去荒郊野外啊。」

「你這樣真的很蠢。」我說道。

「我知道。」

「你剛才完全有可能被我們弄死。」

「是，我知道。」

「我們還是隨時可以弄死你。」

「我知道。」他說，「真的。」

「那為什麼要跟著我們？你是在替誰辦事嗎？」

「迪克・布利克。」

「那是誰？他也是臭鼬嗎？是什麼幫派的人？」

「不是，是一間店。我們賣高級顏料和鉛筆等美術用品。」

「煩死了——你什麼都沒告訴我嘛！」

貝茨聽到我提高音量，從後車窗探頭看過來，我對他搖了搖頭。貝茨撞了撞賽門，賽門也跟著看了過來，我對他豎起拇指——這是我們自己的暗號，意思是「一切安好」。（我知道這個暗號很明顯，但你也只有在不安好的時候才需要別人看不出來的暗號嘛。）

「我已經把事情『全部』都告訴妳了。」凡人說，「妳問的每一個問題我都回答了耶。」

「那你說，你為什麼這麼瞭解女巫和吸血鬼？」

「全世界都嘛瞭解女巫和吸血鬼！」

「那你為什麼這麼瞭解『我們』？」

「我不瞭解妳啊，小女巫，可是我很想多多認識你們。老實說，我現在好奇到快瘋了——竟然一次有三個新的魔體出現在『我家附近』，還在薩皮郡半數居民面前像魔法奇兵那樣殺吸血鬼……天啊，你們該不會是『魔法奇兵』吧？」

「並不是。你剛剛叫我們……『摩鐵』？」

「『魔體』。魔法生命體。我們這種人都是這麼稱呼你們這種人的。」

我按著額頭，以免腦子炸裂。「美國凡人居然還有對我們的『稱呼』？」格蕾絲．斯里克啊，這還真的是一場前所未見的大災難。

「不是所有凡人都會這樣叫你們，就只有我這種凡人而已。」

「你這種人……」我抿起唇，「你是指惱人的部分，還是有勇無謀的部分？」

「認識『魔法』的凡人。我加入了網路上的一個社群——」

「幹——殺——小。」我頹喪地癱軟在座位上。

「那個，」他看向我，「妳還好嗎？怎麼了？」

「這一切都是個大錯誤。我媽說對了——美國的部分也是，網路的部分也是，她全都說中了。」

「你們以為能永遠把我們蒙在鼓裡嗎？」凡人越說越激動，這也許是他的肺腑之言，也可能是他城府極深。「這世界充滿了魔法！妳看看四周，這些草原滿滿都是小精靈耶！你們難道要我們無視這一切嗎？」

「沒錯！這攸關我們的安危！」

「那妳願意無視這一切嗎？如果妳是凡人的話？」

「我不可能成為凡人。」

「妳可以——」

我直起身。「不可能。我若是變得平凡，就不會是我了。」

「妳就不能『想像』——」

「怎麼可能想像得了！你這就像是在問我：『妳想像自己變成青蛙，那會是什麼感受？』我如果變成青蛙就不會是『我』了，我會是『青蛙』啊！我連青蛙有沒有感情都不曉得。」

他搖了搖頭，彷彿連連吐出荒謬話語的人不是他，而是我。「我可以跟妳保證，凡人是有感情的。我們可能和你們不太一樣，可是我們也有眼睛耳朵，還是會注意到一些事情。」

「從我過去的經驗看來，凡人一般是什麼都注意不到的。」

「『我』會注意到一些事情。」他邊說邊指著自己胸口，雙眼從眼鏡上方直視著我。他顯然忘了要注意前方道路。「好，我不瞭解妳這個人，因為妳完全沒回答我的問題。但是妳假設自己不知道魔法的存在，假設妳一出生就是凡人，或者根本沒聽過這些，然後某天看到了什麼魔法現象——妳親眼目睹了奇蹟——這時候，妳會願意放著不管嗎？假如妳窺見了這個祕密世界，妳能假裝自己什麼都沒看到嗎？還是說，妳會花一輩子努力尋找進入這個世界的門路？」

我實在無法消化他說的這些，只能滿腦子想著我們此時此刻的危險。「所以你整天都在尋找進入我們世界的門路？」

「沒錯，而且我還找到了好幾條。」

輪到我搖頭了。

「妳不高興嗎？」他問道。

「對！」

「為什麼？」

「因為……因為這跟你一點關係都沒有。這不是你的世界——是我們的世界！你無權探究我們的祕密！」

「那妳說，這為什麼是你們的世界？」

「什麼意思？這不是很明顯嗎？」

「我不覺得明顯啊。為什麼魔法就一定是你們的東西，我就不能碰？」

我笑了。「因為我們有魔法，你沒有。」

他轉頭正視我。「我們是魔法『做』成的，要是沒了我們的魔法，你們就會比凡人還不如。沒了我們的魔法，你們就什麼都做不到了。」

31

雪帕德

唉，我搞砸了。

我應該要用自身魅力吸引她才對。說了你可能不信，不過有些人是認真覺得我很有魅力喔。在十八歲那年，我和一個住在溪邊的森林仙女暢聊了好一陣子，她把自己一生所有的故事都告訴了我，還拿桑葚蛋糕和蒲公英酒招待我。那是我第一次喝醉。

你問我是怎麼學到這麼多關於魔法的小知識？

我的策略很簡單：說實話就好了。

我每次都會說出自己的真實姓名（雖然你不管是看哪一則童話故事，它都會告訴你沒事別把自己的真名告訴別人），不論遇到什麼樣的情境，我都會告訴對方我要什麼東西，也會把自己想表達的意思說得一清二楚。

這些魔法生命體總是滿口謊言……他們已經低調生活太久，都只會用小把戲和謎語跟人說話了。

你帶著自己真正的臉和真正的名字出現在他們面前，把自己的真心話說出來，他們就會錯愕到忘了要對你使詐。

好啦，你的誠實「偶爾」會換來對方的魔法詐術（我大概這輩子都不用生小孩了，因為我已經答應要把長子或長女送給至少三隻小邪靈了），不過大部分時候他們反而會覺得耳目一新。我媽有個鬼火同事，她常常偏頭痛發作，也常常對我抱怨這件事。

除了我之外，哪會有人認真聽他們抱怨？

哪會有人認真聽他們的故事？

我認識好幾隻山怪，他們已經孤孤單單地在橋下蹲了兩百年。一旦適應了他們的叫囂與棍棒，再帶一些大骨湯去慰問他們，他們看到有人同情他們的遭遇、願意聽他們訴說，就會感激涕零了。

你只要對他們說你沒有惡意，然後不要做出任何傷害他們的行為……

他們會漸漸喜歡上你的，還會期待你的下一次來訪。

這種方法當然不適用於所有人，我也不能跟你說這種方法「絕對」安全……

比如說，在面對真正黑暗邪惡的生物時，你再怎麼討喜也沒有用。還有，有時候你就是看不出對方是不是「真正」黑暗又邪惡的生物。有時你將自己的真名交給對方，他們就再也不還你了。

有時候，他們會直接無視你……

在這方面，魔法師最惱人了。

他們自稱「魔法師」，其他人都稱他們為「言者」。

我聽一隻鹿角兔解釋過這個議題：「技術上來說，我們大家都是魔法師啊，對不對？我們都有魔法嘛。可是呢，他們把『魔法師』拿去當自己的名字了。你想想看，這就像是假裝全世界只有自己會喝水，或是只有自己會呼吸空氣而已嘛！『你看看我們！我們是空氣呼吸師喔！』」

魔法師認為只有他們能控制魔法，所以只有他們真正擁有魔法。其他靈類和生物都有他們非得遵守的規則——這些是真正的限制——但魔法師只要找到相對應的用語，就什麼都做得到了。

我這些關於魔法師的知識，大多是從其他魔體那裡聽來的。你很難找到言者，畢竟他們不是你在水塘附近等一陣子就會出現的生物，你也不可能種下蓍草和纈草，等著他們自己送上門來。

很多時候，就算真的遇到言者了，你也不會知道他們「就是」言者。他們往往會竭盡所能表現得像凡人一樣——但這其實非常詭異，因為在他們眼裡，「真正」的凡人就和家畜沒兩樣，不過是生產各式用語的獸類。

即使你真的找到了言者，認出了他們，願意和你談天的言者也是少之又少。他們不希望自己的力量被分散給他人，不希望任何人學走他們的招數。

我還以為這三個人和其他言者不一樣……他們「確實」很不一樣。那個吸血鬼怎麼會用魔杖？那個叫賽門的人是某種魔鬼嗎？（他是魔鬼嗎？還是我從沒看過的新品種斯芬克斯？我沒看過的生物實在太多了……）

問題是，我的開誠布公計畫對他們不管用。

一旦我失去利用價值，他們就會拋下我揚長而去，我一輩子都聽不到他們的故事了……

我們在丹佛市近郊一間汽車旅館休息。我本來還在煩惱，到底該派誰進去訂房呢——黑人男生、白人魔鬼、中東女生，還是散發惡臭的吸血鬼？（這時候應該要選白人魔鬼吧？）

沒想到這間汽車旅館每一間客房都有對外的門，小女巫挑了間房間，一隻手舉到門把前，說了聲：「芝麻開門！」就這樣，房門簡簡單單地開了。

接著，小女巫試著用魔法消除兩個朋友身上的臭鼬味。他們兩個下車時，身上都沾了濃濃的惡臭。

我站在一旁觀看。「妳會用法術煮番茄湯嗎？被臭鼬噴到的話，就只能用番茄湯消臭了。」

「臭鼬啊……」名叫賽門的男生說道，「難怪，我還想說他不太像貛。」

進房以後，女孩子和吸血鬼不約而同地癱倒在同一張床上。（好喔，我沒料到是這種組合。）長了翅膀的勝利女神男靠著門直接在地毯上坐下。（說不定他這種生物不需要睡眠。）這時，我才發現我是他們的俘虜。這……也不意外，我也不是沒遇過這種情形，我還是可以憑三寸不爛之舌脫身。

問題是，我並不想脫身，而是想憑三寸不爛之舌「捲進」他們的冒險。

我在坐墊塌陷的咖啡色沙發上坐下。

「我可以第一個守夜。」過了一小段時間，我猜小女巫和吸血鬼睡著之後，開口對那個賽門說。（我從來沒這麼接近過吸血鬼，也不知道他們到底需不需要睡眠。說不定這隻是混血兒。有半吸血鬼這種東西嗎？有吸血鬼輕症案例嗎？他搞不好是新血會的人。高地平原地區所有的魔體都擔心新血會哪天會捅出大亂子。）

賽門沒有回應我。

「讓我第一個守夜吧，」我又嘗試一次，「反正我現在還太緊張，不可能睡著。」

他嘆了口氣。「你打算怎麼守著自己？」

「我就說了——你們可以放心相信我的。」

「為什麼？」

「因為我是好人，我也樂於助人。」

「因為你是好人……」他說道。在黑暗中，我看不見他的眼睛。「那如果『我們』不是好人呢？」

這倒是個很好的問題。我也不是沒猜錯過。

「再試一次吧。」他說，「你告訴我，你想從我們這裡得到什麼？」

「我想認識魔法。」我說道。

「你看起來已經跟魔法很熟了。」

「我想知道和魔法有關的『一切』。」

「和魔法有關的一切，連『我們』都不知道啊……」

我坐起來面對他。「只要是我能知道的事情，我都想知道。你們為什麼來這裡？你們是朋友嗎？是某種團隊嗎？還是家庭？『你』又是什麼？我這輩子都沒見過你這種東西。」

賽門笑了，笑聲卻不帶笑意。「你都把我當成一種『東西』了，你以為我會把自己所有的祕密全部告訴你嗎？」

「啊，糟糕。」我說道，「對不起，你說得很有道理，是我說錯話了。我是真的可以幫助你們，我有車，很熟悉這附近的環境——而且我很瞭解『美國』的情勢。我之前不是幫你們逃出巨車陣了嗎？當初如果有我幫忙引路，你們根本就不會遇到那些麻煩。」

「明明就是你把我們追過去的！」

「那是意外啊！」

「那要是讓你跟著我們來度假，你會幹什麼？是不是要把我們拍成紀錄片，放到你的YouTube 頻道上？」

「我不會的。」

他又嘆一口氣。「快睡吧，雪帕德。我們不會傷害你的。」

我再次躺下，絞盡腦汁尋找新的策略。明早天亮時，他們肯定就消失無蹤了，而我醒來時肯定會頭痛欲裂。

「我們是好人。」賽門說道。

32

貝茨

班思對那傢伙施了天衣無縫的法術。（她做得有點過火了——無論用在何種情況下，「天衣無縫」幾乎都稍嫌過火，他可能一覺醒來連自己叫什麼名字都不記得了。）她接著把那傢伙的手機紀錄全部清空。

我無法幫忙施咒，昨晚的槍傷讓我到現在還感到不太……對勁。我的表皮基本上是癒合了，乍看之下不像是二十小時前受了傷，倒像是二十年前遭到了槍擊，不過胸口還是隱隱作痛。除此之外，我也感到無精打采，彷彿這具不死之軀做了某些重大的犧牲，才勉強沒從「不死」變成「死」。

我們昨夜只睡了短短數小時，賽門則是完全沒睡。

班思施了另一句法術偷車。賽門本來想再找一輛敞篷車，但潘妮堅持這次要低調——在美國，所謂「低調」就是一輛巨大的白色怪獸，名叫雪佛蘭 Silverado。（Silverado、Tahoe、Tundra……好啦，美國，我們都知道你很美國了。）

和這輛 Silverado 相比，凡人青年的卡車簡直像是還沒發育的小屁孩。這輛車高到自帶階梯，除了寬敞無比的後座之外，放飲料的地方比我家客廳還多。

（我們全英國也就只有三種「小貨車」而已，美國卻遍地盡是小貨車。美國人到底是有多少貨要載？）

今天由我負責開車，以免接下來又遇到危險，班思則是從置物箱找出一張地圖，正試圖幫我導航。她的手機還在之前的野馬跑車上，我的還是沒有訊號。

我們現在的主要目標是銷聲匿跡。那個凡人青年太聰明了，他可能在追蹤我們，甚至可能用魔法追蹤我們。雪諾已經完全切換至戰鬥模式了；自從大法師死去之後，我就沒看過他這副模樣。

我很羨慕他和班思的默契，他們駕輕就熟的態度彷彿是第十次並肩出征。現在我才意識到，賽門過去在學校擁有著我不瞭解的另一種生活——即使在他仍是小孩子時（賽門從以前就一直都是個小孩子），大法師也會利用他作戰。而現在，即使是失去了魔法的賽門，還是能泰然自若地扮演少年兵的角色。

不過仔細一想，他已經不是少年了……

我們兩個都不再是少年了。

我們刻意在山區亂轉亂繞了一陣。班思說附近到處都是城鎮，不必擔心魔法突然消失——話雖如此，我們兩個施了這麼多法術，法力也所剩無幾了。你也許會好奇，面對其他魔法生物，占盡了優勢的魔法師怎麼可能落敗？答案就是：疲勞。

洛磯山區陽光明媚，在坐過卡車車斗逃出內布拉斯加州後，我只要頭上有車頂遮著就很高興了。儘管如此，我還是感到疲憊不堪，感覺車子越往山上開就越接近太陽。

賽門

我應該是這輩子第一次來這麼美的地方。

這邊的山脈五顏六色，有灰色、藍色和藍紫色，還有一片一片的深綠色樹林，石頭則是橘色和紅色。

我們駛離馬路來到一條溪邊，貝茨走過去清洗上衣和頭髮沾到的血漬。（他應該是把那隻臭鼬的心臟整顆拔出來了，才會噴得滿身是血。）我們今早沒沖澡就直接離開汽車旅館了。

「我們把行李召喚過來吧。」貝茨說。他赤裸著上半身背對著我們，背部蒼白耀眼，水珠從黑髮滴落後頸。

「要是他們跟著行李來找我們怎麼辦？」潘妮問他。

「我不怎麼在乎。」他說，「我要我的衣服，還有我的墨鏡，還有我母親的絲巾。」

「我也滿想把手機拿回來的。」潘妮說。

我很想叫他們把整臺經典敞篷車召喚過來，可是他們應該不會太樂意。

我跟潘妮洛普坐在地上，啃著在 Silverado 裡找到的火雞肉乾（我頗愛吃肉乾的耶）。貝茨朝我們走過來，邊走邊扣起破爛的溼上衣。

「你想用什麼法術？」潘妮一面問，一面把幾塊肉乾往他那邊遞去。「『失物招領』？」

「那是什麼效果啊？」我問道，「你們的行李會從內布拉斯加飛過來嗎？」

「可能吧。」她說，「我只對離我不遠的東西施過『失物招領』，比如說鑰匙放錯地方的時候，就可以用這句法術召喚出來。」

「貝茨，」我說，「要是你的行李箱在飛過來的路上把人砸死了怎麼辦？」

「我們可能沒辦法召喚那麼遙遠的東西，」潘妮嘆一口氣說，「尤其是現在，我都快累癱了。」

貝茨在我們之間的地面坐了下來。「我想到更有用的咒語了。」他把魔杖舉到潘妮面前。（看來魔杖也被他洗乾淨了，那東西昨晚可是沾滿了山羊血。）「手搭上來。」

潘妮揚起一邊眉毛，但還是用戴著戒指的手握住他的手腕。

「班思，妳跟著我施咒。」貝茨閉上眼睛，他的眼皮呈深灰色。他深深吸一口氣，接著……唱起歌來了？「奇異──恩典──」

潘妮用力把自己的手扯了回來。「貝茨頓，你想施『聖歌』？」

貝茨嘆了口氣。

「我們怎麼可以施聖歌！」她說。

「妳這種態度當然施不出來了……」

「這是對聖歌的褻瀆啊！」

「潘妮洛普，別迷信了。」

她搖了搖頭。「而且它太籠統了，比起法術更像是一種氛圍。」

「它非常『古老』，」貝茨說，「又十分強大，而且還是美國人也會唱的歌曲。」

我用肩膀撞撞他。「你們是要召喚耶穌嗎？」

潘妮指著貝茨的鼻頭。「你明明就知道我是音痴，還叫我唱歌。」

「我們不必唱得好，」貝茨拉著她的前臂說，「只要同時唱出來就夠了。我們的祖先可都是以『合唱』的方式施咒的。」

聽他這麼一說，潘妮就有了興趣──她超愛魔法史的。「可是貝茨，我們兩個都累壞了……」

「和聲就是力量。」他說。

潘妮嘆了口氣，再次握住貝茨的手腕。「假如我們成功了，我媽一定會佩服得要命，甚至可能讓我在受死前吃最後一頓飯。」

「唱得賣力些，」貝茨說，「記得特別強調『尋回』兩個字。施法的意圖是非常重要的，這妳也明白吧。」

貝茨又閉上眼睛。「奇異恩典，樂聲何等甜美！」他的歌聲好美喔，比說話的聲音低沉。我上次看到別人用歌曲施咒，也是我「唯一」一次看到別人用歌曲施咒……就是在那天。施咒的人是大法師。對象是厄本。

厄本……

大法師他——

他都沒教過我們音樂。他接管華特福的時候，到底淘汰了多少學識？我知道華特福以前有戲劇社，以前也比較重視歷史，不知道在大法師當上校長以前有沒有合唱團？我好像一直都沒機會認識魔法世界，因為我還沒加入這個世界它就被我的監護人重新整頓過，連它的媽媽都認不出來了。

算了，這也不重要。反正我已經不是那個世界的一部分了。

潘妮也跟著唱了起來……呃，這樣應該也算在唱歌吧？她用像是在說話的聲音，硬是把扁平的歌聲擠了出來：「我曾迷失，如今已被尋回。」

貝茨唱得比剛才更大聲了，像是要填補潘妮歌聲的漏洞。「曾經盲目，如今又能看見。班思，再來一次。奇異恩典……」

貝茨之前在丹佛市近郊狩獵過，但他的皮膚還是灰灰的，前幾天被太陽晒傷的鼻頭還是黑黑的。（他晒傷以後沒有變紅，而是變黑了。）潘妮試著用法術消除臭鼬的臭味了，但他還是一身硫磺味，而且他的衣服不是弄丟了就是破破爛爛……貝茨簡直像是被美國蠶食鯨吞了，美國一有機會就要欺負他。

他逼潘妮把這首歌的第一節重複唱了三遍（她越唱越放鬆，嗓音也開了），唱完以後，他們張開眼睛看著對方。潘妮微微一笑。「好啦，算你贏。就算法術失敗了，還是有點酷……」她左顧右盼，「我們要等東西出現嗎？」

「我也不曉得，不然等一下好了。」貝茭也東張西望，「行李，快來『找』我們啊。」這座森林很安靜。應該說，它就跟其他森林一樣吵，到處都是風聲、枝葉窸窣聲和流水聲。這地方應該滿滿都是森林仙子吧。

這時候，我們聽到聲音了——有東西越飛越近了。

潘妮洛普的手機從天而降，落到我們之間。她笑了起來。「成功了！」

她快速用手蓋住手機，施一句「無影無蹤！」之後才撿起手機，「希望這麼一來，其他東西就沒辦法追蹤我們了。」

貝茭站在原地，往潘妮手機剛剛飛來的方向望去。

潘妮在查看簡訊和漏接來電。「它似乎沒被動過……它說不定從昨晚就一直躺在野馬跑車裡，不然就是被他們用魔法駭過了。喔——阿嘉莎終於回我了。」潘妮把手機舉到耳朵旁。

貝茭一臉煩躁。「這也太不公平了吧。」他又腰對森林說，「是『我』提議唱聖歌施咒的耶。」

「糟了。賽門——」

我和貝茭一起轉向潘妮，她的手垂到了地上，臉就跟貝茭一樣毫無血色。

「怎麼了？」貝茭才剛問完，就被自己的行李箱重重砸在了背上。

潘妮將手機調成擴音模式，把語音留言放出來給我們聽：

「潘妮洛普？是我。阿嘉莎。」

她是壓低了聲音在說話。

「我一直沒回妳，真是抱歉。我知道妳打了……很多通電話。應該說，我其實不怎麼抱歉，我『早就』叫妳別一直打過來了，我也說過我不愛講電話。不過……」

阿嘉莎的聲音有種被困住的感覺，像是躲在衣櫃或浴室裡打電話，或是躲在車上求救。

「我只是想跟妳確認一下狀況而已。我現在在某個豪華度假村。我應該跟妳說過我朋友金潔的事吧？是她帶我來的。這是某個團體——不知道是團體還是什麼計畫——這些人自稱『將新會』。

「我還以為這些都是那種毫無用處的自勵活動……它可能真的只是普通的自勵活動吧……

「但也可能不是。」

她湊得離手機很近，彷彿在我們身邊輕聲細語。

「有一個男的……

「克勞利的，我怎麼會為了『男生』的事打給妳？算了啦，潘妮，我沒事。

「我只是……有時候，我還真希望自己有把魔杖帶在身邊，就像小孩子帶著安全毯那樣。我今天也有點希望魔杖就在手邊。

「妳該不會正在去聖地牙哥的路上吧？我『早就』說過我不會在家了。

「總之——」

她被某個男人的聲音打斷了，男人沒有像她那樣刻意壓低聲音。「阿嘉莎？準備好了嗎？」

「布雷登。」阿嘉莎也恢復平常說話的音量，「等我一下……」

布料摩擦的窸窣聲過後，男人的聲音變得有點模糊。「妳剛剛在講手機嗎？」

「沒有啊。當然沒有了。」

「妳也知道我們這裡的規矩。」男人的聲音越來越遠，「不可以被手機分心。」

阿嘉莎的聲音也變遠了。「我只是需要一點獨處的時間而已。」

「我好像聽到妳說話的聲音——」

「我是在練習念真言。」

一扇門開了又關上，接著是一段寂靜。

「就這樣。」潘妮說，「後面還有五分鐘都沒聲音——我是真心覺得阿嘉莎遇到麻煩了！」

「聽她的說法，那似乎是高級瑜珈度假村。」貝茨說。他轉回去看行李箱了，箱子裡什麼東西都沒有。

潘妮洛普皺起眉頭。「哪有度假村不讓人用手機的？」

「這叫『社群媒體淨化』活動。」

「才不是。」潘妮的語氣十分堅定，「我很瞭解阿嘉莎，她是寧可和山怪接吻也絕對不肯打電話給我的。」

「那班思，妳既然知道她不肯和妳講電話，為什麼還要一直打給她？」貝茨把行李箱倒過來抖了好幾下，可是沒有任何東西掉出來。

「因為我擔心她啊！因為她就跟離群迷路的小羊沒兩樣啊！」

「妳說的『群』是指英國嗎？」我問她。

「『群』就是『魔法』啦！」她說，「如果是你或貝茨離開了魔法，我也不可能就這麼放你們離開啊。」

「潘妮洛普，我已經不是魔法師了。」

「你現在還是魔法師的，賽門。即使停在地面上，飛機也仍舊是飛機，不會變成別的東西。」

貝茨一臉嫌惡地把行李箱丟到地上。

「阿嘉莎會打電話給我，絕對不會是沒事來找我聊天。」潘妮又說，「她一定是因為『害怕』才會打給我。」

潘妮的手機突然發出聲音，應該是語音留言還沒放完。聽那個聲音，應該是有人開了門。

「她剛才在講手機。」又是那個男人了，他的聲音還是有點遠，卻帶了一絲強硬。「把手機找出來。」

更多聲響傳了出來。「我們有她的手機號碼嗎？」另一個男人問道，「要不要打給她？」

「把手機找出來，拿來給我。抽取程序必須提前進行了。」

一陣窸窣聲過後，一隻手握住了手機，第三個男人的聲音清楚地傳來：「找到了——幹，她還在通話中。」一連串的聲響過後，語音留言結束了。

我們三個都動也不動地盯著潘妮洛普的手機。

然後，潘妮洛普猛地伸手關閉手機電源，抬頭看著我。「阿嘉莎麻煩大了。」

33

阿嘉莎

都沒事的。

應該說，似乎有邪教想招募我加入。

極富魅力的邪教教主還想色誘我。

我還被困在他們的宅第裡……

不過大致上，一切似乎都「沒事」吧？

老實說，我寧可直接回家也不想繼續待在這裡了，但又不能拋下金潔不管（我從昨天就沒見到她了），我也不可能直接走人。

之所以不可能，有部分原因是我完全不知道出口在哪。

他們幫我升級了房間，換到會員區的一間客房。比起暴發戶豪宅的廂房，這地方感覺更像間醫院。

像是暴發戶的豪宅兼醫院。

每一條走廊都是不鏽鋼打造，地板都是打磨得光滑閃亮的水泥地，窗戶也比我想像中少得多。

「我們在屋子的這一部分進行很多創新研發，」布雷登帶我參觀時對我說道，「這裡是保密優先區。」

他帶我參觀了井井有條的實驗室，還有一間擺滿電腦、感覺像實驗室的房間，還有一間感覺像實驗室的溫泉美容中心——美容中心設有白皮革躺椅與漩渦浴缸。「你該不會請了科學家來幫你們修指甲吧？」我問道。

布雷登笑了。「我大部分時間都用來研究保健科學。深度淨化、排毒、回春之類的研究。」

「我媽媽要是看到一定會愛上這裡。」

「請進來吧。」他挽著我的手說。我當下對他的魅力有些著迷，於是讓他挽著我的手。也許和富比士傑出青年交往也不錯，如此一來我就有很多盛裝打扮的藉口了，而且他似乎也喜歡被我比下去。

我和賽門交往時，完全不能這樣開他的玩笑。賽門太過脆弱了，他就像自尊心有問題的核彈，和他相處實在太累了。

我跟著布雷登走進他的不鏽鋼溫泉療養室，他請我在一張皮革躺椅上坐下。

「握住這裡。」他指著一個握把說道。

我握了上去。

「妳知道自己是什麼血型嗎？」他問道。

「不記得了……」

他按下躺椅上的一個按鈕，我本以為他要啟動按摩功能，沒想到一塊觸控板從椅子旁邊滑了出來。「A+。」他說道，「妳看這邊，這是妳的紅血球數，數值很正常。這是妳的白血球數。」

「什——它怎麼會知道我的這些數值？」

「它剛才採了妳的血液樣本。」布雷登告訴我，「妳完全沒感覺吧。」

「是啊，完全沒感覺到呢。」

「妳的血糖比我預期的高，不知道是什麼意思。」

「你是想拐彎抹角地確認我有沒有性病嗎？」

「哈，當然不是了。不過順帶一提，妳沒有性病，也沒有任何的異常。我有一種疫苗——」

「布雷登，你在做什麼？」

他對我粲然一笑。「我在讓妳參觀我的研究室啊。」他揮手示意整個房間，「這是國內最先進的醫療設備，幾乎所有疾病進了這間房間都能被我治癒。」

「你不是該……『告訴』別人嗎？」

他又笑了，彷彿聽我說了句笑話。我從不說笑話。

「我等不及用電極測量妳的其他數據了。」他說道，「我們還得在妳空腹的時候再採一次血液樣本，這部分等明早再做好了。」

「為什麼？我生病了嗎？」

「沒有，妳非常完美。妳完美無瑕。」

「你該不會有某種醫療癖好吧？」

他聳了聳肩。「可能有一點吧，每次見了這類東西我都會很激動。我喜歡研究別人內在的機制，喜歡解鎖他們的編碼。」

我暗自想像自己的ＤＮＡ被布雷登拆解開來，分成小段小段售出。

「這是你的行銷話術，對吧？你是不是想依照血型賣不同的果汁給別人？那種飲料我和金潔已經試過了，根本就是直銷騙局。」

布雷登拉起我緊握著椅子扶手的手。

「阿嘉莎，我這個人就是妳現在看到的樣子啊——我就是個對妳傾心的天才億萬富豪——妳就不能接受這件事嗎？」

那是昨天的事了。

我昨日大部分時間都和布雷登待在一起，一直到接近傍晚才看到了金潔。「妳去哪裡了啊？」她問道，整張臉閃閃發亮地對著我。「喔喔妳不用回答，我都知道了——妳是不是『喜歡上』他了？」

「誰？」

「別想唬爛我，喬許有看到你們兩個一起出現在會員區。妳明明就喜歡上他了！」

「我也不知道耶。」我說道，「他的確是很有趣沒錯。」

「有趣？他又帥又有權勢，而且我從來沒看過飲食習慣比他更健康的人喔，他不吃穀類、不吃肉類、不吃茄類，也不吃乳製品。」

「金潔，他不吃這些還能吃什麼？」

「很多啊！堅果仁、植物蛋白、綠色蔬菜、藻類——」

「好喔。」我出聲打斷她。我離開英國後就不再吃肉了，也不使用任何動物非自願提供給人類的相關產品——但這些人真的很狂熱，你可能一回神就會發現自己整盤食物都被扔進垃圾桶了。

「布雷登竟然讓妳進會員廂房了！」金潔又說道，「我都做了好幾個禮拜的排毒調養，到現在都還沒有資格進去。他好像打算讓妳跳過計畫的幾個步驟耶，他是真的很喜歡妳。」

「我又沒參加什麼計畫。」

她興奮地握住我的雙手。「阿嘉莎！我們說不定可以一起升級耶！」

「我沒有要升級。」我堅持道，「我只是在……和男生聊聊而已。」

「我現在是親眼看到妳進化了！妳現在應該至少有百分之四十活化了吧。」

我翻了個白眼。

話雖如此，我還是讓布雷登在晚餐前親自帶我參觀整個園區。他帶我到室外繞了一圈：花園、高爾夫球場、溫室。「你都沒參加到活動。」我對他說道。

「我們這些活動的目標就是讓人集中精神。」他回道，「我現在精神十分集中。」

一般情況下，我都盡量避免談論自己的事。大部分的男性都很樂意滔滔不絕地說話，替我省下了不少唇舌，但布雷登對我的一切都深感興趣。他想瞭解我的父母、我的故鄉，甚至連我有沒有割扁桃腺與盲腸都想知道。

我回答得模稜兩可。在此之前，我生活中的大部分空間都被魔法占據了。

我告訴他，我父親是醫師、母親專門參加宴會。我告訴他，我以前不愛上學，現在也不會想念英國。

「妳不想念以前的朋友嗎？」他問道。

我不想念被怪物追趕的生活，我暗想，也不想念那種幫男友當自己是直男的生活。

「我們在學校是因為機緣巧合才湊到一起的，」我回答道，「現在就沒有那種機緣巧合了。」

導覽結束後，布雷登送我回房間換吃晚餐的衣服，這不是我和金潔共用的客房，而是會員廂房的一間套房。我的行李全被他派人搬過來了。

我們在度假村理論上不能用手機，剛來時工作人員就請我們交出手機了。「這是遠離塵囂的度假村喔。」金潔解釋道。

話雖如此，我還是沒交出手機，它現在仍在我的包包裡。布雷登等我更衣時，我溜進浴室撥了電話給潘妮，但是她沒有接聽。

晚餐結束後，我回到房間，發現手機消失了。

我也說不出原因，不過在發現手機消失的瞬間，我反射性地關了房間裡的所有電燈。不對，我說得出原因——我怕有人在監視我。

我關了燈，合衣睡下了。這間客房的門有裝鎖，但我相信布雷登手上一定有鑰匙。

這應該也不是什麼大問題吧。他沒有試圖傷害我，甚至連過於親暱的動作也沒有，即使是和我的肢體接觸也充滿了對我的尊重。

也許製藥業大亨都是這麼和別人談戀愛的。也許他們都會讓女孩子睡不鏽鋼裝潢的套房，聊天就聊她對核磁共振造影儀的看法。

今早，一個女人幫我端了早餐進來。早餐是苔麩麥片粥、蘇丹娜葡萄乾與一小盤維他命藥丸。

34

潘妮洛普

以前的我非常擅長思考下一步怎麼走。

每每發生糟糕的事件——或是神祕的怪事——賽門便會轉向我，我就會把計畫告訴他。我總是知道下一步該怎麼走，即使那不是「正確」的作法，我也總是會想出一兩個辦法。我從不執著於對錯是非，而是對自己充滿了信心，我相信自己能消化眼下的狀況，制定出最佳的計畫。

有時，我們會面對無路可退的情境，唯一的選擇就是戰鬥。有時，我們會走到不得不背水一戰的地步，只能讓賽門炸毀一切。

等到塵埃落定，賽門又會轉向我，我就會接著把新的計畫告訴他。

從下飛機到現在，我就沒想過什麼計畫了。

阿嘉莎那邊出了問題，百分之百是遇上了麻煩，但我們不知道她人在何處。除此之外，我們的魔法都被集中用在了幾處，我們還留下了一連串的錯誤，任誰都能追蹤我們的行跡。

我已經不記得上次做出好決定是什麼時候的事了。可能是在飛機上吧，還好我選的是起司蛋糕，而不是果醬餡餅。

賽門剛才一把搶走了我的手機。「她在哪裡？」

「我們施搜索法術找她吧。」貝茨說道。

「就算施了法術，能搜索的範圍也不大。」我說道，「我剛才已經把所剩無幾的法力都用在『奇異恩典』了。」

貝茨也是。他把空無一物的行李箱踢進了小溪。

「我們可以上網查查看。」賽門說道，「查那個『將新會』。」

「要是拿走她手機的人打給我們怎麼辦？」貝茨一臉畏懼，「他們現在知道我們的號碼了。」

「我該把『我』的手機扔了嗎？」我問道，「他們說不定可以追蹤我的手機訊號。」

「不行，」賽門說，「阿嘉莎可能會打過來。」

「好喔……」我說道，「好喔。」

貝茨站在溪邊，頭髮軟塌、膚色灰敗。

賽門啃著自己的嘴唇。我今天的魔法不夠用，無法幫他隱藏翅膀——我試過了，結果翅膀就只是閃了一下又再度出現。我從沒有這種法力完全枯竭的感覺，為什麼在美國光是保住自己的小命就得耗費這麼多魔法？

「好。」賽門說，「我們不能停下來太久，雪帕德應該在找我們——那些魔法生物搞不好也在找我們。阿嘉莎之前在聖地牙哥，那我們就繼續往西前進，盡量不要讓貝茨晒到太陽，盡量不要讓人看到我的翅膀。有機會的話，我們就偷一些食物跟衣服——不然就用魔法變出一些。還有，我們現在有網路了，可以上網查查看這些『將新會』的人到底躲在什麼地方。」他瞄了我一眼，「妳覺得呢？」

我點點頭。「嗯，不錯的計畫。」

貝茨也跟著點頭。「不錯的計畫呢，雪諾。」他望向附近的樹林，「我出發前再狩獵一次，晚點就不必停下來了。」

「你不能自己去狩獵。」賽門說。

「你別想看我——」

賽門撐開翅膀。「你不能自己去。」

我現在沒辦法獨處，於是和他們保持一段距離，遠遠地跟著。

我從至少一年前就知道貝茲是吸血鬼了——而早在那之前的很多年，賽門就開始懷疑他了——但時至今日，貝茲還是非常介意其他人對他的看法，不肯在我們面前進食，甚至只要是以為有人在看，他就連三明治都不吃。賽門說這是因為貝茲的吸血鬼尖牙會突然蹦出來，他會害羞，所以他每次用餐我都會別開視線。（不過話說回來，我其實非常想用科學方法仔細研究他的尖牙。）

我知道貝茲有時會用法術吸引獵物，但今天沒這個必要，前方地上就有隻體型碩大的野生貓科動物蹲在那裡。我等著貝茲進攻。

沒想到他非但沒有撲上去，還跺腳對牠叫喊：「去去去！走開！」

大貓嚇了一跳，連忙逃開。

「你在搞什麼啊？」我問道，「你難道喜歡跟獵物玩鬼抓人嗎？」

「我不殺掠食動物。」他說道。

「為什麼？你們是會惺惺相惜嗎？」

「牠們對生態系統而言很重要，而且這附近有羊之類的動物，我剛才看見蹄印了。」

他領著我們深入樹林。「我是真的不需要你們陪。」他嘀咕道。

「好啦，好啦。」賽門悄聲說，「你很凶猛啦。」

貝茨沉著臉斜睨他一眼。「我是很凶猛沒錯。」

樹林裡較溪邊陰暗，我們推開針葉植物的樹枝前行，地面還飄著膝蓋高度的霧氣。我也不知道為什麼，不過我根本沒想過美國就連「樹種」也和英國迥異。以前在英國，我和賽門花了不少時間在森林裡遊蕩，卻從沒見過這樣的森林。

貝茨停下腳步，看樣子是嗅到了獵物的氣味。

他跑上前，速度快到我和賽門都跟不上，動作也遠比我們優美。我們終於追上時，只見貝茨跪在小溪邊，腿上是一隻大角羊的屍體，他和羊都被林間霧氣籠罩住。他應該是把那隻動物的頸子折斷了。

「好了，」他說道，「等我一下。」

我低頭看去，發現霧氣已經上升到胸口的高度了，四周真的很暗。我舉起戒指。

「盜獵……」有人說道。那個聲音聽上去像女人，她似乎在我腦內說話。黑霧不斷上升，蓋過了我的下巴。「噬血者在老娘的背上盜獵。」那個聲音——我敢發誓，它就是在我腦子裡迴響——帶有英國腔，聽起來像英國北部人。

「請聽我們解釋！」貝茨喊道，想必也聽到那個聲音了。

「我們不知道這是妳的地盤！」我高喊。

賽門握住我的手。「我們不是本地人！」

「不是呢。」那個聲音說道，「看得出來。聞得出來……你們不一樣，不只是噬血者，而是比噬血者更加骯髒的東西……」

我閉上雙眼，對著混濁的黑暗施咒——「出來呀出來玩！」

「法師。」那個聲音嫌惡地說。

然後，我就被黑暗吞噬了。

35

貝茨

我動彈不得。

我再嘗試一次——還是動彈不得。雙手被綁住了。

我坐不起來。腿也被綁住了。

臉很痛。我趴在一塊岩石上。

我無法動彈。

我無法呼吸！

不對——我可以呼吸。可以呼吸。我嘴裡塞了東西，但還是能自由呼吸。

我無法動彈，無法視物——

我睜開雙眼……

我側躺在一堆營火邊，一個女人坐在火堆另一邊。女人年紀很大——或者也可能是留著白色長髮的年輕人——她在火堆旁暖手，每一根手指都戴著金戒指，手腕上也戴滿了金環。她注視著我。

「呃唔呼咳咳。」我感覺到賽門在一旁奮力掙扎著——聽那個聲音，他似乎在劇烈扭動。我真想叫他冷靜下來。我低哼一聲，讓他知道我在旁邊。

他扭得更用力了。

「該讓你們再睡去的。」女人說道。她說話時沒有動嘴，聲音直接傳到我腦中。「讓你們全都睡去。不用讓你們醒著，也可以處理完。」

她站起身，朝我走來。她「似乎」很老，移動時姿態卻像年輕人。她身穿破舊的牛仔褲，上半身裹著滿是珠飾的紅披巾，珠子在火光下閃耀。她的眼睛顏色非常淺，是貓科動物獨有的淺綠色。女人用灰色牛仔靴的靴尖挑起我的下巴。「聽過你的事。」她說道，「沒想到他們能成功，結果你還真出現了。男孩，你聞起來像血和魔法，兩個都酸臭掉了。」她嫌棄地咧起半邊嘴，「別。想。上。我。的。山。」她一腳踹在我的腹部。

幹。

我試圖呼喊，結果卻嗆到了。先前的槍傷仍未痊癒，令胸膛灼痛不已，而且我必須進食、必須喝血，總之在各方面狀況都非常差。

賽門又在賣力掙扎了，女人轉頭看他。「傻貓兒，交了個危險的朋友呢。你這樣會讓自己受苦的。」

她究竟是什麼東西？是妖精嗎？還是艾爾夫精靈？美國還有這類生物嗎？還是我們無意中來到了海外仙境？換作是我母親，肯定答得上來。即使是失落已久或早已滅絕的魔法物種，她也全都認得。

女人抬起頭，似乎是嗅到了什麼。

我也聞到了——是人類的氣味。是凡人。

「雪帕德！」女人開口說道，臉上浮現了燦笑。

「瑪格麗特！」是被我們丟在丹佛的凡人青年。我還看不到他，但我認得他的聲音與氣味，他和這個女人想必是同伙。

凡人青年跨過我的身體，老女人張開雙臂擁抱他。

「我本來不確定妳醒了沒，還擔心這次會撲空呢。」他抱著女人說道。

「太熱了。」女人氣鼓鼓地說，「睡不著。現在天天都太熱了。」她用頭碰了碰凡人的肩膀，接著往他的手臂碰去。「你帶了東西給我。聞得到。」

他笑著攤開手掌。

女人一把抓起他手裡的東西——是數枚戒指——戴上已經擠滿戒指的手指。「對我太好了，雪帕德。好孩子。好男人。」

「原來妳也認識我這幾位朋友啊。」他說道。

女人皺起眉頭，從他身邊後退一步。「不是你的朋友。將與新的。」

「我之前也是這麼以為。」雪帕德說道，「我第一次是在奧瑪哈碰到他們，不過瑪格麗特，他們不可能是將新會的人，我可是親眼看見他們冷血無情地殺了六七隻吸血鬼喔。」

「怎麼！多冷血？」

「和冰一樣冷。」

凡人青年居然在替我們說情，太不可思議了。我甚至不敢相信他還認得我們——班思對他施下那麼多記憶法術之後，他理應連自己在鏡中的倒影都認不得了。

「背叛了自己的族類，可能。」女人低頭瞅著我，又用靴子碰了碰我的臀側。「這隻是他們的作品。終於來了。混種的。」

「他真的是混種嗎？」雪帕德目瞪口呆地盯著我，「我還想說——」他搖了搖頭，「我也不知道耶……瑪格，我覺得這真的只是巧合，他們好像是觀光客。」

她吐了口唾沫，熱燙的唾沫噴在我臉頰上。「觀光客?!」

「他們不懂這地方的規矩。」雪帕德說道，「之前還為了看巨車陣，直接把車子開進了靜區。」

「據說很壯觀。」女人不情願地承認道，「看過照片。」

「我答應要當他們的嚮導，結果才剛要自我介紹，就突然被一群魔法生物逮住了。」

女人蹲下來檢視我，一隻手摸著自己下巴。她光是小拇指就戴了六枚戒指，其中一枚是潘妮洛普的魔法戒指。

「法師。」她冷笑著說道，「莽撞的小貓兒，還有混種。新血會麻煩的垃圾……『盜獵者』啊，雪帕德。這隻殺了我的公羊。」

「他應該是渴了。」雪帕德說道，「妳忘了嗎？我以前也喝過妳溪裡的水，那時候我們還不認識呢。」

女人站起身來，繼續對著他皺眉。「但你是好孩子——是無辜的人。不是騎士。不是法師。不是『噬血者』。」

「我們聽聽他們的說法吧。」雪帕德說道，「如果妳聽完還是不滿意，到時候再吃他們也不遲。」

「不會吃他們。」她瞪著我說道，「酸臭掉了。」

雪帕德先幫賽門鬆綁。「謝謝你。」我聽到賽門對他說，「我真的欠你一份人情了。」

「朋友，」雪帕德說道，「你欠我的人情多到我們該簽借據了。」

他接著解開我的塞口布，扶著我坐起身。「別用法術。」他輕聲告訴我，「她可以遠距離壓制你。」

我點點頭。

「在他身上找到了這個。」女人舉起我的魔杖說，「應該是偷來的。小小象牙做的。絕種了。」她將魔杖往身後一拋。

班思的塞口布還沒完全被取出，她就開始大聲問話了：「你們說的將新會是什麼東西？他們在搞什麼？我們的朋友被他們抓走了！」

「這下說到重點了。」雪帕德邊扶她坐起身邊說。

「別碰我！」班思罵道。雪帕德乖乖放開她，她又摔倒在地上。「你們一定要告訴我們——我們朋友的處境非常危險！」

白髮女人（她真的是女人嗎？）再次在火堆另一邊坐了下來。「沒有一定。你們回答問題。」

「請問。」我說道，「妳想聽我們說什麼，都可以問。」我看向賽門，他對我點點頭，表示自己沒事。他的雙手仍被綁著，腳踝與翅膀的束縛也仍未解開，但整體上沒有大礙。

「跟瑪格說說你們為什麼來這裡吧。」雪帕德邊說邊在女人身旁坐下。

我試圖掌控情勢，我們三個人當中就只有我說話得體一些。「我們是來度假的。」我說道，「我們真的是觀光客。」

「那你們說的朋友呢？」瑪格麗特厲聲問道。

「我們是來探望她的——」

班思出聲打斷了我：「我們擔心她的狀況，想來看看她——結果她昨天留了訊息給我們，說她和將新會在一起，他們還要從她身上『抽取』什麼東西。你們一定要告訴我們——」

雪諾則抬起了下巴。「『妳』是誰啊？」

「這不重要。」我說道，滿心只希望他們兩個閉嘴。「你們什麼都不必告訴我們，我們這就離開，再也不會回來了。」

「你是新血。」她平淡地對我說道。

「不是，我的血脈十分古老。我出身古老的家族。」

她沒在聽我說話。「『你』。就是混種。」

凡人青年也傾身向前，我恨透了他看我的眼神，他彷彿準備動手撬開保險箱。「將新會，」他說道，「也有人叫他們新血會——他們想教吸血鬼言術……」

「什麼？」我大吃一驚。

「太變態了吧！」班思說道。

「沒錯。」瑪格麗特指著我說道，「『你』就是變態！」

「我不是——**那種東西**。」我說道，「我是法師！我只是小時候被吸血鬼咬了而已！」

「原來如此！」雪帕德打了個響指，彷彿剛解開了謎題。

「不可能。」女人一臉嫌惡地說，「會放逐你，會把你餵給龍吃。是法師的律法。」

「是沒錯，但我母親被殺了——被吸血鬼殺了。那時沒有足夠強大的人來放逐我。」

「還不遲。」女人說道，「龍還很餓。」

「他不是壞吸血鬼，」賽門插嘴道，「他不會咬人，只會吃老鼠跟鹿跟羊——」

「盜獵者！」女人說道。

「我真的很抱歉！」我懇求道，「我剛才真的不曉得那是妳的羊！」

「他是真的很抱歉。」雪帕德說道，「我相信他。」

「要我們相信他不是混種？全世界都知道噬血者在混合血和魔法。」

「他們是怎麼做的？」潘妮提問道。

女人隔著火堆瞪視我們。「不知道。不會是好方法。黑暗。」

「假如吸血鬼弄到了魔法，」雪帕德說道，「那就誰都沒辦法阻止他們了，他們會變成食物鏈的頂層。」

女人發出憤怒的嘶聲。

「聽我說——」即使像冬至的豬隻般被五花大綁、即將成為活祭，班思也依舊無所畏懼。「——我知道我們看起來很可疑，但我們和這些吸血鬼沒有任何關係。如果我們的朋友真的被捲進去了，那她想必是遇上了大麻煩，需要我們的幫助。妳一定要放我們走！」

女人動了動手指，戒指發出喀啦喀啦的碰撞聲。「雪帕德，你認為呢？」

「我相信他們。」他回道。

「太心軟了。」女人說道，「誰都相信。」

「我和他們相處了兩天，這段期間內他們除了那群吸血鬼之外誰都沒有傷害。」

「還有我的羊。」

「真的非常抱歉。」我再次對她道歉。

她揮了揮一隻手。「放他們走，噬血者與法師走。小貓兒留下來陪我。」

「什麼？」除了她以外，在場所有人異口同聲問道。

「她是說我嗎？」賽門問道，「我又不是貓！」

女人嘆息一聲。「傻貓兒。迷了路的小鳥兒。」

凡人青年注視著賽門，賽門似乎取代了我在他心目中的地位，成了新一道難解之謎。「不會吧……」

女人走向賽門，仔細端詳他。「孤兒。一定是。竟然和法師與噬血者同飛——太可惜了。」

「我不是孤兒！」賽門抗議道，「不對，我是孤兒沒錯，但我不是什麼貓兒鳥兒。」

「我還以為他是惡魔耶。」雪帕德驚嘆道。

「哼。」女人繞著賽門上下打量，「紅翅膀，尖尾巴，和我同樣來自北方。小貓兒寶寶。」

「不對，不對，不不不。」賽門終於聽懂了。

「克——勞——利——的。」我咒罵道。

潘妮選了別的髒話：「幹。你。娘。」

「我才不是龍！」賽門大吼。

「還不是。」女人拍拍他的翅膀，「還是小貓兒。有天會是龍。有天會是凶猛的龍。」

「他不是龍！」我說道，「那對翅膀是用法術變出來的。」

「這隻不是龍，那隻不是吸血鬼。瞎了嗎我？傻了嗎？」她又在對我怒吼了。

「不是。」我說道，「不是妳的問題，是我們太莫名其妙了。」

「我就只是個長了翅膀的凡人而已！」賽門堅決主張。

「龍翅膀。」她點了點頭，「巨紅龍。」

「妳再看仔細一點。」賽門懇求道。

「妳聞聞他的味道！」班思說道，「他聞起來像龍族嗎？」

女人皺眉瞅著班思，接著伸手抓住賽門胸前的繩索，拉著他站起身。她湊到賽門頸邊嗅嗅，賽門昂起了頭。女人走到他背後，將臉埋入他被捆住的翅膀。

「聞起來像龍……但也像鐵。又是個變態種！」

「那就只是法術而已。」潘妮說道。

「誰的法術？」瑪格麗特一扯繩索，將賽門推了回去。

「我、我的。」他結結巴巴地說，「我以前是魔法師，是我施了法術。」

「為什麼！」

「我想要翅膀。」他說道，「我想飛。」

「為什麼尾巴？」

「我想要自由！」

她從賽門面前後退一步，賽門又摔回地面。瑪格麗特看著他掙扎著坐起身。「是……自由。」她在我們腦中說道，「比這個好。最好了……」

她走回火堆旁。

「妳相信我們嗎？」班思問道。

瑪格麗特聳了聳肩。「相信你們是畸形棄兒垃圾觀光客。」

在這方面，她並沒有說錯。「那麼，」我小心翼翼地說道，「我們可以走嗎？」

「你們會去新血會？和他們戰鬥？」

「對！」賽門高喊道。

「去吧。」她說道，「告訴新血會，他們永遠不會是頂層。是頂層！是。新血會將焚燒，在我們覺醒時焚燒。我們在頂層覺醒時焚燒。」

女人——還是「龍」？——握住凡人青年的手。「帶他們走吧，雪帕德。別讓他們傷了你。讓他們去傷噬血者。」她捏了捏雪帕德的手，轉身遠離我們與營火。

「等等！」班思喊道，「我的戒指——我需要那枚戒指。」

女人像是被潘妮攻擊似地猛然轉身，舉起一隻握緊的拳頭，手上戴了不下三十枚戒指與十多條金手環。「是我的了！」她在我們腦中爆吼。

潘妮語帶哭音。「求妳了，我需要用它施魔法，不然就沒辦法幫助我的朋友，也沒辦法傷到噬血者了。」

龍——她絕對是龍——走到潘妮面前，低頭瞪著她。她將戴滿首飾的手舉到嘴邊，咬住潘妮的戒指，接著將某樣東西吐到腳邊的土裡。那是戒指中心的紫色寶石。

然後，她就這麼離開了。

我們還活著。她就這麼離開了。

36

賽門

雪帕德先幫我鬆綁，我接著幫貝茨解開繩子。「你還好嗎？」

「老實說，我感覺不算太好。」他說。聽他這種說法，他現在應該是感覺離死不遠了。

我扶著他站起來。「我們先離開這裡，再找東西給你喝。你可以找更多貓，或是喝牛血之類的。」

我的翅膀半失控地亂拍著，剛才被綁得好痛——可能是有哪裡扭傷了。希望我的翅膀沒有骨折，不然我可沒辦法若無其事地走進獸醫診所，請他們幫我接骨。

潘妮還沒被鬆綁，就對雪帕德拋出一堆問題：「你們說的吸血鬼在哪裡？要怎麼找到他們？我們的車呢？」

「你們偷來的卡車嗎？」他忙著解開潘妮腳踝的死結，「在山下，就在你們之前停車的位置。」

「我們必須盡快離開這裡。」潘妮說。

「你們必須先喘口氣。你們剛剛差點死了耶。」

「那真的是龍嗎？」我問他，翅膀到現在還在抽搐。雪帕德遞了一瓶水給我。

「對啊。」他的雙眼閃閃發亮，「她是不是很壯觀？」

「那要看情況了。」貝茨說，「她現在有在聽我們說話嗎？」

「絕對有。」雪帕德說，「這座山上發生的一切，她都聽得一清二楚。」

「為什麼？」

他露出大大的笑容。「因為她就是這座山。」

我們都低頭盯著地面。

「都是龍喔。」他輕聲說，「一大群龍，不知道從什麼時候就睡在這裡了。」

「我們必須盡快離開。」貝茨說。話才剛說完，我們就聽到一陣迴力鏢破空的的飛旋聲，一條長褲「啪」一聲打在他臉上。

雪帕德一臉問號。「什麼鬼——」

「感謝克勞利。」貝茨邊說邊從脖子上扯下牛仔褲，「現在要我用一個國家換一件乾淨褲子，我也很樂意把國家送人。」

潘妮還愣愣地盯著雪帕德。「你說山是『龍』？」

雪帕德點點頭。「很不可思議吧？他們大部分是本土的龍，瑪格麗特應該是在幾百年前過來的。她習慣比較寒冷的氣候，所以才會醒過來，不過她說現在其他的龍也快要甦醒了，她迫不及待要和他們見面——好像也有點緊張。」他壓低音量，「別跟她說是我告訴你們的。」

「但是她長得像人類女人啊。」

「那只是她的角色設定而已。」雪帕德說，「有點像是魔法使者。」

潘妮終於擺脫繩索了，她雙手抱胸。「帶我們去取車。」

雪帕德倒退了一步。「你們又想把我的腦袋抹乾淨了嗎？」

「上次怎麼會失敗？」

他聳聳肩。「可能是因為我多年來接觸過太多小精靈粉，記憶魔法好像對我沒什麼效果了。」

潘妮舉起拳頭——我伸手想阻止她，可是她已經出聲念咒了：「九霄雲外！」

雪帕德像是下巴被揍了一拳般往後仰，搖了搖頭以後才抬起頭，他的眼睛還是很清澈，沒有任何迷糊的跡象。「話雖這麼說，感覺還是不怎麼舒服。」

潘妮垂下了手。

「我不懂，你們為什麼不信任我？」他說，「我已經連續救了你們兩次，你們現在想活著下山也只能靠我了——為什麼不能和我做朋友？」

「你才不想和我們『做朋友』，」潘妮說，「我們又不是在酒吧聊天認識的。你之所以幫助我們，完全是為了得到情報。」

「那也無所謂。」貝茨說。我們都轉頭看他，他看著潘妮。「我們無法自己拯救維彼羅，甚至連自己都救不了。我們『需要』嚮導。」

「就是說嘛！」雪帕德說。

貝茨看向他。「你要的是知識嗎？那我們就給你知識。你幫助我們找朋友，我們就讓你和我們同行，也可以回答你的一些問題，但你不能將知識分享給任何人。」

雪帕德立刻點頭。「沒問題。」

「什麼沒問題？」貝茨問他。

「我不會把我學到的事情告訴別人，我會幫你們保密。」

「和我握手約定。」貝茨說。

雪帕德伸出手，貝茨則對潘妮伸出攤開的手掌，潘妮把紫色寶石交給他。貝茨握住雪帕德的手，寶石夾在兩個人的手掌之間。「不守誓者，不得好死！」貝茨念道。兩個人的手都亮了起來。

雪帕德瞪大了雙眼，卻沒有要把手收回來的意思。「我從不違背承諾。」

「你如果違背承諾，」貝茨說，「就會當場倒斃。」他被這句法術累得整個人軟倒在地上，「好了，我的魔杖在哪？」

我們都很想立刻去救阿嘉莎，但是潘妮跟貝茨都被法術耗盡了力氣，貝茨看起來就像是被他吸乾了血液的動物屍體。

我們抵達下一座城鎮時，我幫他偷了隻狗——這實在不怎麼光彩，不過我們最近做的事全都稱不上光彩。

我們又用魔法擅自闖進一間旅館，貝茨跟潘妮頓時癱倒在床上。雪帕德說他可以代表我們去買披薩，潘妮虛弱地對他豎起了拇指。

離開房間前，雪帕德站在門口——「你們想趁我出去的時候離開也可以，這次我不會再跟著你們了，但你們也別指望我幫你們處理下一次的危機。」

我們都沒有要反駁或安撫他的意思。我已經累到什麼都不在乎了。

他關上房門以後，潘妮坐了起來。「我們等個十分鐘，然後東西拿了就走人。」

貝茨用枕頭丟她。「班思，冷靜點。我們需要他的協助，而且我需要沖澡。」喝了那條狗之後，他看起來氣色好一點了，但他的頭髮還是黏答答又亂糟糟的，本來就破破爛爛又髒兮兮的上衣又沾了新鮮的血跡。

怪了，他平常吸血的時候不會弄髒衣服啊……

「貝茨——」他從我身邊經過，往浴室走去。我抓住他的手臂。「你該不會在『流血』吧？」

「沒有。」

「明明就有。」我動手解開他襯衫的釦子。

貝茨別過了頭。「雪諾，」他的聲音安靜卻又嚴厲，「請不要——」

「貝茨。」他的胸膛到處都是圓形的小腫塊，一些腫塊破皮了，滲出血液來。我伸手去摸——腫塊摸起來像碎石，有幾塊被我摸過之後就破了，小塊小塊的黑色金屬從他蒼白的皮膚下冒了出來。

「你怎麼會變成這樣？」

「散彈。」他說，「昨晚的槍傷。我的身體似乎在排斥子彈。」

「會痛嗎？」

「不太會。」

我抬頭看他的臉，指尖還搭在他的胸口。他瞇起了眼睛，雙眼都蒙上了陰影——看起來是真的很痛。我湊近他的臉，很想安慰他，卻不知道該怎麼安慰才好。

「賽門……」他說。

「嗯。」

他的氣息輕輕吹在我的臉上。「你該先洗手。」

「喔。」我把手抽開，手上沾滿了吸血鬼的血。「好喔。」

貝茨洗完澡時穿著乾淨的牛仔褲，裸著上半身。他的胸口滿滿都是割傷和瘀傷，身體一側還有一塊深灰色的瘀青。

雪帕德把披薩買回來了，他說這是最最便宜的口味，但還是比我在英國吃過的披薩都美味。

他回旅館房間時發現我們都還在，吃了一驚，不過他沒有多問什麼，我們今晚也都沒有要守夜的意思。潘妮跟貝茨睡一張床，雪帕德睡另一張床。我拿了多的枕頭和床單，在地板上睡著了。

37

貝茨

我知道我的癒合速度比別人快（這也證明了我不是人），但我從未測試過這份自癒能力的極限。從沒有人對著我的胸口發射散彈，也從沒有人穿著鋼頭牛仔靴踢過我腹部……

在此之前，我受傷最嚴重的經驗是被愚石怪綁架那次。即使在當時，我的腿傷「似乎」也立刻癒合了——問題是，我當時困在棺材裡，結果斷腿以「錯誤」的方式癒合了。

在那之前，我和賽門打過不少次架，多年來被打得多次眼圈瘀腫，還有一次嘴唇破皮。那些小傷很快就復原了，賽門的傷也都迅速癒合了；他以前雖然不會用法術療傷，魔法還是會自動讓他的身體癒合。

然而，他現在已經沒有魔法了——他的翅膀出了某種問題，沒辦法完全收到背後，等他醒了我就用法術幫他治療看看。

我在其他人轉醒前就醒過來了，感覺精神比前幾天好很多。卡在我胸口的散彈都在昨晚洗澡時被我刷掉了，胸膛的灼痛也完全消失，皮膚現在生了一層閃亮的白疤。疤痕應該過一陣子也會消失，我過去其他的傷疤也都消失了。

早餐是冷披薩。

我們將所有的錢集中放在床上，所有人的錢加起來只有數百美元。我還有信用卡可以刷，但還是想盡量避免刷卡。

「這樣我們連加油的錢都不夠。」雪帕德低頭看著那堆現金，開口說道。

「我們可以施法術加油。」班思說道，「這些錢我們也可以慢慢用。」她將戒指舉到鈔票上方。「省一分就是賺一分！」錢堆變成了原本體積的兩倍。班思露出了笑容。「我一直很想試這一句……」

雪帕德看得瞠目結舌。「妳可以『變出』錢來？」

「看來是可以。」

「妳不能一直用這類美國片語。」我對她說道，「法術的效果太難預料了。」

「這也是情勢所迫嘛。」班思聳聳肩，「我們需要食物和衣服，而這傢伙呢——」她指向雪帕德，「——他必須告訴我們要去哪裡找將新會。」

「我其實不知道確切位置。」他說道。

賽門在吃最後一片披薩。「那把你知道的部分告訴我們。」

雪帕德把眼鏡往上推了推。「他們是新的一群吸血鬼。我們美國的吸血鬼通常都獨來獨往，不然就是有自己的吸血鬼家族，平常不太會和別人來往。可是新血會……他們不算是吸血鬼家族，反倒像愛收購別家公司的大企業。他們不會偷偷摸摸地把沒人要的凡人抓走，而是要什麼就拿什麼，而且他們野心很大，就連我也知道他們想得到魔法。」

「那魔法師群體呢？」班思問道，「他們怎麼會放任這些吸血鬼？」

魔法師一般不會容許吸血鬼為所欲為，所以大法師過去和吸血鬼暗中協議的事情公諸於世之後，他的聲譽大受打擊，死後才會連塊墓碑也沒有。即使是對他忠心耿耿的魔法士團，現在也是一想到他就嫌惡地吐口水。

「魔法師應該有能力阻止他們，」雪帕德說道，「但前提是他們得先形成某種組織。我不曉得你們那邊的狀況是什麼樣，不過我們這邊的言者都不太會……互相聯絡。」

我沒心情介紹英國的魔法世界。「你說過，這群吸血鬼想學習如何使用語言的魔法。」我說道，「這是不可能的。魔法師的才能都是與生俱來的，一個人如果天生不能使用言語的魔法，那他就不是魔法師了。」

賽門清了清喉嚨。

「所以這是基因遺傳囉？」雪帕德問道，「我一直在想……那假如我跟言者結婚，我們可能會生出有魔法的嬰兒囉？」

班思捧腹大笑。

「你怎麼知道這群新的吸血鬼想得到魔法？」我問道，「你不是不怎麼瞭解他們嗎？」

「他們派人到全國各地蒐集情報，到處在找魔術和相關的傳說，還聯絡了我們社群裡的魔法愛好者。」

「這就是為什麼！」班思指著他，「這就是為什麼我們要保密！你打算把從我們這裡聽來的情報分享給那些暴發戶吸血鬼嗎？」

「沒有！」雪帕德十分堅持，「我已經拿自己的命立下毒誓了。」

「他們在哪裡？」我問道。

「我不知道新血會在哪裡，」他說道，「不過——我知道美國大部分的吸血鬼都在拉斯維加斯。」

「拉斯維加斯啊……」班思露出有些不贊同的神情。

我看向雪諾，只見他笑得合不攏嘴。

離開旅館前，賽門決定試著撥打阿嘉莎的手機號碼。

「那如果將新會追蹤來電，追蹤到我們這裡怎麼辦？」班思憂心忡忡地問。

「如果他們找到『我們』，」賽門說道，「我們就不用去找『他們』了。」

「還是打吧，」我說道，「也許維彼羅會接起電話，說她是去了療養度假村，有人在幫她抽取毛孔裡的髒汙。」

「你不是真心相信這個說法吧？」班思說道。

她說得沒錯。我確實不相信。

我和班思對她的手機施了保密法術——至少，我們盡量施了幾句咒語，也不曉得有沒有效——接著撥了阿嘉莎的手機號碼。電話直接轉到了自動語音信箱，看來阿嘉莎沒有錄過語音訊息。（她竟然沒錄「潘妮洛普，別再打過來了」之類的訊息，真是可惜。）班思立即結束通話。

「好喔。」片刻後，賽門說道，「我們繼續走吧。」

我們打開旅館房門準備出發時，我大部分的襪子與三件上衣飛了進來，我開心到緊緊抱住了它們。（我本來打算用魔法變出一件上衣，或派雪帕德到最近一家沃爾瑪幫我買衣服穿。在沒有上衣的情況下，我連沃爾瑪都進不得。）其中一隻襪子黏滿了羽毛，但上衣都還算乾淨，我立刻穿上了一件——這件的印花很美，是茄子圖案配深藍色葉片——並將剩下的衣物收進塑膠袋。（我不該將行李箱丟在溪裡的，不過現在也沒辦法回去拿了。）

班思又施法將賽門的翅膀變不見了，他堅持要我和潘妮一同擠入卡車車頭，而不是和他一起坐在車斗裡。「你已經晒傷了。」他說道，「而且你的頭髮都會被風吹得亂七八糟的。」

雪帕德叫賽門躺在車斗裡，根據他的說法，坐卡車車斗不僅危險，還是違法行為。「『危險』跟『違法』都是我的中間名喔。」賽門說道。

「你才沒有中間名。」我說道，結果他似乎有些受傷，我馬上就為剛才的多嘴後悔了。我只是很『擔心』他而已。我握住他的手，想多少補償他。「小心一點就是了。」我說道，「等我們要和吸血鬼戰鬥時，多得是讓你展現蠻勇的機會。」

「『蠻勇』是什麼？」他問道。

「你的中間名。」

他拉了拉我的手。克勞利啊，我們真是太笨拙了。我總是猜不出賽門要的是什麼，這一下輕扯的意思究竟是「我喜歡你」，還是「保重」？還是「放開我的手」？我敢發誓，這一下輕輕的拉扯感覺最像是在說「對不起」。唉，就連牽著手時，我們也在互相道歉。倘若我們掌握了有效溝通的方法，這段感情是不是會就此結束？倘若我們之中一人找到了適當的話語……

「貝茨頓，上車啦。」潘妮洛普開著車門，她想逼我坐在她和雪帕德中間。

我捏了捏賽門的手，乖乖上了車。

38

雪帕德

成功了，成功了，**成功了！**

我找到門路了，而且是比以前更難得的一條門路——我可是接生過半人馬！還幫厄怪處理過稅務喔！

沒有「任何人」有機會結交言者與吸血鬼，言者是不和任何人深交的！即使和凡人往來，他們也不會透露自己的真實身分，聽說有時言者和語者結婚後，還是不會將自己的魔法能力告訴另一半。

這些事情要保密可不容易，我恨不得把情報貼上論壇，讓所有同好知道我挖到了獨家消息。話雖這麼說，我也不是沒幫人保密過——在昨天以前，我沒把瑪格的事情告訴過任何人（好像是她先告訴他們的，所以也不算是我洩密）。

知情比到處宣揚好得多。

如果我幫助這三人把他們的朋友救出來，他們說不定會願意繼續和我往來，讓我當他們的凡人朋友！（賽門都自稱凡人——但他背上長了龍翅膀。）

「我總覺得我們還不算正式自我介紹過。」車子回到高速公路上後，我開口說，「你們知道我是雪帕德了……你是叫貝茨沒錯吧？」

吸血鬼點點頭。

「妳是潘妮洛普？」

「大概吧。」潘妮洛普說。我第一次看見她時，她的頭髮綁成了馬尾，現在大部分頭髮都快從馬尾散出來了，狂亂的棕色鬈髮全垂在臉邊，但她似乎不在乎。她也沒抱怨衣服的事，不過從我們認識到現在，她就一直穿著同一件褶裙和同一雙及膝襪了。我喜歡她的鞋子——那是一雙晶亮的馬汀牌瑪麗珍鞋，還有銀色金屬釦。

我的小卡車車頭理論上只能坐兩個人，我和貝茨擠得手肘不時會相撞。

「你真的都不咬人嗎？」我問他。

「目前還沒咬過人。」他說道。

「我還以為你們會克制不住吸血的衝動。」

他沒有轉頭，轉動眼珠子斜睨了我一眼，然後翻了個白眼。

「那其他吸血鬼怎麼不學你？」我問他，「為什麼要咬人？」

「我也不確定……」他回道，「我猜是因為人太美味了。」

潘妮洛普氣鼓鼓地呼了口氣，她上半身向前傾，隔著貝茨看我。「你到底知不知道我們該去哪裡啊？」

「我想說可以先去拉斯維加斯——」

「然後呢？『這位先生或小姐，不好意思，能請你帶我們去找吸血鬼嗎？我們不是指那些很壞的老吸血鬼，而是更壞的新吸血鬼。』」

「假如距離夠近，我們可以施法找他們。」貝茨轉向她說話，把我阻隔在外。

「我有個朋友住在那附近。」我提出。我必須讓他們需要我，不能讓他們覺得我失去了用處。「她的『人脈』很廣，可以的話她一定願意幫助我們的。」

39

賽門

我真的沒看過這麼藍的天。

我躺在卡車車斗裡，雪帕德的睡袋被我拿來當枕頭靠。貝茨用魔法把我的翅膀治好了，還在上一個休息站幫我買了一副山寨的雷朋墨鏡和一箱礦泉水。每隔一段時間，我就會看到他轉過頭來檢查我的狀況。

我狀況很好。

好得不得了。

在這片藍天下——這片寬廣得不可思議的藍天下——我幾乎能相信我和他以後也會很好。

我和他，他和我。我們還是過得不錯吧？還算可以吧？雖然有人把我們五花大綁，還有人拿槍射我們，但整體來說還行吧？

我們還行。他一直碰我，我也一直讓他碰我，都沒有產生之前那種討厭的靜電感覺……我之前都會覺得我們之間發生的事就像一棟快倒塌的建築，我得趁自己被活埋前趕快逃命。

貝茨常常碰我，感覺好棒。

（「我」摸貝茨每次都感覺很棒，如果可以每次都是「我」摸他、親他，不用被他親就好了。）（我也說不出這兩件事的差別，為什麼親別人很簡單，被親就好像要窒息一樣？）（可是這個禮拜都「沒有」窒息的感覺，我們都很好。天空好大，有好多好多空氣喔。）

雪帕德盡量不開高速公路主幹道，所以大部分時候馬路上沒有別人。我坐起來靠著卡車看路邊，看著大地從綠色變成灰色，然後又變成紅色。

你每次移開視線，美國都會變一個樣子。

它往四面八方傾撒出去。

太神奇了吧，猶他和愛荷華竟然是同一個國家的兩個州！我甚至不敢相信它們都在同一顆星球上。我現在就感覺自己是第一個踏上火星的人——還好貝茨不在我旁邊，看不到我目瞪口呆的蠢樣。

車外面對他來說太熱、太亮了，而且風一直吹、車一直震，我感覺自己被烤得半熟，全身都被風扒下了一層皮。

我感覺很好。

貝茨

我們已經開了四個小時的車，雪帕德表示還有至少八個鐘頭的車程。班思想施法讓卡車加速，但我怕我們在抵達目的地時魔法儲量不夠用。

雪帕德不停搭話，卻徒勞無功。我此生沒有任何一次開誠布公地和別人談過話，班思也對他印象極差。

我們只能眺望越發致鬱的風景打發時間。美國的綠色不是綠色，我們行經了各式各樣的田園草地，沒有任何一片的綠色達到我們英國原野的飽和度。目前車外幾乎沒有綠色，整片曠野都化成了刺目的紅。

我轉頭確認賽門的狀況，剛才給了他防晒乳——

他不在車斗裡。

「停車。」我緊抓著雪帕德的手臂，「雪諾不見了。」

班思轉頭望去。「他去哪了？」

「應該是從車上摔下去了。」我說道，「往回開。」

潘妮解開安全帶、搖下車窗，上半身攀到窗外去看。

「他沒事！」雪帕德喊道，「快回來！」他用手肘撞我，「她這樣會摔出去。」

我抓住班思的腰。

「你們的朋友在那邊。」雪帕德指向擋風玻璃外某處，「他在飛。」

我看見前方柏油路上的影子——賽門撐開了翅膀，箭頭形狀的尾巴在身後舒展了開來。

「他瘋了。」我輕聲自語。

40

潘妮洛普

「這部分需要請你們幫忙。」雪帕德說。

「哪一部分？」我說道，「為什麼要我們幫忙？」我得隔著貝茨和這個凡人吵架，越吵越煩躁。我們已經在卡車上坐了至少十一個鐘頭，這段時間賽門不是在車後就是飛在我們上方，從頭到尾都暴露在惡劣的沙漠環境下。我對他施了滿身的保護法術，我知道貝茨也幫他蓋滿了法術，但這真的太超過了。我是很想救阿嘉莎沒錯，可是我不想讓賽門被烤熟啊。

上一次暫停休息時，他看上去沒什麼大礙，反而顯得異常興奮——甚至可說是興奮到了危險的地步。「我們竟然到了離大峽谷這麼近的地方，都沒有要去看兩眼！」他一臉難過地說，「六十六號公路也是！約書亞樹也是！」

「雪諾，醒醒吧。」貝茨說道，「我們英國多得是樹。」

這一段路程貝茨是坐在車內，頭上有遮風遮陽的車頂，他的狀況比先前好多了。他鼻子上的黑灰大部分都消失了，不過我看到他灰敗的膚色還是挺擔心的。

他在午餐後吸了條蛇，那之後變得有點暴躁易怒。

「這樣也不錯吧，」貝茨回到卡車上時，雪帕德說道，「早餐吃蛇，午餐吃蛇，晚上再來一頓健康的晚餐。」

我不理他；我這一路上一直盡可能無視那個凡人男生。我們是答應讓他留下來幫我們沒錯，但我們可沒答應要幫他解釋任何事情，更沒答應過要……娛樂他。

可是他一直試一直試，都沒有「閉嘴」的時候。

他問起我們的家庭，看我們沒有要回答的意思，他就開始分享自己的家庭故事。他母親是教師，姊姊是記者；他父母離異，空勤員父親住在亞特蘭大市，不過這也沒關係，這樣他聖誕節假期就能去個暖和的地方過節，雪帕德有時也能靠他爸爸的關係免費搭飛機——唉，魔法啊，我甚至知道他小學踢過足球，但現在他比較愛玩角色扮演遊戲。他還真的把自己生活中所有細節鉅細靡遺地告訴我們了。

他最愛的話題就是魔法了，他似乎以為能用自己遭遇各種魔法生物的故事拋磚引玉，引出我們自己的經驗。

我們並沒有被拋磚引玉到，況且魔法師並不會和魔法生物交流，就算是不邪惡的生物我們也極少結識。我們在學校有幾個小精靈和棕仙同學，還有一隻比我們大一屆的半人馬，但他們都至少有「部分」的魔法師血統。（魔法師怎麼會愛上人馬？他們有什麼共同點嗎？）（**「上半身啊。」**我試著和賽門討論這個議題時，他這麼說道。）

雪帕德和我們截然相反，聽他的說法，他每次遇到魔法生物就會過去結識對方。

「騙人，你『才沒有』和大腳怪背包旅行過。」聽了五六個小時的胡言亂語後，我終於忍不住出聲吐槽。

「我就說了嘛，他沒有背包，而是有一個袋子，袋子裡就只裝了一把梳子和一把雕刻刀。我送他一支牙刷，他那時候真的是開心得要命呢。我得找時間回山上，送他一把新的牙刷……」

「你哪來的『時間』去到處冒險啊？你應該和我們年紀差不多吧，都不用讀大學嗎？」

「我二十二歲。你們年紀多大？」

「關你屁事。」

「嗯，好喔。我是暫時不去讀大學，等以後知道要讀什麼科系了再回去。現在我是走『讀萬卷書不如行萬里路』的路線。」

「還行萬里路呢，我告訴你，萬里路只會讓你分心而已，你對世界瞭解得多一點，才有辦法從世界學到更多。」

「哈，我媽也是這樣說的。」

「你媽顯然比你聰明很多。」

「這我不否認。那妳媽媽是什麼樣的人？」

「哼。」

我們應該到了亞利桑那州，卡車行駛在漆黑的道路上。我們都盡量不上高速公路主幹道，但也一直離市鎮與人煙不遠。

「我們接下來要試著做一件事。」凡人男生說道，「這件事不算是合法。」

「我還以為你是法網遊龍先生呢。」

「我是『不要偷車、製造偽鈔或犯其他重大竊盜罪』先生，不過這不會傷到任何人的。我們得進去找我朋友，可是現在已經過了開放時間——」

「你需要什麼，直說就是了。」貝茨打斷他。

「說幾句『芝麻開門』應該就可以了。」

「嘖嘖。」我哀嘆道，「別把咒語說出來啊！照理說，你不該知道這些法術的。」

「我之前在汽車旅館聽妳用過啊！全世界都知道『芝麻開門』是魔法咒語嘛，而且它能成為咒語應該就是『因為』大家都聽過啊。妳有沒有想過這個可能性啊？」

我摀著臉，好想同時摀住自己的耳朵。「是『誰』把我們魔法的原理告訴你的？請把那傢伙的名字告訴我，我這就確保他們接受國際審訊和嚴厲的制裁。」魔法世界並沒有國際審訊這回事，但我想用假情報混淆視聽。

「好啦，」貝茨說道，「我們做就是了。沒時間在這裡爭論不休了。」

我們轉上一條較寬闊的馬路，順著告示牌開往某個叫「胡佛水壩」的地方。我似乎聽過這個地名。

我從後車窗往外看去，只見賽門坐著，正一臉期盼地靠著車斗邊架往外望。他似乎是打從心底享受這趟旅程的一切。（我們險些喪命的那幾次除外。）（老實說，那幾次他似乎也十分享受。）

「可以的話，也麻煩你們讓別人別那麼容易看到我們。」雪帕德說道，「這裡有監視器。」

貝茨對卡車施一句：「猶在鏡中！」

雪帕德點點頭。「酷喔。那這邊的鐵門……」

「芝麻開門！」我說道。我念咒的語調太諷刺、太平板了，再施了一次才生效。

「可能會有警衛。」雪帕德邊說邊瞇著眼睛注視前方的黑暗。

「我來處理他們。」貝茨正經八百地說，「要我讓他們睡著嗎？」

「喂。」雪帕德伸出手臂阻止他，「我可不想害他們趴倒在控制板上，不小心把整座水壩炸掉……」

「控制板上不太可能有『把整座水壩炸爛』的按鈕吧。」我說道。

貝茨越來越不耐煩了。「我來處理就是了。」

我們停了車，賽門從卡車側面跳下來。「我們的計畫是什麼？要去看水壩嗎？好酷喔！要偷偷溜進去嗎？」

貝茨一把揪住賽門的T恤將他拉近，仔細檢查他是否受了傷。「你還好嗎？會渴嗎？快被晒死了嗎？」

「我沒事。」賽門說，「我們離開的時候，你要不要跟我一起坐後面？現在太陽下山了，天上有好多好多星星喔。」賽門伸懶腰般撐開翅膀，貝茨幫他拍掉肩膀上的塵土。貝茨表現得有點羞怯，像是不確定自己有沒有資格這樣溫柔地觸摸賽門，我看著就覺得難過，只好轉過去看雪帕德，他也盯著賽門和貝茨直看。我推了推他的手臂，「我們現在是要怎樣？」

雪帕德從卡車車斗拿了一瓶礦泉水。「我朋友住在水裡。」他說道，「嗯，算是住在水裡吧。我們走到水壩前，看看她想不想和我們聊聊就可以了。」

「阿嘉莎的性命危在旦夕，能不能得救全取決於這個人想不想和你聊天？棒喔。」

「好消息是，大部分的人其實都很喜歡和我聊天，只有妳例外。」

我們順著步道走向水壩。

我和貝茨施了「猶在鏡中」與「非禮勿視」的法術組合，確保警衛不會注意到我們。

雪帕德從頭到尾都在仔細觀察我們，想必等等一有時間就會拿起堆在儀錶板上的其中一本筆記本，把這些法術全都記錄下來。嗯……我們可沒答應之後不會摧毀他手上的所有證據喔。

賽門飛在我們後方，他好像很喜歡自由自在地使用翅膀。等我們回家後，應該想想辦法讓賽門出去活動翅膀。（如果沒立刻被關進魔法監獄的話。）（至少在「魔法」監獄裡，賽門不必將翅膀藏起來。）

水壩大得不可思議——也滿美的——它是一堵彎曲的水泥牆，阻攔了自然的河流。我們走到高牆中間時，雪帕德盡量將身體探到水面上方，我若是真心關心他，就會把他拉回來——下方的河流想必是最低點，從這裡摔下去可不得了。我遠遠看見水庫周圍岩石上的溼痕，就像是浴缸邊緣的一圈水痕。

「水藍……」雪帕德低聲呼喚道。他將寶特瓶舉過欄杆，倒了些水下去。我們沒有馬上聽到回應。

他繼續靠著欄杆往下倒水。「水藍……」

下方傳來流水聲——那是一道泠泠流水般的話聲。

「噓噓噓雪帕。」那道聲音說。

一道水柱在我們面前噴了上來，我嚇得往後跳一步，賽門搭著我的肩膀穩住我。他不知道什麼時候降落了。

水柱落了回去。

又有幾道水柱起起落落。

接著，一道較粗的水柱噴湧上來後停滯在我們面前，在那一瞬間顯得像女人的形體，彷彿即將融化的冰雕。

「吃吃吃吃起來像嘶嘶嘶塑膠。」那道低沉的聲音隆隆說道。那是女性化的隆隆嗓音。

「我知道。」雪帕德說，「抱歉了。」

一隻小溪般的手伸了出來，輕碰他的臉頰。「奧加拉拉含水層。」她撫摸著雪帕德，咕嚕咕嚕道。「洛磯山脈的噓噓噓雪。」

「對啊。」雪帕德說，「我在公路旅行。」

「比較像是救援任務。」我說道。

水柱轉向我，接著向後退去。「陌噓噓噓生人。」它說。她說。她咕嚕咕嚕道。

「是我的朋友。」雪帕德說道。

「噓噓噓雪帕，你太喊喊喊輕易嘻嘻嘻相信別人了。」

「是有可能，」他說，「不過我看人的眼光通常都不錯。」

「魔法。」她說道，「危嘻嘻嘻險。讓我帶走他們，你後退。」

水庫的水位逐漸增高，水柱越來越粗，女人的形體也越來越清楚了。我強行壓下施咒的衝動，賽門抓著我肩膀的手緊了緊。

「他們對我們沒有惡意！」雪帕德主張道，「他們在找一個朋友，那個朋友好像是被吸血鬼綁架了。」

水柱——她是某種河靈嗎？還是河川本身？——發出不悅的嘶聲。「交友不溼溼溼慎。」她噴著水說道，我的鞋襪都溼透了。貝茨從欄杆邊後退一步。

「真的很不慎。」雪帕德說道，「我們猜她現在是在新血會那邊。」

整座湖泊都震盪了起來，我們聽見了水撞擊水泥壁的聲響。

「我們想說妳應該知道他們的所在處，」雪帕德接著說，「畢竟『妳』無所不在嘛。」

「已經沒有了呃呃呃。」她啜泣道，「我被水水水壩攔著，嘻嘻嘻消退了，迷溼溼溼失在了霧裡。」

「在我看來，」雪帕德對她說，「妳還是很壯觀。」

水舔過他，發出類似「唉唷」的聲響。

雪帕德又往外傾身——他前傾的角度太大，雙腳都離地了。他的臉和頭髮不停滴水。

「嘻嘻嘻新血會嘗起來有蒸餾味。」她嘀咕道，「化噓噓噓學藥劑和維他命保健溼溼溼食品的味道。」

我越聽越沒耐心。「他們在哪？」

我被噴了一身水。

雪帕德用「閉嘴啦」的表情對著我。好啊，「他」竟然好意思叫「我」閉嘴？「妳肯幫忙的話，我們會非常感激的。」他懇求道。

「嘻嘻嘻西邊。」她回道。

「就這樣嗎？他們在西邊？」

「在溼溼溼水岸。嘻嘻嘻鹹水。灌溉水。有高爾夫球場。」

「加州有很多地方都長那樣啊。」雪帕德喃喃自語。

「有溼溼溼時候我會在近一點的地方嘗到他們。」

「是喔？」

「拉嘶嘶嘶斯維加嘶嘶嘶斯。」

「他們有在和其他吸血鬼交流嗎？那怎麼可能。」

水似乎嘶嘶嘶聳了聳肩。呃不對，是聳了聳肩。「他們最後都會去凱嘶嘶嘶薩琳的。」

「凱薩琳。」雪帕德重複道，「妳是指凱薩琳飯店嗎？」

「不。」她來回搖頭，往四面八方噴水。「危嘻嘻嘻險。你該讓他們自己去。」

「水藍，我已經答應要幫他們了。」

「你太嘻嘻嘻喜歡幫人了。」

「說到這個。」雪帕德微微一笑，脫下背包坐了下來。「我帶了好東西要給妳喔。」他從背包拿出一本小說，「這本我很喜歡，讀起來會有點難過，但笑話都寫得很棒。」

「溼溼溼是嘻嘻嘻小說嗎？」

「當然囉。」他邊說邊將書丟進水庫，接著又伸手探進背包。「這本寫得太正經了，不過我知道妳就是愛看西部故事。」他又將一本書拋過欄杆丟下去，「我這次沒料到會經過妳這邊，不然應該會多帶幾本來給妳的。我倒是在路上弄到了這個。」他舉起一臺收音機，「是防水的喔。」

「沒有真正防溼溼溼水的東嘻嘻嘻西。」她滴答道。

「好吧，那算它防潑水好了。」雪帕德將收音機丟下水，對水說道。水湧上來接住了機器。「我之後會帶新的電池來幫妳換。」

「嘻嘻嘻謝謝你了嘘嘘嘘雪帕。你真溼溼溼是我的好朋友。」

看來關於阿嘉莎的情報到此為止了。他們對話的同時，賽門順著走道走遠了，他拍拍翅膀想往欄杆另一邊望去。

一面水牆湧到他面前，女人的形體似乎穿牆走了過來，一隻手伸向賽門的下巴。「我認溼溼識你。」她沾著賽門說。

賽門在步道上降落下來，完全靜止地站著。

「你以前吃吃吃抽乾了溼溼溼世界。」

他點點頭。「嗯……抱歉。我有抽到妳的魔法嗎？」

「不溼溼溼是我的，溼溼溼世界的，溼溼溼是吧？」

「抱歉了。」賽門又說道，「我以前不懂。」

她幫賽門把頭髮往後撥，頭髮全溼透了。「沒關嘻嘻嘻係。」她咕嚕咕嚕道，「你把它放回去了，比原本更多了。」

賽門對她低下頭，任她的手落在他身上。

我和貝茨看得呆若木雞。站在數英尺外的那個警衛也一樣。

我舉起原本鑲在戒指上的紫水晶。「這不是你要找的機器人！」

「這不是我要找的機器人。」男人一面重複，一面別過頭。「我為什麼要找機器人……」

「我們得走了。」貝茨說道。他看向河川，「謝謝妳。」

「她也沒幫到多少忙嘛。」我嘀咕一句，結果被貝茨用手肘撞了一下。

河水回去和雪帕德道別了，他答應會盡早回來探望她，還會去拉普德爾山口看看她的源頭。「噓噓噓雪帕，」她央求道，「能不能幫我把溼溼溼水壩炸掉？」

「這次不行。」雪帕德說，「但我會繼續考慮的。」

「這樣對嘶嘶嘶所有人都好。」

「對我以外的所有人都好。」他說道，「我已經把它列入長期目標清單了。」

「那是恐怖攻擊好不好！」我說。

「那溼溼溼是解放。」河川反駁道。

「魔法啊，讓我們遠離這些激進分子吧。」我說道。我一聽自己說出口的話，駭然發現這和我母親說話的方式一模一樣。

41

貝茨

有些時候，班思的大膽純粹是傲慢。回卡車的一路上她都滔滔不絕地數落著雪帕德，彷彿警衛絕不可能識破我們的魔法，彷彿河川絕不可能改變心意，將我們所有人從水壩上的走道掃進水裡。

「你幹嘛在水裡亂丟垃圾？」班思用最大的音量厲聲問道。

「她會無聊啊。」雪帕德回道，「人們以前會把各種報紙、火柴盒和離婚協議書丟到她裡面，現在她只剩下化學汙染物和一碰水就故障的 iPhone 了。」

「話說回來，你又是怎麼『認識』一條河的？」

「我對她自我介紹啊。」

「是這樣啊，雪帕。」

賽門飛在我們上方，仍在享受不被人看見的樂趣。

「你該多外出飛行的。」他在卡車附近降落時，我對他說道。

「是啊，」他說道，「我應該去攝政街和皮卡迪利圓環到處飛。」

「我們可以去鄉下，去我們家的宅院。」

「到時候我的照片就會出現在 Google 地圖上……」

「我會在去到鄉下之前先對你施咒的。」

賽門聳聳肩。

潘妮等著我進車頭。「貝茨，動作快一點，我們該走了。」

賽門拉住我的手肘。「跟我坐。」他注視著自己的手與我手臂相碰的位置說，「外面有星星。」

他濡溼的鬈髮垂在我們之間，我靠上前，輕輕用頭碰了碰他的頭。「嗯。」我說道，「好。」

我看不見他的微笑，但他似乎在笑。

他縱身跳上車斗，我也跟著上車。潘妮嘆息一聲爬進車頭，這下沒有我擋在中間，她一轉頭就能和雪帕德吵架了。（我不擔心她出事；我已經對凡人青年施了三句意向法術——他並沒有直接傷害我們的意圖。）

車斗上鋪了一個睡袋，賽門在鋪開的睡袋上躺下來，同時小心翼翼地為我留出空間。我還蹲在車斗裡左顧右盼，卡車發動時，我一時重心不穩。

「來這邊。」賽門說道。

我是真的痛恨坐車斗，只感覺自己像是放在車頂的一杯茶，隨時可能被移動中的汽車噴飛。「這樣太危險了。」我跪著說道，「要是車子經過崎嶇路段怎麼辦？」

「你跟防彈背心一樣堅固，不會有事的啦。」

「那你呢？」

「我有翅膀嘛。」

我低頭注視著他。卡車加速了。

「貝茨。」他朝我伸出了手，「過來嘛。」

賽門

過來嘛。

來嘛。

拜託了。

讓我們享受在一起的這一點點時間。

貝茨

我在賽門身旁躺下，他的左手滑到了我腰下。我們身下的卡車車斗相當堅硬，車輪滾過的每一塊礫石我們都感受得一清二楚——但躺著稍微舒適一些，至少風不會直接打在你身上，而是從上方吹了過去。

白天雖然無比熾熱，此時卻相當涼爽，甚至可以說是微寒。賽門收緊了摟住我的手臂，他的體溫沒有從前那麼高了。（我是說真的，從前的他可是堪比隨時會爆炸的內燃機。）但克勞利啊，他還是好溫暖。

我盡量不去回想上一次這麼感受到他的身體是在何時何地了——我們實在太少這樣身體相貼，從肩膀到膝蓋都不分彼此。我擔心自己一往那個方向想就會抱得太緊，和過去一樣將他嚇跑。

他指向我們上方的夜空，沙漠的夜晚是鑲滿了星點的漆黑。我看見了，雪諾。我可是有長眼睛的。

他放下右手後也用那條手臂抱住我。我闔上雙眼。

這是什麼狀況？他為什麼讓我靠這麼近？

這是真正的變化嗎？還是沙漠深夜的例外？

抑或是，只有在我們逃亡時，我才有資格擁抱他？

賽門

貝茨的手終於伸了過來，從我上衣的後面鑽了進來，熟悉又冰冷的手摸在我的背上。

我都沒想過自己會這麼渴望一個冷冰冰的人，甚至是因為他這麼冰冷，我才會一直想湊得更近。貝茨就是我想用全身蓋住的那種冰冷。

（他的手像輕輕掠過我背部的羽毛，冰冰涼涼的羽毛。）

我好想用手讓他暖起來，好想用我的熱度、我的臉頰、我的肚子溫暖他。

我用翅膀裹住我們兩個的身體，把他往車斗上按，用自己的身體按住他灰色的全身上下。

上一次是什麼時候了……

不行，不要去想上一次的事。

不要把現在當最後一次。

不要再想了。

剛才的河靈摸得我全身都溼答答的，我的鼻子和貝茨的下巴差不多冰涼。

我用我的臉碰他，我撐在他上方。

通常到這個地步，到離他這麼近的地方，我就會退開了。

「可以嗎？」我邊問邊靠近。戶外的噪音太吵了，我都不確定他聽不聽得到。

貝茨

他的溼髮因塵土而黏膩，臉頰又溼又冷。他動作笨拙地用胸膛、用肩膀碰撞我，將我的頭往金屬車斗撞去。

我以觸碰玻璃製品的謹慎態度觸碰賽門．雪諾，彷彿一不小心將錯誤的兩條金屬絲碰在一起，他便會瞬間爆炸。

他觸碰我的方式猶豫不決，他似乎不確定究竟該推還是拉，最後決定兩者都來。

他要我去哪我就去，我努力享受自己僅有的這些。

「可以嗎？」他問道。

可以做什麼？賽門，你想吻我嗎？還是殺了我？還是粉碎我的心？

我輕輕觸碰他，彷彿在觸碰比蝶翅更加脆弱易碎的事物。

「你不必問。」我說得夠大聲，即使隔著所有的噪音與喧囂也要讓他聽見。

賽門

冰冷的唇，冰冷的嘴。

我從來沒聽過貝茨的心跳聲。

可是我曾經整晚躺在他胸口。

貝茨

我喜歡在賽門發冷時親吻他，喜歡讓他在我的觸碰下暖起來，彷彿我才是活生生的營火，彷彿我才是活人。我讓他在我的臂彎暖起來，他接著讓我在他懷裡暖起來，將所有的溫暖歸還給我。

賽門

我好想把自己的所有都給他。

好想把自己曾經的一切都給他。

好想為他割開血管。

我好想把我們的心綁在一起，心房和心室都再也不分開。

貝茨

感覺好好，好好，太好了。

我壓抑住逼他解釋的衝動。

為什麼是現在？關鍵是什麼？我明天該怎麼回到這樣的關係？請答應我，明天還要讓我回來。

有時，賽門吻我吻得像是到了世界末日，我擔心他是真心如此相信。

卡車太快停下了，雪帕德不想在夜裡進入拉斯維加斯。「我們白天進去，比較不會引人注目。」他說道。

他駛入一塊露營區，我們四人都在車斗睡下，保險起見，我們讓潘妮睡在我和賽門之間。睡袋只有一個，但我用一句「枕石漱流」將卡車變軟了。

法術效果令雪帕德興奮不已，他像個玩充氣歡樂堡的小孩子般跳上跳下。

「所以呢，」班思說道，「我們接下來要去的這間飯店是怎麼回事？」

「凱薩琳飯店嗎？」雪帕德說道，「這是吸血鬼經營的飯店之一，好像還是歷史最久遠的一間。他們都在那裡開派對——頂層豪華套房每晚都會辦派對，都是一些惡名昭彰的活動。」

「有吸血鬼飯店這種東西喔？」賽門問道。

「拉斯維加斯有很多吸血鬼經營的店家，」雪帕德說道，「說不定還有吸血鬼經營的乾洗店、計程車隊和會計事務所……」

「你不是說你沒遇過吸血鬼？」我說道。

「我沒遇過啊。應該說，之前都沒遇過。」

「那你怎麼知道他們在哪裡開派對？」

「我認識知情人士。」雪帕德說道，「呃，他們也不算是『人』啦……」

班思呼了口氣。「難道我們要隨便闖進吸血鬼辦的派對，派你去對他們施展魅力？『嗨，我叫雪帕德，我想跟你們交個朋友，請把你們吸血鬼所有的小祕密都告訴我吧。』」

「老天啊，那怎麼可以。」雪帕德說道，「我鐵定會被他們吸乾。吸血鬼口風都很緊的，他們只會和同類往來。」

「那怎麼辦？」班思問道。

「所以說，不能派我去對他們說那套話，我們要派貝茲進去。」

42

阿嘉莎

我醒著。我不確定我是不是還在自己房間裡。

我好像在等布雷登。

昨天我還在吃早餐時他就來了，見到他眉開眼笑的模樣，我也不禁對他還以一笑。在那一瞬間，我只覺得自己前一晚的想法荒唐至極。

有什麼好擔心的？我有了豪華度假村的單人套房，還有個上過《浮華世界》雜誌的男人在追我，這有什麼不好？

他在我的床上坐下。「早安。」

「早安。」我說道，「今天有什麼安排？我和金潔今天的行程似乎是『冥想』靜坐，但也可能是我記錯了，也許我們的行程是『鳴響』發聲才對。」

「阿嘉莎……」布雷登說道，「我想和妳好好談談。」

「我們之前都不算有好好談談嗎？我們談得還不夠嗎？」

「我想和妳坦誠相對。」他說道。

我費了好一番功夫才忍住了翻白眼的衝動。「好喔。」

「阿嘉莎，妳真的是最完美的生物樣本。」

「布雷登，我知道你是醫療保健業的人，但女孩子一般都不會喜歡被人稱作『樣本』。」

他笑了。「妳真好笑。」

「我還以為你要的就是這種坦誠相對。」

他笑得更大聲了，伸手握住我的手。「阿嘉莎……我知道妳是什麼東西。」他仍在對我微笑。

我臉上沒有任何一條肌肉動彈。「我已經把自己的一切都告訴你了。」

「少來了。」他柔聲說道，「妳不必這樣虛偽地說話，我們之間已經沒有祕密了。」

胡說八道，我們之間的祕密可多得是。

我默默等他說下去。

「我看到妳了。」他說道，「在圖書室那天。我看到妳點了菸。」

「你不是不介意我在屋子裡抽菸嗎。」

他的笑容首度變得黯淡。「阿嘉莎，少來了。我還以為我們真的能開誠佈公——我還以為我們能不帶任何祕密地對話。」

我對他微微一笑，這是我母親不想聽人提起某件事時的慣用笑容，我說我不想讀華特福那次，以及後來請她再幫我買一匹馬那次，她都對我露出了這種笑容。

「阿嘉莎。」

「布雷登……」

「我知道妳有那種突變基因。」

「突變基因？」

「一定是基因上的突變。」他說道，「我們已經排除了它在人與人之間互相傳染的可能性。」

我是認真聽不懂他在說什麼。

「我知道妳會用魔法！」

我們有一套應付這類情境的標準程序，第一步是避免這類狀況，接著是矢口否認。「我不是很明白——」

「阿嘉莎，我們有影片證據！我不知道妳施了什麼法術——當時幾乎沒有動嘴唇。這也是你們學到的招數嗎？」

下一步是逃離現場。我豁然起身，朝房門走去。「說什麼傻話呢。」這也是我母親常說的話，「我真的該去找金潔了，你要一起來嗎？」我伸手握住門把，它紋風不動。

躲閃、否認、逃跑、戰鬥。「布雷登，你這是什麼意思？」

他也站了起來，將我困在門前。「妳不必對我保密。我知道妳的祕密，也知道你們這類人的祕密。」

我還剩什麼選擇？我的魔杖不在身邊。我是可以在手心點火，但這只會印證他的猜想，而且打火機程度的小火苗可沒辦法幫助我脫身。「你這樣太過分了。」我說道，「我是你的客人，你應該對我以禮相待。」

「阿嘉莎，妳可以放心告訴我啊！」不知為何，他臉上仍帶著微笑。「我們都是人類下一階段的存在。」

「人類下一階段的存在？布雷登，我是聖地牙哥州立大學的大一生，可能連獸醫學院都沒辦法順利申請上。我——」

「別、唬爛、我了。」他只差一點便要提高音量了，「我還以為我們能一起前進，還以為妳會想和我一起前進。妳不是自願來到這裡的嗎——妳不是『很想』升級、很想在生命中得到更多嗎？」

「並沒有，我只是陪朋友來的。」

「妳這段時間認識了我們，也知道我們是為了進化才來到這裡，我們要推進人類的未來。」

「幹，布雷登，你確實非常有錢，也很擅長阿斯坦加瑜珈沒錯——」

「我們就是人類生命的下一階段！」他嘶吼著對我齜牙咧嘴，露出了他的……尖牙。

我呼吸一滯。

「阿嘉莎，我們會突破所有的限制！我們已經克服了疾病和衰老，接下來就要突破不可能的壁障！」

我從他身旁走過，動作端莊正經地在床上坐下。

他跟了過來，站在我面前誇誇而談：「我們瞭解你們這種人，我們『現在』就在實驗室裡解鎖你們的基因組，我還要建另一間研究設施，準備做更多的相關研究。你們的魔杖和法術我們都很瞭解——『棍棒與石頭』，這是一句咒語吧？還有『終獲自由』也是吧？」

我雙手交疊在腿上。

「我們很快就會瞭解一切了——妳可以幫助我們，大幅提升我們的效率。這對妳也有好處，妳可以成為我們的一員，變得和我們同樣強壯、同樣健康，得到同樣的永恆。」

我盯著牆壁。「你說完了沒有——」

「阿嘉莎。」

「如果你說完了，我該去——」

「我是對妳提出了邀請沒錯，但這件事不容妳拒絕。」

「金潔在等我。」

這時，他碰了我的手臂一下，也許又是他那種讓人毫無感覺的細針。「麻煩妳再考慮一下了。」他的話還沒說完，我便感到頭暈目眩，頭部變得無比沉重。

我現在醒過來了，睜開了雙眼。

我無法張口。

我不記得為什麼了。

我似乎在等布雷登。

43

賽門

貝茨站在等身鏡前，身上穿的竟然是——我對梅林發誓，我絕對沒騙你——一套印花西裝。這件西裝的布料摸起來絲滑絲滑的，印著深藍色和血紅色的玫瑰花，裡面搭配白襯衫——不對，是淺「粉紅色」襯衫。他什麼時候這麼愛穿印花衣服的？他的頭髮是什麼時候長這麼長的？他對頭髮抹了些什麼東西，現在滿頭波浪黑髮垂到了襯衫領口。

「你在跟我開玩笑吧。」我說。

他在鏡子裡對我揚起一邊眉毛。

「很完美。」雪帕德說，「吸血鬼的打扮都『超級』浮誇。」

貝茨轉而瞪向雪帕德。「錯，它的完美之處在於它很完美。」

雪帕德要是看到貝茨的家，就會知道不只有吸血鬼過這種浮誇的哥德風生活，魔法師富豪也是一樣的。

我們走進這家飯店時，貝茨連眼睛也沒多眨一下。飯店主題貌似是：要是德古拉開了家飯店，一點也不怕被人猜到他就是德古拉會如何？

飯店裡全部的東西都是黑色，牆壁跟家具都是黑的，就只有地毯是酒紅色……不對，應該是血色吧。

潘妮洛普才剛走進大廳，就差點掉頭走人了。大廳中間掛著十幾支鳥籠，那一大堆鳥籠全都漆成了黑色，裡頭的鳥類也全都是黑色，有黑色的鸚鵡還有黑色的——呃，可能是鳳頭鸚鵡吧。

「你覺得牠們是被『染』成那個顏色的嗎？」潘妮問我。她故意靠牆走，離那堆吊掛著的鳥籠遠遠的。（我們四年級那年，凡庸派懦鴉來攻擊我們，我們的眼睛都差點被啄瞎，那之後潘妮就特別痛恨鳥類。）

貝茨走上前訂房時，我們都盡量站得離櫃檯越遠越好。我不確定貝茨是用了錢還是魔法，還是員工能看穿他是同類就讓他免費入住了？在這邊工作的人每個都膚色蒼白，每個人也都長得很養眼，男生穿黑西裝，女生穿切割成蕾絲花紋的黑皮裙（皮革跟蕾絲兩種元素都有耶）。（他們是吸血鬼嗎？這裡所有人都是吸血鬼嗎？我和吸血鬼當了那麼久的室友，理論上應該要分得出正常人和吸血鬼，但我也是仔細觀察了好幾年才看破貝茨的。）

至少我們的套房裝潢比大廳稍微繽紛一點，只有「大部分」是黑色而已，牆壁和貝茨新買的襯衫是同一種粉紅色（吸血鬼是不是都很喜歡粉紅色？），床套組則是灰色的。房間裡只要是能用皮革做的東西，就全都是皮革做的。

我們在上午入住，白天剩下的時間都用來把卡在頭髮裡的沙子洗掉、睡午覺，還有叫客房服務。貝茨外出了一陣子，帶著現在這套西裝和我跟潘妮洛普的換洗衣物回來。雪帕德只准貝茨離開房間。

「拉斯維加斯沒有『那麼』危險吧。」潘妮說，「有很多世界級魔法師都住在這裡耶。」

她躺在一張床上，身上穿著一件漂亮的黃色洋裝——她真該多讓貝茨幫忙選衣服。（我再也不要讓他幫我挑衣服了，他竟然幫我買了有釦子的上衣，我又不是在銀行上班！）潘妮洛普嘆了口氣。「不會吧，我千里迢迢來到了拉斯維加斯，竟然沒機會看潘恩與泰勒的表演。」

「拜——託。」貝茨嘀咕一聲，「他們可是為了錢出賣魔法的叛徒。」

雪帕德聽了眼睛一亮。「潘恩與泰勒嗎？」

貝茨整理好袖子和領子，從鏡子上移開目光。他看上去還真的很完美——我是不曉得他的裝扮主題是什麼啦，可能是哥德風流行歌星吧，總之很適合他。

潘妮洛普一臉正經地坐起來。「好喔，貝茨頓，我們會在這邊跟聽你的狀況，你的手機——」

「我會放在口袋的，班思。」貝茨說，「我會在出去前打給妳，讓你們全程監聽。」他已經設定好手機的國際通話功能了。

一想到他要走進滿滿都是吸血鬼的地方，我就全身發癢。

「他們如果問得太多——」潘妮說。

雪帕德插嘴說：「盡量誠實回答，告訴他們你不是本地人，你是來度假的，你聽說他們在這裡開派對。」

「你的主意……其實不錯。」潘妮說，「他們要是不信——」

「你就把他們全部燒了，」我打斷她，「然後我們立刻離開這裡。」

貝茨對我微微一笑，眼神很柔和，好像從昨晚就一直這麼柔和。我們是不是在卡車後面施了什麼法術？

「不對——」我走過去擋在他和房門中間，「——我們還是現在放把火燒了這裡，然後立刻離開吧。」

貝茨皺起眉頭，一副看不出我是不是在開玩笑的樣子。「那阿嘉莎怎麼辦？」

我好像「真的」是認真的。「這些吸血鬼搞不好都不知道阿嘉莎的事，你可能會白冒生命危險啊。」

「我不會有事的，雪諾，你要相信我。」他又調整了一下袖口。（既然袖子動不動就需要調整，那幹嘛還要穿這種袖子的衣服？）他接著拿出手機，撥了一組號碼。

潘妮的手機響了，她默默接通電話。

貝茨把手機放回西裝外套的口袋，繞過我打開門，然後伸出一隻手。我把房間鑰匙交給他。

然後他就走了。

潘妮攬著我的肩膀。「賽門，他不會有事的。」她拉著我到床邊，把手機放在床中間，點開擴音功能。

我們聽到貝茨的手機和口袋摩擦，那是他走路的聲音……

然後是電梯來了的「叮」一聲……

門開了，有人在談笑。

幾秒鐘過後又是「叮」一聲，一些人下了電梯。

我們聽見電梯上升的聲音，它在往這棟建築的頂樓而去。「相信我。」貝茨輕聲說。

電梯「叮」一聲，門開了。

他又在走動了，走廊很安靜。

他對著某個結實的東西敲了三下。

44

貝茨

我敲了敲門……不過我顯然不該敲門，應門的女人一臉怒容。我開口想打招呼，沒想到她湊近嗅了嗅我，接著一面走遠一面揮手讓我入內，看來我通過檢驗了。

我踏了進去。頂層豪華套房比我們房間大得多，裡頭擠滿了人。

不是人——是吸血鬼，是我的同類。我原本擔心自己打扮得太花俏了，但雪帕德說得沒錯，在場所有人都打扮得有些浮誇，男人各個穿了西裝，女人則穿著禮服長裙與披風，人人穿戴珠寶、金飾與羽毛……

此處和我與賽門在倫敦去過的吸血鬼俱樂部判若雲泥，倫敦那群吸血鬼過得十分低調，這裡的吸血鬼卻「想要」被看見，更想要沐浴在眾人欽慕的目光下。他們並沒有特別美貌（但確實也有幾個特別英俊美麗），吸血鬼的美貌似乎只是傳說罷了。

儘管如此，他們明顯腰纏萬貫，移動方式也特別……流暢，宛如流動的油，宛如暗影，宛如貓。

我也是這個樣子嗎？我移動時是否也像是全身上下不帶任何摩擦力？

所有人都在喝飲料，於是我四下尋找，發現了靠牆而設的吧檯。我倒了些金色的飲料，以免因兩手空空而顯得突兀。

我對賽門說過自己不會有事，我也絕不會出事。我參加過父母舉辦的上百場宴會——一臉百無聊賴地站在有錢人堆當中還不簡單？不過話說回來，這些人可沒露出無聊的神情……有幾個人在跳舞。房裡沒有舞池，人們都是就地舞動起來。我望見兩個女人坐在窗前的座位上熱吻著。

派對上也有凡人，而且不只一人，我嗅到了他們的心跳。倘若潘妮洛普與賽門在場，此次行動想必會就此結束，他們必然會窮盡全力拯救這裡的凡人。

但我想拯救的是阿嘉莎。

另外，我也想趁那群自稱將新會的吸血鬼崛起前，早早消滅他們。那頭龍說得沒錯，絕不能讓吸血鬼習得言術——無論是誰都不該同時擁有吸血鬼與魔法師的能力。

我朝聚在一起聊天的四五人走去，希望能找到機會自我介紹，但我站過去後不久他們就散掉了。我在原地停頓片刻，低頭盯著自己手裡的飲料，擺出泰然自若的模樣。

一名貌美如花的年輕女人——她和我年紀差不多——跌跌撞撞地大笑著從旁經過，只見鮮血從她頸邊流下，她腳上沒有穿鞋。我的鼻腔立刻灼痛起來，附近還有幾隻吸血鬼中斷對話，轉頭瞥向她。四隻手摟住她的腰，將她拉進人群。

「你好啊。」有人在我身後說道。我轉頭遠離那名女孩的氣味。

對我打招呼的是個男人——應該說，他是吸血鬼，就和我一樣。不對，也不是和我一樣……他比我矮一些、瘦一些，膚色的蒼白程度和我不太一樣。他雙眼閃爍著笑意，彷彿我什麼事都還沒做就逗樂了他。

「我幫你弄一點喝的，如何？」他問道。

我舉起仍然滿著的飲料杯。

吸血鬼歪過頭，微微一笑。「你……你不是本地人吧？」

我試著對他還以同樣燦爛的笑容。「有這麼明顯嗎？」

他笑了，笑容卻閃過一絲別樣的情愫。「現在就很明顯了。是倫敦人嗎？」

「漢普郡。」

「我和那個地區很熟。」他伸出一隻手，「蘭姆。」

我握住他的手。「查茨。」（班思提議取個和真名發音相近的假名，這樣別人喊我時，我才會自然地轉頭回應。）他的手似乎很冰，但其實沒有——其實也就和我同樣冰冷而已。我清了清喉嚨，「你去過漢普郡嗎？」

他故作心痛貌。「我已經離開那麼久了嗎？已經變得像美國人了嗎？」

「真是抱歉。」我說道，「我收回那句話。」他在我看來就是個徹頭徹尾的美國人——或者說，他就是一身徹頭徹尾的吸血鬼打扮，頭上頂著過時的浮誇紅棕色頭髮，身上穿著長春花色上衣。他閃亮的紅棕色直髮剪得很齊，只稍微長過耳朵尖端，他將頭髮從面前撥開，頭髮又會滑順地落回面前。若是見了他，人們會誤以為吸血鬼全都如此美麗妖豔也是情有可原。

「才聽你說沒幾句話，我就知道我該多和你相處了，查茨。我得趕緊恢復從前的口音，母音發得圓一點，子音發得重一點……對了，你怎麼會來到離家這麼遠的地方呢？」

「我是來度假的。我從以前就一直想來拉斯維加斯看看。」

「你飛了很久呢。」蘭姆說道，「你是不是在洗髮精罐子裡裝滿了O型血——還是和隔壁座的乘客成了關係親密的好友啊？」

我笑了，滿心希望這不過是他的笑話。「我走的是斷食路線，這樣時差也調得比較快。」

幸好他也笑了。

「你之前想必也是費了好一番功夫才大老遠來到這邊的吧。」我說道。

「的確，不過我那時不是搭飛機，而是搭了很久的船。」他喝了口飲料，「下次——」他對著門口一點頭，「——參加派對前先去弄一分邀請函。你也不是不懂我們的性子，這裡人都不信任新來者，而且你來這邊一百年以後才能擺脫『新人』身分……」

「那真是可惜，我在兩週後就必須返家了。」我努力忍著不瞠目結舌地對著他，同時啜了口飲料。（一百年？搭船？他是搭鐵達尼號過來的嗎？）飲料下肚後，我更努力忍住了一陣噁心。（這他媽是什麼鬼？我是在喝燈油嗎？）

我是有些好奇沒錯——當然會好奇了——吸血鬼會衰老嗎？他們真的能長生不死嗎？這位蘭姆究竟有多老？他看上去比我年長一些，可能三十到三十五歲吧。他難道是一百三十五歲的老人嗎？

我盡量穩住心神。貝茨頓，保持輕快、悠閒的態度，繼續和他閒聊。

「那『你』怎麼會決定來找我搭話？」我問道。雖是問他問題，我還是沒做好從飲料上移開視線的心理準備。「是可憐我嗎？還是說，你是負責把我趕走的那個？」

「怎麼會呢。」他說道，「我很樂意和新朋友打招呼……」

我抬眼，對上他的視線。

他就是在等我抬頭——他又對我微微一笑。「所以，你有兩週時間可以品嘗我們拉斯維加斯出了名的魅惑力。」

我點點頭。

「查茨，我說真的，我要是你就再也不會回家了。你看我，我就這麼住下來了。」

「這邊真的那麼好嗎？」

「沒錯，就是這麼好。」他轉動手腕，漫不經心地凝視著漂在飲料中的冰塊，同時也注視著我。「但我實際上的意思是——那邊真的很糟。」

「你是什麼時候離開的？」

蘭姆搖了搖頭，頭髮的動作慢了半秒。「很久以前了，那是在魔法師剛開始形成組織的時期，也是在他們不再接受我們族類之前。」他露出痛苦的神情，「記得在五零年代，我聽說英國已經連一個同類都不剩，全都像被聖派崔克逐出愛爾蘭的蛇一樣，被碧漆老頭驅逐出境了。那個年代，有不少英國朋友來到了海的這一邊，我還認識了一個來自利物浦的男人，他是搭驅逐艦偷渡過來的，在橫跨大西洋途中把船員一個一個都喝乾了。」

我終於目瞪口呆了，經過一番掙扎還是無法閉上嘴。

蘭姆用華麗的手勢將頭髮從藍眸前撥開。「你能想像他的自律和遠見嗎？時機也抓得太好了吧！」

「聽你這麼一說，」我說道，「我搭八個小時的紅眼班機過來，似乎就沒那麼偉大了。」

當你的頭腦即將爆炸時，實在很難開玩笑。他說的「碧漆老頭」——那想必是我的曾祖父，我從沒見過他，不過——

「我聽說在那之後，事態又稍微和緩下來了。」蘭姆說道，「這年頭我們比較常聽到那邊的消息，畢竟有網路嘛……」

「是和緩下來了沒錯，」我說道，「和緩多了。」

他靠得近了一些。「但法師們還是死死壓制著你們，對吧？我們聽到太多恐怖故事了……」

他面露愁容，「地下俱樂部、突襲，甚至還有『縱火案』呢。」

「其實也沒有那麼糟，只要保持低調就好了。」

蘭姆哀傷的神情又維持了片刻，接著他又靠得離我更近了，微微仰頭對上我的雙眼。「朋友，你可以抬起頭來了，你現在可是在美國了。」

我以大笑為藉口後退一步。「這邊真有那麼不一樣嗎？」

他陪我笑了起來，旋即直起身，華麗地一揮手臂。「你看看，拉斯維加斯是『我們』的地盤，而且美國各大城市都找得到我們兄弟姊妹的蹤影。」

「這邊的法師不介意嗎？」

「我們的法師通常只顧著自己的生活，我們要是影響到當地人口，他們可能會以個人名義介入，但這個國家很大，不愁找不到血牲。老實說，血牲他們——你們現在還叫他們『凡人』嗎？」

我點點頭。

「凡人反倒才是對自己最大的威脅。比起吸血鬼，這邊的魔法師還比較擔心槍枝問題。」他又看向我的臉，「你真的不會渴嗎？」蘭姆的臉頰接近粉紅色，嘴唇則近乎紅潤，他想必是喝得極飽。

「怎麼說得好像水龍頭轉開就是紅的一樣。」我的語調仍然輕快——感謝克勞利，「你們莫非把凡人冰在小冰箱，以便隨時取用？」

「這座『城市』就是我們的小冰箱。我在以前那地方從沒想像過這樣的勝景——查茨，你能相信嗎？這可是屬於我們的一座城市，是我們的首都！」

「整座城市都是？」

蘭姆點點頭，神情散發出了得意。「不過我們主要都在賭城大道附近活動。為什麼要離開呢？這條四英里長的大道上隨處都是遊客，一年三百六十五天都是人，而且他們大多數來這裡都是為了瘋狂地做些糟糕至極的事情——單身派對啊、行銷大會啊，這些還不夠糟糕嗎？我們簡直是在為那些人提供他們想要的服務。」

「本地居民都不會發現嗎？」我問道。

「發現什麼？」

「那些……屍體。」

「就算發現了，他們也會怪給其他事情，例如『集團犯罪』。」他揚起眉頭，「或是『鴉片類藥物危機』。不過我們大部分的人都很小心，既然可以讓客人心滿意足地回去，那何必留下麻煩的屍體呢？」

我想必是露出了不解的神情（我是真心感到困惑），蘭姆見了對我瞇起雙眼。「查茨，」他責備道，「你們在倫敦該不會都把他們吸到『全乾』吧。」

我仍然不懂他的意思。**難道有別的選項嗎？這些吸血鬼喝了血之後……還能夠停下來嗎？被他們碰過的每個人都變異了嗎？**

我聳了聳肩，希望這個動作能表現出漠不關心。「我們不能留下目擊者。」

「是啊，你們確實沒這個餘裕……」他滿面愁容，小巧的嘴緊緊抿著。他似是懷抱著深深的煩憂。

「真是抱歉。」我說道，「我冒犯到你了。」

「沒有。」他搭著我的手臂，「是我失態了，我已經太久沒行走在陰影之中，都忘了在恐懼與自卑之中生活的感受。」他捏了捏我的手臂，「查茨，我希望你能在這邊嘗到自由的滋味。在這裡，你不必懼怕真實的自己，而是可以盡情地享受自我。」

他揚起一邊眉毛。「陪我出去走走吧？」

如果有吸血鬼邀你前往第二個地點，一個比之前更陰暗、更少人的地點，你千萬別去。這是基本的常識……

……除非，你自己已經是吸血鬼了。

在最壞的情況下，我還能遭遇什麼危險？蘭姆確實有可能殺了我，他應該對殺死吸血鬼的種種方法瞭解得十分透徹。

問題是我需要情報，而目前只有他願意和我對話。

我們今早進入拉斯維加斯時，氣溫熱得難以忍受，天空明亮到我無法同時睜開雙眼。現在太陽已然西沉，夜晚溫暖而舒適，我穿著西裝外套也不嫌悶，蘭姆穿著乳白色西裝外套也顯得十分自在。看他如此輕鬆自在，我不禁回憶起自己和凡人相處的感覺，我似乎從沒有他這般泰然自若過。

他以過來人的身分帶我參觀賭城大道，每一家賭場都幫我介紹，還講解了每一個地區的歷史與現狀，將當地最出名的建築與聳動傳聞都說了一遍。

「好了，就在……這裡了。」他在又一面豪華的建築外牆前停下腳步。這幢建築前方設有深色的鏡池。「有些人會懷念觀光客、太陽馬戲團與名人主廚入駐前的日子，嫌現在這些都太吵鬧了，不過在我看來，賭城就只有越變越好而已。」

「你來這裡多久了？」我問道。

「我從一開始就在這裡了。」

「那一開始是什麼時候？」

「零八年。」他說道，「一九零八年。我花了將近三百年才從維吉尼亞州來到這裡。」他對著我微笑，臉上不帶任何一絲神祕。

我搖了搖頭，此時的臉部表情想必震驚無比。「但是你——」

蘭姆停下了腳步，雙手插在褲子口袋裡，歪著頭看我。他注視著我，彷彿我是必須被他從各個角度檢視——並且從各個角度微笑以對——的事物。「我怎麼樣呢，這位先生——你貴姓？」

我不能將真正的姓氏告訴他，一時間也想不到發音和「碧漆」相近的姓氏。「華特福。」我說道。

「查爾斯．華特福，就連你的名字也讓我思鄉。請繼續說吧，我怎麼樣——了不起嗎？」他微笑著，「還是博學多聞？」

你到現在還活著。我心想。

「坦白。」我說道，「你竟然坦白說出了……呃，你的歷史，你的……」我再次聳肩，「你不認識我啊。」

「但我知道你是什麼。」他說道，「你也知道我是什麼。我該隱瞞的事情非常多——但這並非其中之一。」

我點了點頭。「說得也是。」

「而『你』呢，查茨，你顯然也有不少該隱藏的事，但……『這個』不須隱瞞。」

他說得沒錯，我對他說了假名、捏造了一段虛假的故事，然而他明白我的真相——就連我家人也不肯直視的真相。

「我一直在等你注意到一件事。」他說道。

「注意到什麼？」

他輕碰我的肩膀，拉著我轉身面對馬路。午夜早已過去，街上依然熙熙攘攘，所有人都穿著午夜後的衣物，所有人都微醺，所有人……

我意識到實情時，呼吸猛地一滯。

每一群人當中都有個人動作太過平順，某個人的臉在轉動的光線下閃爍著珍珠般的蒼白。有些和凡人走在一起，有些身邊沒有凡人，有些三三兩兩行動，每個人都顯得輕鬆自在。一名坐在凱迪拉克 Escalade 車上的男子低頭看著我，對我露出毫無血色的燦笑。

蘭姆的聲音就在我耳後。「這是我們的城市。」他說道，「你的城市。」

我轉身面對他。他玩味地睜著雙眼，舌頭抵在門牙後方，似是在等待什麼，還在等我明白事實。

忽然間，熱燙、甜美的提琴樂聲在四周響起，一百束水柱從他身後噴向天際，接著又是一百束水柱。太壯觀了！

蘭姆看的是我臉上精采的演出，他又暢笑了起來，笑聲與他目前為止的一切同樣輕鬆坦白。

我們在喝奶昔，我越喝越覺得身體不穩。「這個冰淇淋該不會加了酒吧？」

「這裡無論是什麼都有加酒。」蘭姆說道，「我還是頭一次遇到酒量這麼差的同類。」他咯咯笑個不停，奶昔都被他吹出一個個泡泡了。

我也咯咯笑了起來，整個人從高腳椅上滑了下去。（椅墊上鋪了毛皮，真是不切實際的設計。）我倒在了坐我身旁的凡人身上。（他聞起來十分美味，是喝奶長大的。）

蘭姆拉著我的手臂。「來吧，查爾斯王子，你該喝點東西了。」他拖著我走出冰淇淋吧——但他其實不是拖著我，因為我非常樂意跟著他走。這是我到美國至今最棒的一夜狂歡。

這是我「此生」最棒的一夜狂歡。

我在英國不怎麼過夜生活，我和賽門不太會外出狂歡。（翅膀構成了不小的問題，而且我憎惡喝醉酒的人。）（我是真的很討厭他們。我現在若是清醒，想必會痛恨此時喝醉了的自己。真是無聊透頂。）

蘭姆牽著我的手，另一隻手牽了另一個男人，他是個戴著冰上曲棍球主題鴨舌帽與足球上衣的凡人，同樣喝醉了酒——無聊！——我們三人在街上共舞。無論在大道何處都有音樂，室外感覺和室內沒兩樣，整條道路像舞廳般打滿燈光，還有藏在樹上的音響播著音樂。

現在這首歌和某個叫「瑪格麗特村」的地方有關，我都沒喝過瑪格麗特調酒，下次應該和奶昔混在一起喝一杯試試。蘭姆拉著男人——還有我——進入兩家酒吧之間的陰暗角落，窄小的空間還稱不上小巷。凡人只掙扎了片刻，接著蘭姆不再小巧的嘴就湊到了他喉頭。

男人的頸子瞬間癱軟，頭往後仰，帽子掉到了地上。他的眼睛立刻變得茫然，我在鹿臉上看過那種表情。

蘭姆深深吞嚥，到現在還握著我的手。「查茨，」他暫停下來喘息，對我說道，「來嘛。」他將我拉近，男人被我們夾在中間，我無法抗拒鮮血的芬芳，尖牙刺了出來，嘴裡已經容不下我的舌頭了。

「我——我不能。」我說道。

「你可以的。」

「我們在公共場所。」

「我跟你保證，這完全無所謂。」他將男人的頭往後拉，男人脖頸的大片肌膚出現在我面前。

我別過頭不看他們兩個，同時放開了蘭姆的手。「我不能。」

蘭姆忽然撲了過來——他放開凡人男子了——將我按在牆上，雙手壓著我的雙肩。他的頭髮完全遮住了一隻眼睛，也搔得我鼻子很癢，我滿腦子都想著從他口中飄出的血腥味。「你是誰?!」他厲聲問道。

「我已經告訴你了。」我的魔杖在外套裡，我也許能施咒，也許能壓制住他——

「你叫什麼名字？」他罵道，也許還將些許鮮血噴了出來。我沒有舔嘴唇。我沒有。他用額頭頂著我的額頭，將我的頭死死壓在石牆上。「你叫、什麼、名字。」

「貝茨。」我低吼著將頭往旁邊一扯，遠離他。「那『你』叫什麼名字。」

「你叫我蘭姆就行了。」我肩膀上方閃過了火光，他手裡握著打火機。「告訴我，你來這裡做什麼。」

「我剛才就說了，我是來度假的。」

他將打火機湊到我的頭髮邊。

「我是來找新血會的！」我說道。聲音太過響亮了。

蘭姆放開手後退了一步，握著打火機的手垂在身旁。「唉，查茨，怎麼連你也是。」

「那是什麼意思？」

他轉身要走。

「蘭姆！」

「你在這裡不會找到他們。」他回頭說道，「他們已經不在這座城市了。」

「但是你知道他們的所在處！」我拔腿追了上去。

「他們的所在處是眾所周知的事。」

我抓住他的手臂。老實說，我現在還沒完全酒醒。「我不知道。我不知道他們在哪裡。我朋友在他們那裡。」

他停下腳步注視著我，若有所思地噘嘴。「這是真話。」他說道。

「這是真話。」

「這是你對我說過的第一句真話。」

「蘭姆——請幫幫我。拜託你了。」

他又毫不同情地注視我半晌，接著雙眼向旁一滑。「不能在這地方說。」他將我的手從他的袖子上推開，「明天，下午兩點。暹羅之蓮。」說罷，他邁開腳步就走，幾乎連頭也沒回。「還不快去找東西喝。」他就這麼消失在了人叢中。

我腳步蹣跚地走了一兩分鐘，試圖回想自己來時的方向。我四周都是地標，但每一個地標感覺都一樣……蘭姆說得沒錯，我需要喝點東西。老鼠好了。我沒看到老鼠……倒是看到了不少被人裝在手提袋裡的小寵物狗……

我身體向前傾，雙手撐著膝蓋。貝茨頓，振作點。深呼吸。我閉上雙眼吸了口氣，世界飄著鮮血與酒精的氣味，就如奶昔與燒焦的爆米花——

我猛然抬頭。

賽門．雪諾站在離我半個街區的位置，背上的翅膀不見蹤影，雙手都插在褲子後面的口袋裡。他臉上毫無笑意。

我從外套口袋掏出手機。它沒電了。

45

賽門

剛開始監聽的那十分鐘有夠漫長，貝茨是進了派對會場沒錯，可是他沒在說話，也沒有別人在說話。他會不會已經被做掉了？會不會已經被折斷脖子了？

這時候，別人的聲音傳了出來——「你好啊」——我們還聽到那個人的名字——「蘭姆」。

貝茨也太會花言巧語了吧？我笑嘻嘻地看著潘妮，「他很厲害耶。」

「他不會有事的。」潘妮同意道。

「我們應該先幫他弄一份邀請函的。」雪帕德說，「或是幫他偽造一份。」

潘妮翻了個白眼。「等我們下次要滲透吸血鬼領地，我會記得弄一份邀請函的。」

雪帕德皺起眉頭。「我們接下來不就是要滲透吸血鬼領地嗎？」

「噓。」我說。吸血鬼對貝茨說起了英國的事，說到什麼突襲啊、縱火啊之類的。

潘妮對著手機冷笑。「哼，少在那邊。那又不是種族屠殺，是『你們』屠殺人類好不好。」

我又叫她安靜。

「他們談到美國吸血鬼了，」雪帕德說，「貝茨應該趁現在提起新血會的事。」

可是貝茨沒有提起這件事。

他繼續和對方東拉西扯了一陣子——然後就走了。他跟著那個吸血鬼走了。

「不行。」我對手機說。

潘妮哀叫一聲。「幹，貝茨頓！」

就連雪帕德也很震驚。「遇到不可信的魔體，絕對不能跟著去到下一個地點——這是第一守則耶！也可能是第二守則——總之是排名前五的守則！」

「我們一定要相信他。」我說，「我們在這邊，他在那邊，他是在觀察情勢行動。」

「說不定他離開會場，是不想繼續和五十隻吸血鬼待在同一個房間裡。」潘妮說。

「對啊。」我點點頭，「他離開了比較安全。」

「在這座城市裡，哪裡都不安全。」雪帕德說。

「下樓嗎？」我們聽到貝茨的聲音。

「好傢伙。」我打了彈簧床一下，「繼續把你們要去的地方告訴我們。」

「出去吧。」蘭姆回答。

那之後，貝茨都不必把他要去的地方告訴我們——他的新朋友蘭姆全都幫我們完整介紹過一遍了。

兩個小時過去，潘妮洛普躺在床上吃冰箱酒櫃拿出來的香檳口味軟糖寶寶。「歡迎光臨吸血鬼歷史導覽。」她說，「要不要租一臺語音導覽機啊？」

雪帕德在用飯店的筆記紙寫筆記。「幹嘛？」潘妮想把紙搶走時，雪帕德對她說，「這又不是你們的祕密，是他的祕密。」

我在房間裡來回踱步，他們說到關於樂蜀賭場的趣味小知識，還有一九六〇年賭場大道廢除種族隔離制度時吸血鬼扮演的關鍵角色，可是我什麼都聽不進去，只聽到他們一刻也沒停過的各種「調情」。

那個蘭姆動不動就「查茨」這、「查茨」那的，聲音還越來越大——越靠越近了。貝茨竟然沒有要阻止他的意思！貝茨竟然很配合！他說得不多，可是我聽到他的笑聲了。

潘妮拿軟糖寶寶丟我。「賽門，放輕鬆啦，我們不是要相信他嗎？」

蘭姆帶貝茨看了噴泉和燈光秀，還一起上了摩天輪，一起吃了漢堡、喝了奶昔。

「就算沒得到什麼情報，」雪帕德說，「把這個當第一次約會也不錯。」

潘妮踢了他側腹一腳。

過去一個小時，貝茨的聲音變得越來越軟爛了，有時候還會被播個不停的背景音樂蓋過去。他現在喝到第三杯了。（貝茨從來不跟我喝酒，他嫌無聊。）

「他們都聞起來好美味。」他說，「有種發酵味。像剛出爐的麵包。」他說的應該是凡人。

蘭姆笑了，聲音比剛才近很多。「來吧，查爾斯王子，你該喝點東西了。」

潘妮洛普坐了起來。

雪帕德咬住嘴唇。

我們聽到人的笑聲、開門聲，音樂從嘟哇調變成了弦聲——然後，突然就什麼都沒有了。

「那是什麼狀況？」我看著潘妮的手機，「發生什麼事了？」

「他掛斷了。」她說。

「也可能是他的手機沒電了。」雪帕德說。

我站在潘妮洛普面前。「快把我的翅膀變不見。」我命令她。

她直視著我的眼睛，我看得出來她在做決定，她決定不要和我爭辯。「鈴響之時，天使便……」

找到冰淇淋店並不難——蘭姆幾乎是幫我們畫了口述地圖——可是他和貝茨已經不在店裡了，我在店外也沒看到他們。他們可能在附近任何一棟建築裡，也可能上了車——我需要潘妮洛普，需要她來施「失物招領」。

這時候，我看到他們了。蘭姆皮膚很白，個頭比貝茨矮小，幾乎和貝茨一樣是吸血鬼大帥哥。（「幾乎」而已。）他生了一張《唐頓莊園》角色的臉，彷彿剛從西部戰線回到家鄉。

貝茨抓著他的手臂——其實是緊抱著他不放——蘭姆也往他的臉靠過去，一副準備接吻的樣子。

喔……

好喔……

好喔……

我咬緊牙關、握緊拳頭。第一次約會發生「這種」事情也不意外嘛。

結果——蘭姆好像改變心意了，他轉身走了。

貝茨一臉失望。

嗯，我也該走了……

不過轉念一想，讓貝茨知道我在這裡，讓他知道我有看到他們，最後可能會輕鬆一點。這麼一來，他就不用親口告訴我了。

46

賽門

貝茨一看到我，就馬上轉頭不看我。

他還想和我擦身而過，一副不認識我的樣子。「快回去。」他低聲說，「你在這裡不安全——你現在被吸血鬼包圍了。」

我抓住他的手臂。「你還不是一樣。」

他還是不肯看我。「**快回去。**我晚點和你們碰頭。我必須狩獵。」

「我跟你去。」

「克勞利的，雪諾。」

我捏緊他的手臂，樣子應該就跟他剛才抱著那個吸血鬼的手臂時一樣焦急。「貝茨，你喝醉了。」

他把我甩掉。「我只是口渴而已。」

這時候，我注意到他們了——一對和紙一樣蒼白的男女靠著一輛黑色禮車，兩個都在看我們。「有人在監視我們。」我說，「是吸血鬼。」

他揉了揉額頭。「他們當然在監視我們了。」然後他突然摟住我的腰，頭湊到我的脖子邊。「你假裝是被我在路上撿到的，裝出被我迷倒的樣子。真的被魔法迷倒那樣。」（哈——他竟然要我用「裝」的。等到哪天我回想起這件事，應該會忍不住哈哈大笑。說不定我以後一想起自己悲慘的人生，就會忍不住哈哈大笑。）他從我脖子旁邊退開，拉著我的手帶我往前走。

「我們的飯店在另外一邊。」我說。

他轉了半圈，拉著我往正確的方向走，還把我當第五杯飲料一樣上下打量。（他是在演戲。）我用願意跟著他去天涯海角的眼神看著他。（我沒在演戲。）

潘妮放我們進了房間。「感謝摩根勒菲！」

「我們問題大了。」我說。

貝茨用拳頭捏著鼻子。「這不是什麼大問題，我不呼吸就是了。」

「他喝醉了，而且還口渴。」

雪帕德從我們身邊退開。「我還以為吸血鬼不會醉。」

「你幾時變吸血鬼專家了？」貝茨捏著鼻子怪叫。

潘妮用舌頭抵著臉頰內側，一副在想主意的樣子。「這不成問題。」她轉向關著的房門舉起一隻手，紫色寶石就躺在她手心。「舊燕歸巢！」

片刻後，她打開房門。走廊上一片混亂，到處都是不停拍動的翅膀和吱嘎叫聲，幾十隻黑色的鳥飛進了房間。

最後一隻鳥飛進來以後，潘妮走到門口，對著走廊施了她最愛的法術之一——「非禮勿視！」。她關上房門，上了鎖。

鳥群都降落在床上，還有檯燈上，還有床頭板上。貝茨一把抓住一隻停在吊燈上的鸚鵡，像在開啤酒瓶似地一把扭斷脖子，當場就吸了起來。

「我的魔蛇啊，貝茨頓。」潘妮忙著把鳥群從床上趕走，「你就不能去廁所嗎？」

貝茨醉醺醺地晃進浴室，我還是第一次看到他這樣亂七八糟地進食。（我之前很少看到他進食，而且就算看到了也是遠遠地看。）

他把鳥拿在浴缸上方吸，我試著幫他脫下漂亮的西裝外套，我知道他一定不想把衣服弄髒。「來。」我拉著他稍微轉過身，「你這樣會弄到血。」我把外套脫掉以後，開始幫他脫粉紅色襯衫。

貝茨舉著那隻鳥大大吸了一口，然後把牠丟進浴缸，讓我幫他解開釦子。「走開啦，」他說，「我不想讓你看到。」

「兄弟，你現在說這個已經太遲了。」

他下唇沾到了血。浴室裡有另一隻鳥到處飛來飛去（不用這些鳥啊鮮血啊什麼的，這間浴室本來就已經夠可怕了，整個都是鏡面的全黑裝潢），貝茨一把抓住在空中亂飛的黑鳥，對著洗手臺猛砸。「別。」他說，「別看了。」

「好啦。」我轉身說，「我去把剩下的鳥抓來。」

我跟雪帕德用枕頭套和毛巾把剩下的黑鳥抓了起來，過程中潘妮一直躲在被子底下不出來。（事後回想這一部分，我可能真的會笑出來。）

貝茨把每一隻鳥都吸乾了，浴室簡直就是鳥類亂葬坑。

他吸完以後，我站在門口看他。他靠牆面對著亂七八糟的浴室，每一次呼吸，赤裸的背部就會跟著起伏。

「好一點了嗎？」我問他。

「好一點了。」他說，「抱歉。」

「我可以幫你打掃——」

「不用，我用法術就好了。謝謝你。能不能……給我一點時間？」

我聽話地走出廁所，替他關上門。

「把這些羽毛清乾淨，」潘妮說，「我要叫客房服務了。」

47

貝茨

這……

我之前的最慘紀錄已蕩然無存。

我施咒讓鳥屍消失，接著將血跡變不見，然後放了洗澡水。

我泡在浴缸裡將洗澡水重新加熱了兩次，就只為了推遲出去面對其他人的那一刻。他們都看見我了，即使是凡人青年也清清楚楚看見我吸食熱帶鳥類的血液，行為之粗野，比起人類更近似貓鼬。真正的吸血鬼在狩獵人類時，至少看上去比我「酷」很多。

我現在知道他們狩獵人類的模樣了。我看過蘭姆吸食人血（蘭姆是他的真名嗎？），我當時眼睜睜地看著他，然後袖手旁觀。（我母親生前也看過吸血鬼狩獵的場面，她為了阻止這一切而放火將自己也燒了。）

我眼睜睜看著蘭姆喝下男人頸部的鮮血，卻完全沒有阻止他。那個無辜男人現在也變異成吸血鬼了嗎？**我究竟成了什麼東西？**

蘭姆昨晚花費數小時對我介紹吸血鬼的種種，我每一個字都聽得津津有味，而且老實說……我到現在還有些希望他仍在我身邊滔滔不絕地說著。

應該說，我不希望他「現在」在我身邊，看見我一絲不掛的模樣。不過蘭姆對我似乎沒有那方面的興趣──我當然也對他沒有興趣了！我對「吸血鬼」都沒有興趣。克勞利的。

我屏住一口氣，讓頭沉到水面下。

有人輕快地一敲浴室的門。是班思。「貝茨，出來啦，食物送來了。」

我沒帶換洗衣物進浴室，於是只好將西裝穿回去。（襯衫已經毀了，被我一把火燒了乾淨。）

班思坐在一張床的床尾，面前擺了好幾個蓋著的餐盤，凡人青年坐在床的另一頭。賽門將兩張皮椅拉到了床邊，我在空著的椅子上坐下，他遞了一小瓶開過的可樂過來。

潘妮洛普動手掀開餐盤蓋：迷你起司漢堡、炸雞柳、肉汁馬鈴薯泥。我朝一盤牛排薯條伸出手，尖牙已經從牙齦刺了出來。（我再也不會有擺脫屈辱的一天了。）

班思遞了裹著餐巾的餐具給我，朝我投來嚴肅的眼神。「你吃吧，貝茨。前幾天已經夠累了，今天又發生這麼多狀況，我們該看的、不該看的都看光了。」

我嘆息一聲，從口袋掏出沒電的手機。「你們聽了多少？」

班思接過手機，接上充電器。「已經夠我們寫一部《西部吸血鬼紀實》了。」

「我們最後聽到你點一杯草莓奶昔，」雪帕德告訴我，「然後電話就掛斷了。」

「我們『沒有』聽到你問新血會的事……」賽門盯著自己手裡的迷你漢堡說道。他張開嘴，將整個漢堡塞了進去。

「我一直在等發問的機會。」我說道。嘴裡多出的尖牙影響發音，我像個戴牙套的十二歲小孩一樣漏風地說話。我將那盤牛排放回床上。「我想先讓他信任我。」

「他有嗎？」班思問道。

我感覺自己傻到了家。「沒有。他一直慫恿我喝……人。他們把這條街當作二十四小時不打烊的吃到飽餐廳，我只能一直對他說『不用，不用謝謝』——你們也聽到了吧。我總不能拒絕喝血『又』不喝酒，那太失禮了，後來一切都變得越來越模糊。我們走出冰店時，他隨手抓了個凡人，把我們都拉進暗巷，堅持要我和他一起喝血——那似乎是某種測試。」

雪諾惡狠狠地吞下滿口食物。「他殺了人？他直接在你面前殺了人嗎？」

我對上他的目光。「沒有，他喝一些血之後就放了那個男人。」

「他在你面前讓別人『變異』成吸血鬼了？」

「我——」我垂頭盯著自己大腿。

「我猜他沒有讓那個人變異。」雪帕德一面說一面將大量番茄醬倒在薯條上，「吸血鬼『最討厭』讓人變異了，他們要嘛喝一小口之後放你走——要嘛把你吸乾弄死。」

雪帕德抬頭時，我們所有人都盯著他。房間裡鴉雀無聲，就連地精的細語聲也能聽得一清二楚。

「這你應該已經知道了吧……」他對我說道，「你就是吸血鬼耶……」

賽門與潘妮洛普愕然轉向我。

資訊量太大了，我一時消化不了。（除了雪帕德透露的情報之外，還有近來發生的一切，以及二十多隻熱帶鳥類的血。）我搖了搖頭，又再次搖頭。「我不肯喝。」我接著說故事，「我說我都不在公共場所喝血，但他不信。他將我壓在了牆邊，堅持要我說出自己的真實身分——以及我的目的。」

「那你怎麼說？」班思問道。

「我說了實話。」

「不妙啊。」她說道——雪帕德則讚許地說：「好主意，還是說實話比較好。」

我揉了揉眼睛。「我將真正的名字告訴了他，但沒透露自己的姓氏。我說我的朋友在新血會那裡，我是來找他們的。」

「超糟糕。」班思哀聲說道，「糟透了。」

「那『他』說什麼？」賽門問道。

「他叫我明天下午兩點到暹羅之蓮和他見面。」

賽門

他坐在那張黑皮革扶手椅上。他坐在那邊，身上穿著印了紅玫瑰的藍絲布西裝，蒼白的胸口是散彈槍留下的一塊塊白疤。他的頭髮溼答答的，牙齒很尖銳，腳上沒有穿鞋。

他曾經是我的人。

說不定他現在還是我的人，至少還有一點點是吧？說不定我還有資格看著他。

可是我敢肯定，和三個小時前相比，他已經不全是我的人了。我們在這座城市待得越久，他就越是離我遠去。

「暹羅之蓮。」雪帕德說，「聽起來有點像寺廟的名字。」

「這也許是暗號。」貝茨說。

潘妮在看手機。「那是一間泰式餐廳……它在某條商店街上。」

「不在賭城大道嗎？」貝茨問她。

「對，」她說，「離大道幾英里路程，我們得開車過去。」

「他說過吸血鬼通常只在賭城大道附近活動……」貝茨往椅背一靠，「他可能是想避人耳目吧。」

我伸手再拿了個起司漢堡，順便把那盤馬鈴薯泥拉過來。「我們大家一起去。」

貝茨搖搖頭。「不行，這樣他就『真的』不會相信我了。不能讓他知道我是魔法師。」

「他不會知道你是魔法師的，」雪帕德說，「我們跟著去，他才知道有朋友挺你。」

貝茨抬頭盯著天花板，還是不肯接受。「絕對不行。」

「我們跟著去，然後跟你坐不同桌。」我說，「以防萬一。」

「這樣你們什麼都聽不到啊！還不如在外面等我，像這次一樣用手機聽我們談話。」

「我想進去。」潘妮洛普還在看手機，「據說暹羅之蓮是全北美最好吃的泰式餐廳耶。」

雪帕德的薯條已經快被番茄醬淹死了，他還不停拍著迷你醬料瓶，想倒出更多。「你和蘭姆先生獨處的時候，打算怎麼問他問題？」

「我會問起新血會的事。」貝茨說，「我們現在是從零開始，他不管分享什麼情報，對我們而言都是有用的情報。」

「他沒事幹嘛跟你講？」我問道。

「這個嘛，」潘妮說，「只要是和吸血鬼有關的話題，那傢伙似乎都說不膩……」

「我們會在外面等你，」我說，「還有注意門口的狀況。可是你這次『不可以』再跟他一起走了。」我很想補一句：還有，你不可以跟他調情。

貝茨看著我，一臉抱歉地對我點頭。「我不會的。」

然後他站了起來，端著牛排到窗前的沙發上吃。

48

潘妮洛普

我不喜歡待在塞滿吸血鬼的城市裡，整天躲在飯店房間，不過我很喜歡這地方的客房服務。我們家外出旅遊時，我母親從不讓我們點客房服務，她嫌太貴了。現在既然要用魔法盜刷信用卡，那不如一口氣刷個夠，於是我砸下重金點了早餐。「放門口就好了！」餐點送到時，我隔著房門喊道。

「碧漆太太，請您簽收！」

我扮了個鬼臉，但飯店員工看不見。

「我去收吧。」雪帕德說，「妳做妳的。」

我後退一步，拳頭裡握著紫水晶，嘴隨時準備念咒。

雪帕德打開房門，一個男人推著餐車進來，一身黑西裝外面又套著黑色圍裙，皮膚則是毫無血色的灰。「請簽收。」他語調平板地說道。

「沒問題。」雪帕德伸手拿帳單夾。

我一直維持同樣的姿勢，等到灰敗男離開房間、房門再次關上之後才放鬆身體。「怎麼會有吸血鬼想當服務生？」我一面低聲說話，一面把寶石塞回內衣。（我生怕把它弄丟。我們家的魔法傳家寶已經夠少了，我父母甚至得到「店裡」幫我妹妹買魔杖——那東西毫無歷史可言——我弟弟運氣很差，只能用老式「單片眼鏡」施法。）

雪帕德鎖上房門。「說不定他是新來的。」

聽到他的言下之意，我不禁全身一抖。

我們將食物擺到床上。「妳是打算餵飽一整支軍隊嗎？」雪帕德問道。

「我是打算餵飽**賽門**。」

但賽門一早醒來發現貝莢已經出門，就不顧我的阻攔直接衝進了吸血鬼城。我甚至為了阻止他，直接站在門口擋住他的去路。

「潘妮洛普，我不會有事的。快讓開。」

「賽門，外面可是有滿城的吸血鬼，很危險的。」

「我這輩子見過的危險還少了嗎？」

「你明明就知道這不一樣。」

「我需要新鮮空氣。」

「你到樓下的賭場是呼吸不到新鮮空氣的。」

「那我就去別地方。**快讓開。**」

「賽門，我可是會在你喪禮上哭得最慘的人，算我求你了，拜託你不要去。」

「潘妮，我再不離開這個房間就要暴走了。」

我本該對他說：**「賽門，你不可能暴走的，你已經沒有任何法力了。還有，就算你覺得自己會瘋掉我也不管——發瘋總比死掉來得好。」**

結果我還是施法將他的翅膀變不見，然後默默讓到了一旁。

我還是很擔心他，也擔心貝莢，還有阿嘉莎。我忍不住哭了起來。

雪帕德坐在床的另一頭。「妳想吃什麼？」他的聲音很溫和，「丹佛歐姆蛋？班尼迪克蛋？鹽醃牛肉炒馬鈴薯？」

我指向班尼迪克蛋，他將那個餐盤遞給了我。

「如果妳想自己一個人靜一靜的話，」他說道，「我可以離開。」

「我不會再讓『任何人』走出去送死了！」

「潘妮洛普，我都不知道妳這麼關心我。」

我翻了個白眼，努力克制住淚意。「這地方為什麼會『存在』？法師都去哪了？我母親如果來了，一定會放火燒掉這整座城市。」

「說不定我們可以打電話請她幫忙。」雪帕德說道。

「哈！」我用叉子一戳半熟蛋，看著蛋黃流出來。「她會先宰了我，接著再消滅拉斯維加斯。」

「怎麼可能，她不會做那種事的。」

「你又沒見過她。她可是不容小覷的存在，就像你們說的那種——那東西叫什麼？——龍捲風。」

雪帕德笑了。他在吃我幫賽門點的鹽醃牛肉炒馬鈴薯。「那我應該會很愛她。」他說，「我以前其實是追風者喔。」

「那是什麼東西？專門追熟女的人嗎？」

「不是，是追『風』的人——確切來說，我追的是龍捲風。」

「龍捲風要怎麼追？」我說話時滿嘴食物，卻絲毫不在乎。我沒有要給雪帕德留下好印象的意思，等這一切結束後，我還是會抹消他的記憶。「你是用魔法嗎？」

「是用氣象學，還有自己的感官。龍捲風來時，我就會跟幾個朋友一起跳上車，試著去找到它。」

「你們有什麼目的？」

「這樣很酷啊！我們想接近那份力量，親眼看見暴風捲動的樣子。在龍捲風附近連空氣都會變得不一樣，手臂上的汗毛會豎起來，那真的是非常特別的體驗。」

「聽起來像是我有過的體驗……」我想到了賽門，然後將那個念頭甩到一旁。「聽起來很危險。」

「極度危險。」雪帕德笑吟吟地說。

「你說你『以前』是追風者，那後來不做是因為風險太高了嗎？」

「也不是，我只是對追魔法起了更大的興趣。追魔法刺激多了。」

喔。原來如此。我發出「哼」一聲鼻音，聲音和我的想法同樣充滿了批判意味。

「那是什麼意思？」雪帕德問道。

「沒什麼。」我說。

「妳還是看不慣我對魔法的興趣吧。」

「你不能隨便來『追』我們。」我說道，「我們不是龍捲風，也不是故事，而是人。」

「我不會追『人』。」

我清了清喉嚨，抬眉看他。

「我『通常』不會追人。」他說道，「我只是追求……他們的友情而已。」

「還有他們的祕密。」

雪帕德往馬鈴薯上倒番茄醬。（不論我們點什麼，他們總是會附一小瓶番茄醬，雪帕德簡直恨不得用吸管將番茄醬全喝下肚。）「他們會『主動』把祕密告訴我，」他說，「我不用去追他們。人們——還有水妖、山怪和巨人——都巴不得把他們的祕密告訴我。」

「『我』可沒興趣把任何祕密告訴你。」

「『妳』很特別。」他吃了口食物，「這個炒馬鈴薯也特別好吃。」

「怎麼會有魔法生物主動把祕密告訴凡人？這種行為的風險高得離譜。」

「他們不是把祕密告訴『凡人』，是告訴『我』啊——他們是在對好朋友雪帕說自己的祕密！」

「你這是在掠奪他們！你之所以當他們的朋友，完全是因為你想把他們做成標本收藏起來！」

他一臉受到侮辱的樣子。「我從不取樣本的。」

「嗯，你倒是聽聽自己說出口的話啊！」

他隔著早餐靠了過來。「我確實會策略性地找出魔法生命體，也確實會結識他們，但我是真心想和他們當朋友啊！」

「你是真心想操弄他們的心。」

「我並不——」

「我還真不曉得你這樣算是追星狂粉還是狂熱獵人。」

「都不是！我是科學家，是……探索家。」

「喔好棒棒，被探索的人是不是下場都很好？」

「妳到底要我怎麼做，才願意相信我沒有惡意？」

「那你到底要我怎麼做，才願意相信你就算沒有惡意『還是』會傷害到別人？魔法生命體或生物都不能信任凡人，我們保密是有原因的——凡人若是以為把我們絞成香腸就能榨出魔法來，那我們早就都被做成香腸了。凡人光是『以為』大象和犀牛有魔力，就快要把牠們屠殺殆盡了。順帶一提，大象和犀牛並沒有魔力，牠們只是瀕臨滅絕罷了。」我越說越火大，最後「匡啷」一聲將叉子丟在餐盤上，雙手捂著臉。

「潘妮洛普，」雪帕德說道，「不會有人把妳朋友絞成香腸的。」

「你怎麼知道？」

「因為，」他說，「這樣沒有用。」

「阿嘉莎不知道被關在什麼地方，那些吸血鬼不知道用什麼方法想榨出她的魔法，結果我們居然坐在這邊吃貴得要命的雞蛋！」

「我們有沒有可能用別種方法找她？」

「我不知道——找人的法術是有，但我們必須知道她的大致方位，我還需要她的頭髮或照片。我可沒準備降神會用的工具。」

「妳一定有阿嘉莎的照片吧。」

「一定沒有。」

「手機裡應該有吧。」

我抬頭看他。「梅林啊，有道理耶！」我掏出手機，點開阿嘉莎的 Instagram 頁面。「她的照片有好幾千張……」

雪帕德邊吃雞蛋與薯餅邊湊過來，看向我的手機。「她很漂亮耶。」

「我知道。」我悶悶不樂地說，「她這樣太顯眼了，我反而更擔心她出事。」

「那我們接下來怎麼辦？」他問道。

「好。」我說道，「我們需要蠟燭。」

「浴室裡有蠟燭。」

「我還需要你幫忙。」

「我？我連凡人巫師的那些魔法都不會耶。」

「你只要有靈魂就沒問題了。」

他露出擔憂的神情。

「雪帕德，沒事的——這並不危險。」

他微微一笑。「我的靈魂供妳使用。」

我們將床上的早餐餐盤清乾淨，我重新在床上坐了下來，並示意雪帕德面對我坐著。我把手機放在我們中間，握住雪帕德的雙手。客觀來說，他的手很美——之所以注意到這點，是因為客觀來說我的手不怎麼好看。我的手掌寬大，手指也肥肥短短的，當初我們還特地請人把奶奶的戒指加大，否則我根本戴不下。

雪帕德和我不一樣，他的雙手比例勻稱，手指修長漂亮，要是戴上魔法戒指應該會非常瀟灑。

我們盤腿坐在床上，我讓蠟燭漂浮在手機上方，手機螢幕上是阿嘉莎在海灘上的自拍照。照片拍得很美，她看上去很開心。（我在華特福都沒看過她這麼愉快的表情。）

「我們要聯絡的是誰？」雪帕德問道。

「所有幫得上忙的靈體。」

他若有所思地歪著嘴。「是不是該指名召喚『友善』的靈體？」

「閉上眼睛。」我邊說邊閉上雙眼，然後輕聲念咒：「聚精會神！」

49

阿嘉莎

「阿嘉莎……嗨，早安，妳醒了啊……妳感覺如何？」

「不把我的嘴貼起來了嗎？」

「那其實是一種生物膠，現在動小型手術實已經可以用它來取代縫線了，它的應用性可是非常值得期待……」

「我想離開。」

「我是來和妳談談的。」

「我不想談，我想離開。」

「這個嘛。我不能讓妳離開，這妳也懂吧？」

「不懂。」

「阿嘉莎，妳的這份能力……這不只是妳一個人的事，它可是非常重要的，妳知道嗎？」

「這世上有比『你』更重要的東西嗎，布雷登？有任何一件事物比你重要嗎？」

「我有我該扮演的角色。我是歷史的參與者，從小就知道自己注定闖出一番大事業。這就是一些人的宿命。某方面來說，妳也有特別的宿命，妳可能會是替我們解鎖命運的關鍵人物。」

「我不同意。你們對我做的這一切，我都沒同意過。」

「阿嘉莎，這不只是一個人自由與否的問題，是類似土地徵用的議題。」

「我。不是。給你們。徵用的。土地。」

「為什麼要反抗我們呢？妳到底在為『什麼』而戰呢？妳能回答這個問題嗎？」

50

貝茨

今早，我險些一通電話打給父親。

我在浴缸裡醒過來（潘妮和賽門睡在床上，雪帕德睡沙發），滿腦子想著昨晚的凡人男子，想到自己差那麼一點就要咬下去了——差那麼一點就要殺了他。

被我吸過血的所有生物都死了。

我一直以為這是較安全的作法，若那些動物沒有死透，牠們可能會變得像我一樣。（老鼠有可能變異嗎？那鹿呢？狗呢？我可不想知道答案。）

在我口渴時，其實不會有意識地做決定，而是會一直吸到血液乾涸，一次都沒試過中斷進食。

我從沒嘗過人血。我過去當然有過幾次風險較低的機會：踢足球時到處都有人受傷流血，還有一次我用額頭撞得賽門鼻血直流，鮮血幾乎直接流進了我嘴裡。

儘管如此，我還是一直不願意跨過那道檻。你只有嘗過人血和沒有嘗過兩個選項，一旦嘗過以後，你還會在乎那是一個人還是五十人的血液嗎？

倘若我無法滿足於淺嘗即止呢？要是我對那份滋味念念不忘呢？（我還沒嘗過就已經時時刻刻惦記著人血的滋味了。）

到時又該怎麼辦？那之後，我還會有什麼選擇？就我所知，咬人的結果不是大屠殺就是大規模變異。

但也許，我的理解「全」錯了。

雪帕德說過，吸血鬼不喜歡使人變異，他們能「喝一小口之後放你走」。

我可以打電話給父親，我躺在沒有水的浴缸裡想著，父親會假裝我根本不是吸血鬼，如此一來我就能跟著假裝自己不是吸血鬼了。多麼令人安心啊。

然而，班思再度用敲門聲打斷我的思緒，她走進浴室將大把大把用魔法偽造的百元美鈔撒在我頭上。「去買新衣服，等等穿去跟吸血鬼約會。」她說道，「動作快，我想尿尿。」

於是，我帶著現金走在賭城大道上，在各家賭場看看他們都賣些什麼。幾乎每一間賭場都附有高檔服飾店，我還真不曉得到底有誰會來這種店面買衣服——我可沒看見哪個觀光客身上穿戴古馳精品。也許這整條街的目標客群都是吸血鬼吧……

我幫自己買了幾套西裝，再加上開車時穿的衣服，以及給賽門的幾套換洗衣物。我看見一件很適合班思的洋裝，她穿了一定非常美，可惜店內沒有她的尺寸。我還是將洋裝買了下來，之後可以用法術調整尺寸。

我這是在偷竊。

離開奧瑪哈之後，我們就沒有老實付過帳了。

這疊鈔票會在收銀機裡蒸發嗎？還是會在送往銀行的過程中憑空消失？這位親切的店員會不會因此被開除？他們會不會把消失的款項追蹤回我們這裡？實際上有差嗎？

我父親若是知道了，必定會對我萬分失望。

他會很失望吧？還是說，他或許能理解我的處境？假如我現在打給他，他會怎麼說？他會空降過來援助我們嗎？

不會。

他只會立即將我召回家。

「阿嘉莎・維彼羅闖了什麼禍就讓她父母去操心，貝茨頓你不能被捲進這類狀況——不能和這類人扯上關係。你……這個，你比較弱勢。尼可迪穆・派提再次露面已經夠糟了，我們可別惹來他人懷疑的目光。」

費歐娜阿姨也許願意聽……

我臨時起意，一通電話撥了過去。我在普拉達店外，站在一口巨大的擺飾用盆栽旁，撥了電話給遠在英國的阿姨。

她沒接電話。

這也無所謂。即使聯絡上了費歐娜又如何？她總不能在下午兩點前來到拉斯維加斯吧？

我提著大包小包徒步回凱薩琳飯店，一名蒼白的青年替我開了門。我正準備踏進旅館大廳，就看見某樣藍色的物品隨風朝我翻捲而來——是我母親的絲巾。

我丟下手裡的購物袋，接住了它。

我一回到房間，就看見班思與凡人青年在招魂。兩人握著手坐在床上，一支蠟燭飄在中間。

「抱歉，打擾你們了。」我說道。

班思氣餒地往後倒在枕頭上，雪帕德在蠟燭落到床上前接住它。

「不要緊。」班思說道，「反正沒有用。阿嘉莎現在離我們太遠了，我的法術捕捉不到她。」

班思沒有提及另一個可能性，於是我也識相地裝作沒這回事。「雪諾去哪了？」我問道。

我今早出門時，他還沒睡醒。

她拿起手機。「他說他需要新鮮空氣，我說他可能得離開這個州才找得到——」

「妳讓他獨自離開房間？」

「貝茨，我不是他的監護人。」

「該死，妳就是他的監護人！這可是妳唯一的責任啊，班思。」

「我又阻止不了他！」

「潘妮洛普，這座城市滿滿都是吸血鬼，只要是會流血的東西待在這裡都不安全。」

「所以我才在這間房間裡關了二十四小時啊，可是你又不是不瞭解賽門的個性——他到現在還是以為自己胸前綁著原子彈，天不怕地不怕地到處亂闖。」

「下次直接用法術把他黏在床上，就用『原地不動』好了。」

「真是的，貝茨頓，你別把自己的性癖說出來啊。」

房門忽然開了，我瞬間抽出魔杖，班思舉起了拳頭。

是賽門。

他剪頭髮了……

他垂著眼簾、有些不好意思地走了進來，頭髮的兩側修得很短，和他平時的髮型很像——不過設計師幾乎沒碰他頭頂較長的鬈髮，這些天被陽光晒得金光閃耀的鬈髮幾乎從頭頂溢了出來。

那個髮型絕對比他衣櫃裡所有的衣服加起來還要貴。

「你看看你，」班思說道，「簡直變了個人。」

賽門聳聳肩。「都準備好了嗎？」接著對我說：「你的手機充飽電了嗎？」

我搭計程車前往餐廳，他們開雪帕德的卡車跟在後頭。我不希望任何人看見我和他們搭乘同一輛車赴會。

我在離開飯店前換上了新的西裝，這次是黑色西裝搭配石南與金色的印花襯衫（看來捨不得華特福紫色制服的人不只有班思一個）。「你這是要去商店街耶，」賽門說道，「這樣穿不會太正式嗎？」

「衣服選得好。」雪帕德上下打量我，如此評判道。

雪帕德又說對了。我走進餐廳時，蘭姆已經在大廳等著我了，只見他戴著墨鏡，身穿蒂芬尼藍色三件式西裝。這套服裝聽上去很花俏，實際上卻全然不是那麼回事，反而為他烘托出了幾分端正、幾分清新。

「我們得候位。」蘭姆說道，「他們沒有一次有空位的。」他將墨鏡推到了頭頂，「你今天氣色不錯嘛……」

我揚起一邊眉毛，意思是我想要表現得酷酷的，實際上卻沒有酷酷的話可說。

蘭姆昨晚的猜忌已然消失無蹤，他似乎恢復了我們初見面時那款輕鬆自在的魅力，於是我也恢復了昨晚的設定。（我也能陪他說笑，裝作自己什麼都不在乎——這本來就非常接近我的自然狀態。）

女服務生前來幫我們帶位，只見餐廳內部的裝潢和外部同樣低調。「我來點菜吧。」蘭姆翻開菜單，「這家的麵包果料理真的是一絕。」

他也不幫我翻譯便直接點了五六道菜，接著往椅背一靠，對著我微笑。我昨晚就是只看見了這抹笑容的表面意義。

「所以呢……」他說道，「貝茨。」他讓我的名字懸掛在空氣中，「這是暱稱吧？」

「本名是貝瑞。」我回道。此話不假，確實有些人將貝瑞暱稱為貝茨。（我答應過班思，今天會盡可能說謊。）

「貝茨這個名字很適合你。」蘭姆的眼眸閃閃發亮，他這份魅力想必收發自如，我到現在還能感受到魅力對我的作用。「告訴我吧，貝茨，你為什麼想打聽新血會的消息？」

「我昨晚就說了——我有個朋友在他們那裡。」

「哪裡？」

「我不知道。」

「為什麼？」

「這我也不知道。」

「那你『知道』什麼？」他問道。他的墨鏡推到了額頭上方，一綹絲滑的頭髮垂落眼前。

「她在渾然不知情的情況下去了新血會的度假村，後來就失蹤了。」

「所以你不是為了加入他們而打聽他們的消息……」

我向後靠，剛才都沒發現自己越坐越往前了。「什麼？才不是。」

「貝茨，他們是我們的敵人。」蘭姆的眼眸仍然微笑著，卻是眼角微微下垂的哀傷微笑。

「誰的敵人？」我問道，「拉斯維加斯的吸血鬼嗎？」

他舔過下唇，皺起了臉。「拜託別再用那個說法了，也別跟我說什麼要『收回』那個稱呼——它太引人注目了。」

「所以是誰的敵人？」我再次發問，這回壓低了聲音。

「我們的。」他說道，「這裡和世界各地同胞的敵人。」

「蘭姆，我不明白……」

他瞇起雙眼。「你顯然是真的不明白。你對我撒了謊——你對我說的幾乎每一句話都是謊言——但你是真的不明白自己在問什麼。」

「英格蘭的狀況和這邊不同，我們和外界沒有聯繫——我還以為你瞭解我們的處境。」

「我是瞭解沒錯。」

說到此處，我們被端著第一道菜走來的服務生打斷了，那是某種煎得酥脆的豬肉，都上了桌還在滋滋作響。

情況幾乎是立即發生了，我也不曉得我為何沒預料到自己的反應（我對豬肉的反應最嚴重了，從前在華特福食堂飄著培根香味的日子，還必須找藉口離開）——我的尖牙從牙齦伸了出來。

蘭姆正在幫我盛豬肉。「新血會啊，」他說道，「那是他們對『自己』的稱呼——」他抬眼看我，忽然止住了話語，整張臉都垮了下來。「貝茨。」

他注意到了，當然是馬上就注意到了。我緊閉著嘴。（『他』的尖牙就沒刺出來嗎？還是他的反應較慢？）他露出震驚又擔憂的神情。

「深呼吸。」他輕聲說道。

我深吸了一口氣，只覺得身體的反應更劇烈了。我的鼻竇不停灼燒，嘴裡的唾液幾乎滿溢出來，我是拚了全力才抑制住齜牙的本能。

蘭姆若無其事地將餐盤從我面前移開，彷彿想在我們之間清出一小塊空間。

「看著我。」他低聲說道。

我盯著他，鎖定他的雙眼。

「呼吸。」他對我說。

我聽話地呼吸。

「這是動物的本能反應。」蘭姆說道，「你不是動物。」

他一次都沒有眨眼。我點了點頭。

「貝茨，你是人，控制身體的不是食慾，而是『你』。你不是要什麼就任意拿什麼的那種人，這點我看得很清楚——你昨晚不是完全沒受到誘惑嗎？」

服務生將第二道菜放到我們之間。雞肉。椰奶。咖哩。

「你是怎麼控制住自己的？」蘭姆問道，「在你口渴時，眼前出現一顆跳動的心臟，這時你會怎麼控制住自己？」

「我——」

「不要張開嘴。」

我緊緊閉著嘴。

「回想起來……」他說道，「回想起那份控制的感覺。」

我一點頭。

「好，現在『控制住』自己。你知道它們刺破牙齦冒出來是什麼感覺吧，貝茨。」

我再度點頭，眼中盈滿了淚水。

「想像自己把它們拉回去，『去感受』它們收回原位的感覺。」

我闔上雙眼，垂下了頭。尖牙占據了我口中所有的空間，我很難想像它們收回原位，過去也不曾阻止它們冒出來過。

過去的我當真試過要控制它們嗎？我平時的策略不過是推託與逃避，不在任何人面前用餐。這是我的鐵則。

蘭姆從餐桌對面伸手過來，冰涼的手搭在我的手上。「把它們拉回去，收起來。你可以的。」

這次我努力了，我認真嘗試了。我吸了口氣，將舌頭往喉頭縮去，收起小腹、將臉頰往內吸，每一根手指都捲成了拳頭。

然後——我的尖牙抽了一下。

我再嘗試一次，它們就這麼溜回牙齦了。（我不曉得它們藏到了哪裡，但蘭姆應該回答得出來。）我抬頭看向他，眼神想必狂亂無比。

他對我微微一笑，露出再正常不過——只是白得過分——的滿口亮牙。

他將搭著我的手收了回去，繼續替我盛菜。桌上現在擺著三個蒸氣騰騰的餐盤。「你可以的。」他鎮定地說道。他沒在看我，而是注視著自己在盛的食物。

他將滿滿一盤菜放到我面前，我深吸一口氣，心中默念：**別出來，別出來，別出來**。我的尖牙差一點就要刺出來了，我又將它們收了回去。

我不停努力，就這麼忍了一整頓飯的時間。從幼時變異開始，我每次用餐嘴裡都多了兩顆礙事的尖牙，現在終於能毫無阻礙地咀嚼了，不會不小心咬破臉頰內側的皮肉。我專注到下顎不住顫抖。

我們雙方都沉默不語，蘭姆似乎根本沒在注意我。服務生將我的空餐盤收走，我再次對上蘭姆的雙眼，眼中或許盈滿了喜悅。他對著我微笑，眼神卻透出哀傷。

「貝茨，」他說道，「你年紀多大？」

我沒有預先想好假的歲數。「二十歲。」

「好喔，我也才三十四歲而已。老實告訴我，你年紀多大？」

我抬頭望向電燈與天花板上的吸音板。「二十歲。」

我聽見他吐息的聲響。

「好喔。」他說道，「我們來談談新血會的事吧。」

餐廳幾乎沒有別的客人了，服務生幫我們上了小豆蔻咖啡與蒸發乳。蘭姆的態度再次轉變，這次是我未曾見過的人設——他不再是和我在派對上相遇時那魅力四射、熱衷介紹拉斯維加斯的樣子，也不是我昨晚在暗處窺見的恐怖吸血鬼。他現在沉靜許多，態度嚴肅到顯得近乎柔和。

「把手機關機。」他說道，「放到桌上來。」

我一隻手伸進口袋——同時暗暗祈禱賽門不會失去理智。我按下電源鍵，然後將手機放在桌面上。蘭姆幾乎連看都沒看它一眼，不知是真的懷疑我，還是謹慎行事而已。他將自己的手機放到我的手機旁。

「新血會生理上和我們相像，」他說道，「文化上卻和我們天差地遠。他們是一群有錢人——大多是男人——之前發現了我們的生活方式……這個嘛，」他不禁翻了個白眼，「他們『表現』得像是發現了我們的生活方式似的，然後決定將我們的能力弄到手。他們四處尋找我們的同胞，要求我們咬他們。

「我們可不會隨便答應他人的請求，將他們變成同類。」他直視我的眼眸，「這你也知道的。然而，我們的某個同胞想必是被他們勒索或誘騙，讓他們其中一個傢伙變異了，那人接著咬了其他離經叛道的傢伙，就這麼接續下去……」

蘭姆面露嫌惡。「在新血會眼裡，成為我們的同類就像是參加扶輪社之類的社交俱樂部，他們甚至組織了董事會，專門審核新會員。」他揮了揮手，彷彿不敢相信這一切，音量也微微提高了。「簡直像是新住戶搬入社區前的審核一樣。在他們眼裡，我們的生活方式是他們成功與成就的延伸——他們彷彿『贏得』了不死的能力，也贏得了將這份能力分享給他人的資格。光是在過去這一年，我們在舊金山的同類數目就增加了一倍，而這全是拜他們所賜。」

我駭然失色，蘭姆對我的驚駭露出了讚許的神色。

「他們當中沒有任何一個人在乎禮數或傳統，也不會去思考我們為什麼花費『數千年時間』打造一條不同的路。他們自認是新的世代，是我們的新血——那群傢伙忙著治療癌症和重新發明網際網路，哪有時間關心歷史。」

他從頭上取下墨鏡，放到了桌上。

「貝茨，他們威脅到了我們的安全與自由。你想想看，到時血牲們發現矽谷巨頭沒有一個會衰老，他們會怎麼想？不過等到那個時候，世界上可能已經連一個血牲都不剩了。」

「那——」我結結巴巴地說，「那法師呢？」

「你是真的很介意那些魔法師，是不是？」

我聳了聳肩。

「我之前也告訴過你了，言者基本上都不理睬我們，言者與言者之間似乎也很少交流。他們甚至到現在都還沒發現我們這邊的狀況——但如果新血會達成了目標，言者不想發現也得發現了。新血會可是很執著的，他們的下一個目標就是把魔法弄到手。」

「他們怎麼可能弄到魔法？」我說道，「魔法才能都是天生的。」

蘭姆又翻了個白眼。「新血會成員將這個視為遺傳學上的挑戰。他們都是群卑怯的傢伙，甚至會往自己身上注射胎盤血——早在變異之前，他們就在幹這種事了！」

他傾身靠向我。「這就是我最看不慣的部分。貝茨，他們甚至不『喝血』，而是用『輸血』進食。他們只肯碰經過檢驗和冷凍保存的東西，我還聽說他們最近開始『加熱殺菌』了……」

蘭姆的語音不再輕柔，雙眼閃爍著剛硬的精光。他對著我冷笑，彷彿——

「尼克斯與斯里克啊。」我咒罵道。（糟糕，我連髒話都受班思影響了。）「你以為我是他們的會員嗎！」

蘭姆微低著頭凝視我，提出無聲的挑戰。

我忍不住笑了起來，怎麼也停不下來。「七隻魔蛇啊！」我邊笑邊說，「八隻大蛇和一頭巨龍啊！」

「這什麼意思？」他問道，「你是在拖時間嗎？還是你腦子壞了？我們的協約可是訂得清清楚楚，違規者必須接受重罰——」

「不是啦，蘭姆！我確實不幸、無知且能力不足，但我不是『那種人』。」

他雙眼瞇成了細縫。

我站起身來。「陪我出去走走吧？」

那是我在進餐廳路上看到的，寵物店和餐廳位於同一條商店街。我知道賽門與潘妮在某處看著我，希望他們有注意到我垂在身側的手豎起了拇指。（這是他們兩個笨蛋想出來的「一切安好」暗號。）

我買了隻兔子，騙寵物店老闆說自己家裡也有一隻，我已經知道怎麼照顧兔子了。接著，我帶蘭姆繞過街角，走到一個大型垃圾桶後。

「現在是大白天。」他說道，「你隨時可能會被人看見。」我們一走進寵物店，蘭姆便明白了我的意圖，他一臉嫌惡地注視著我——但神情也透出了些許好奇。我過去就是和一張同樣混雜嫌惡與好奇的臉同住了數年。

「幫我擋著。」我說道。

他站得近一些。

我徒手扭斷兔子的脖頸，將牠完全吸乾。（沒有任何一滴血弄髒牠的白色毛髮或我的袖口。）食用完畢後，我將兔屍丟進大型垃圾桶。

蘭姆一臉噁心。「唉，貝茨啊。」他沮喪地說道，「難怪你氣色這麼差，你根本是營養不良嘛。」

我笑了。「但我不是他們的會員。」

「確實。」他揚起一邊眉毛，上下打量我。「你來自受到壓迫的國家，是個幾乎不認識自己、連吃也吃不飽的孩子。但你確實不是他們的一員。」

蘭姆還在替我遮擋路人的目光，我被他、牆壁與垃圾桶夾在中間。我感覺到兔子的鮮血湧上臉頰，尖牙還未完全收回牙齦。

他站得離我很近，我清楚意識到了自己的身高優勢。

「請幫幫我。」我悄聲說道，「告訴我，他們在什麼地方？我的朋友在他們手裡。」

51

賽門

「他上吸血鬼的車了。」我說，「我們趕快去阻止他。」

潘妮抓住我的手。「賽門，他對我們比了拇指暗號，我們必須讓他去。」

「原來吸血鬼會開普銳斯車啊。」雪帕德說。拜託，我們才沒有餘裕討論這些好不好！

我打開卡車車門，跳了下去。「把我的翅膀變回來！」

「賽門——」潘妮凶巴巴地說，「——快回來，我們開車跟蹤他們。」

普銳斯開出停車場了。好啊，我其實也不需要翅膀。我拔腿朝那臺車跑去。

幾秒鐘過後，我的翅膀從背後爆了出來，然後——然後我全身都「消失」了。

應該說，我人還在，我就飛在普銳斯上方，可以清楚看到車子在我下面開，可是我看不到自己的手。

不知道潘妮施了什麼法術，也不曉得什麼時候會失效。我緊緊盯著蘭姆的車不放。

52

貝茨

我答應過雪諾不會跟著蘭姆離開餐廳，但我似乎終於突破他的心防了（「他」是指蘭姆）。不然我還能怎麼辦——難道要堅持和蘭姆在垃圾桶旁邊談話嗎？

我猜賽門和潘妮洛普跟在我後面，等等一有機會我就再打給他們。

蘭姆重新戴上了墨鏡，他的臉正對著前方道路，雙眼朝我斜睨過來。「你是從以前就這麼……」

我揚起一邊眉毛。「挑食嗎？」

他笑了。「對。」

「是啊。」我答道。

他皺起了臉。「可是為什麼？」

因為我不想殺人。我心想，但這套理論他必定聽不進去。於是我說道：「因為我當初被咬時感受非常差。」

他瞥了我一眼，這次轉頭看我了。「那咬你的人想必是技術太差了。」

我在座位上挪動身體。「我只是覺得這太野蠻了。我生來是人類，為什麼現在就非得轉而獵捕他們不可？」

「這是自然的法則。」他說道，「是生命的循環。」

「這並不是循環。」我說道，「我們不會死，當初也不是被生下來的。我們也不會繁衍。」

「我們會。」蘭姆主張道，「我們是被生下來的，我們也可以繁衍。」

這回輪到我露出嫌惡的神情了。「吸血鬼能生小孩嗎？」

「你不就是被人生出來的嗎？」

「把我生下來的人是我父母，後來是吸血鬼殺了我。」

他嘆息一聲。「那我只能說，我很喜歡和你這個亡魂談天說地。」

我望向窗外，沒在後照鏡中看見雪帕德的卡車。

「這或許不是生命的循環，」蘭姆說道，「但至少是食物鏈的規則。你怎麼沒為我們午餐吃的豬哀悼，或為被你當甜點喝掉的兔子感到難過？所有生物都是吃其他生物維生的。」

我轉向他。「那有什麼東西會吃你？」

他揚起一邊眉毛，以彼之道還施彼身。「對於自身存在的絕望。」

我不禁笑出聲來。

他注視著我片刻，然後才轉回去看路。蘭姆再次開口時，聲音變得十分輕柔。「一旦你和人類的連結死去，你就不會覺得自己和凡人有那麼親近了……有一天，你的父母會死去，你的戀人會死去，從你仍是血牲時遺留下來的一切都會淡去……亡故……消失。到時，你會發現自己是和他們不同的東西。貝茨，你是不可能變回人類的，你也不可能逃避自己的真實身分。即使吸乾了這世界上所有的兔子，你也變不回去，只會越喝越渴而已。」

我們都沉默了半晌。幸好是他開車，他不能時時刻刻注視著我。

最後，我開口說道：「你運氣還真好。」

蘭姆歪過頭，等我說下去。

「竟然遇到了全拉斯維加斯唯一一個願意聽你高談闊論的吸血鬼。」

他啞然失笑。

蘭姆就住在凱薩琳飯店。他的住所是接近頂樓的一間公寓，公寓裡的家具陳設明顯是他自己挑選的。（這裡沒有黑皮革家具，也不見黑色的小冠鸚鵡。）公寓一頭是類似客廳的空間，他還用毛玻璃牆隔出了應該是臥室的另一塊空間。

我在鋪了藍綠色提花布的古董沙發上坐下，蘭姆則在旁邊一張華麗的雕木椅上坐下，椅子看上去頗有年代了——這間公寓裡的每一件物品似乎都有久遠的歷史。他脫下西裝外套。「所以，」他說道，「你當初不是自願的吧……」

我聽懂了他的意思。「這不重要。」

「對身為你新朋友的我來說，這非常重要。」

「我不是自願的。」我一面說，一面撥掉褲子上一根白色的兔毛。「你呢？」

「在我那個時代，還沒有『自願』這回事。」他說道。他用雙手將頭髮往後撥。

「怎麼說？」

他讓頭髮再次落回臉畔。「我那個時代什麼都沒有，我們族人只知道戰爭和飢荒，還有在黑暗中來襲的惡魔。」

「所以說，你遇到了黑暗中來襲的惡魔？」我不習慣將吸血鬼視為受害者，也不習慣和他們同病相憐。

「我哥哥遇到了惡魔。」他說道，「後來，哥哥回來找我了。」

「他是希望你成為他的同伴嗎？」

「他是『口渴』了。我們父母都已經被他殺死了，我在被他弄死之前，用桌腳刺穿了他的心臟。」

我們都靜了下來。

「辛苦你了。」我終於開口說道。

「那不是他的錯——當時沒有人教他，他也沒有任何同伴。」蘭姆傾身向前，前臂靠著大腿。「我們花費數百年在這裡打造出了屬於自己的文化，達到了新的高度。你的遭遇——還有我的遭遇……我們現在已經不會做那種事了。」

「所以，你們不會讓人變異嗎？」

「極少。我們大部分的同胞都不希望新人帶來混亂與競爭，也幾乎沒有人願意承擔這份責任。」

「那你們為什麼不阻止新血會？」

「我們有在討論……」

「就只有討論嗎？」

「你很難說服同類加入戰爭。」他說道，「你活得越久就越會珍視自己的性命，開始將自己視為珍貴的古物。」

「你確定你們不是在觀望嗎？你們是不是想等著看新血會能不能找到竊取魔法的方法？」

蘭姆緊繃地微微一笑。「我要是認為他們願意分享魔法，也許還會考慮一下。問題是，他們對我們、對我們的歷史都完全沒有興趣，甚至不認為他們和我們是同族。」

「他們不把自己當吸血鬼？」

「那當然了，他們可是新世代的『人類』。好了，你告訴我吧——你朋友為什麼會被他們抓走？」

「我也不確定為什麼。」

「他叫什麼名字？」

「阿嘉莎。」

蘭姆眉毛一挑。「啊。」

我嚥下了一句：**「我們不是那種關係。」**

「他們抓她的目的是什麼？」

倘若他真的要幫我，遲早都會發現實情——「她是魔法師。」

蘭姆的雙手垂到膝蓋之間，圓瞠著藍眸。「居然是一對悲劇戀人！」

「可以不要嗎。」

蘭姆摸了摸下巴。「所以說……你女朋友也是被他們擄去的言者白老鼠啊……」

「除了她之外還有別人嗎？」

他一聳肩。「應該有吧。」

我突然噁心想吐，身體往前挪到了沙發邊緣。「蘭姆，拜託了，我也不求你加入我的行動，只請你幫我指明一條路。」

「你『完全』不會有機會接近他們的。」他說道，「他們有守衛、槍械、弓箭手……」

「請把你知道的事情告訴我就好了。」

「貝茨老弟，你會死得很慘的。」

「你忘了嗎？我還不是珍貴的古物。」

「你的確不是古物。」

忽然間——在我呼與吸之間的空檔——蘭姆也出現在了沙發上，就坐在我身旁。我還來不及反應，他的嘴唇就湊到我耳邊，我等著他一口咬下——已經是吸血鬼的人還能再變異一次嗎？

「房裡有東西。」他說道，聲音低到只有坐在他身旁的吸血鬼聽得見，「你聽到牠的心跳聲了嗎？」

我闔上雙眼。我聽得見嗎？我聽見自己的心跳聲，聲響細微且總是慢了數拍。我聽見蘭姆的心音，是和我相似的一曲輓歌。啊……聽到了。我不僅聽到那個聲音，還認出了發出心跳聲的人。

「賽門。」我猛然睜眼說。

頃刻間，蘭姆剛才坐的木椅飛了起來，重重砸在了地板上，一根木製椅腳似乎自動拔了下來，飛向蘭姆胸口。蘭姆露出了尖牙，在半空中抓住那條椅腳，將它像棍棒似地高高舉起——

「別！」我大喊一聲拉住他的手臂。

而就在此時，他的公寓房門直接從門框被轟了出來。

只見班思與凡人青年站在門前，她一手高舉著紫色寶石。

「吸血蟲，你給我把雙手舉高，不然我就把這整座城市都燒得一乾二淨。」

53

雪帕德

吸血鬼舉著木棒，那雙歷經了千年歲月的眼睛惡狠狠地瞪著潘妮洛普，但她沒有退讓。吸血鬼丟下了棍棒。

我聽到賽門拍翅膀的聲音。

貝茨閃身擋到蘭姆身前，對著房間裡某個位置伸出雙手。「雪諾，你信不信我會掐死你。」

「貝茨，這是怎麼回事？」比起受到威脅，蘭姆的語氣更多的是困惑。「你和這些法師是同伙嗎？」

「不是。」貝茨仍護著蘭姆，不讓隱形的賽門接近他。「不是『同伙』，他們是我的朋友，只是想保護我而已——但我並不需要你們保護。我都給你們拇指暗號了，你們是看不懂嗎？」

賽門大聲回罵：「我不是叫你『不要跟他走』了嗎，你是聽不懂嗎？」

「我不是沒事嗎！」

「你在吸血鬼的臥室裡耶！」

「我『自己』就是吸血鬼！」貝茨說道，「而且這是小套房！」

「一個是吸血鬼，」蘭姆說著看向潘妮洛普，「一個是法師……」他朝我看來，「一個是……」

「血牲。」我揮著手說，「我叫雪帕德。」

蘭姆點點頭，隔著貝茨望向被賽門擾動的空氣。「那這又是什麼鬼東西？」

「他男朋友！」賽門惡聲說。

竟然。我原本還不敢肯定的。呃，我是有往那個方向想過啦……

貝茨摀住了臉。

「男朋友？」蘭姆重覆道，「那『阿嘉莎』呢？」

「這件事沒辦法用三言兩語解釋清楚，」我笑吟吟地插嘴說，「不過這真的非常有趣，也很有娛樂價值。另外，我對你發誓，在場沒有任何人對你懷抱惡意。」

隱形的賽門拍著翅膀停留在公寓裡某個位置，旁邊的花瓶擺飾從桌子上砸了下來。

我繼續保持微笑。「要不然大家坐下來聊聊吧？」

十五分鐘後，我們所有人都坐在蘭姆的沙發上……只有賽門沒位子坐，但這也算公平，是他自己把另外一張椅子弄壞的。蘭姆的目光不停往木椅殘骸飄去，眉頭深鎖著，比起和我們議事，他似乎更想去修理那張華麗的椅子。

和貝茨相比，蘭姆的長相「十分」不像典型的吸血鬼。（我之前還以為貝茨出身歷史悠久的吸血鬼血脈——可能是來自外西凡尼亞的經典款吸血鬼，族裡每個人都有美人尖與黑色長髮。不過仔細想想，吸血鬼的血脈傳承似乎不是這麼一回事……）蘭姆的臉型比較沒有稜角，他留了一頭閃亮又柔滑的頭髮，看起來就像是珍・奧斯丁電影裡的英國人——有種鉛筆素描的精緻美感。他的膚色當然也很蒼白，眼睛周圍的皮膚泛灰，但不像貝茨這樣全身發灰，沒有這種幽靈般被抽乾了生命的感覺。

假如這才是吸血鬼該有的模樣，那貝茨可能就是缺乏鐵質的吸血鬼了。我們這邊人數多，還有魔法之力，不過蘭姆絕對是絲毫不怕我們。他看待我們的態度，就像是面前坐了四個不小心用棒球砸破他家玻璃的死屁孩。

貝茨在替我們辯解：「我剛才說的是實話，阿嘉莎真的是我的朋友，我們只是想找她而已。」

蘭姆的眉頭皺得更緊了。「你怎麼可能和法師當朋友？他們恨透了我們。」

「我們從小一起長大。」潘妮洛普解釋道，「貝茨一直沒把自己是吸血鬼的事告訴我們，瞞了我們好幾年。」

「『我』以前就知道他是吸血鬼了。」賽門說。

貝茨翻著白眼搖頭。「你說出口的話沒有一句有幫助。」

蘭姆看穿了賽門。「你也是和他們一起長大的嗎，隱形小子？」

「他平常不是隱形的。」貝茨嘀咕道。

「一個吸血鬼，『兩個』法師，還有一個血牲。」蘭姆嘆了口氣，站起身來，我們四個人都忍不住往後一縮。「看來我得先喝杯茶再說了。」

「喔，感謝魔法！」潘妮洛普這句話還沒說完，賽門也跟著說一聲：「要喝茶了嗎？」貝茨緊接著說道：「我的克勞利啊，拜託你分我們喝幾杯。」

魔體招待我吃喝的飲食我一向會接受，不過這相當危險。（我要是去別人家作客時拒絕了主人的食物，我媽一定會非常驚恐。）但是，我從來沒想過「這幾個人」會如此重視禮貌。

我轉向和我一同坐在古董雙人沙發上的潘妮洛普。「你們就不怕被下毒嗎？或是被燙傷？」

「等我喝了茶再來煩惱這些。」她回道。

蘭姆端了茶盤出來，賽門用的是賭場的塑膠馬克杯，我們其他人則拿到瓷製的茶杯。

「我想了一想，」蘭姆邊說邊幫潘妮洛普倒茶，「實在想不到幫助你們的理由，甚至連繼續聽你們說話的理由都想不出來。」

「這是最起碼的禮貌啊。」潘妮洛普提出——吸血鬼居然笑了，整張臉都擠出了笑紋。

「我們還會欠你一份人情。」貝茨補充道。

賽門發出不屑的聲音。「才不會！」

「你們已經欠我一份人情了。」蘭姆說道，「你們現在還活著，就是我給你們的人情。」

「我們也可以把這句話原封不動還給你。」潘妮洛普反駁道。

吸血鬼輕輕笑了。「妳還真是有趣。」他對潘妮洛普說，「但我知道妳不是故意搞笑的。」

我舉起空空的茶杯，稍微往前用身體擋住她。「你有理由幫助他們。」我說道，「你們有共同的敵人。」

蘭姆看著我，動手幫我倒茶。他在聽我說話了。

我朝潘妮洛普、貝茨和（應該是）賽門點點頭。「他們也不傻，就算你願意出力幫忙，他們也知道自己沒什麼機會打敗新血會，但他們還是會去試一試。我跟你保證——他們是不會不戰而降的。」

我捧著茶杯往後靠坐著。「那些矽谷吸血鬼從來沒和言者戰鬥過，他們不瞭解被人用魔杖獵殺和圍困的感受，也從來沒受過什麼打擊。你派他們幾個去對付那群矽谷吸血鬼，這麼一來……新血會就會嘗到痛苦的滋味了。就算在對我們最壞的情境下，你也能坐收漁翁之利——我們會把新血會攪得一團亂，對他們造成不小的困擾。」

蘭姆又在貝茨身旁坐了下來，他瞇著眼睛看我。「你怎麼知道我和新血會是不是敵對關係？」

「所有人都知道拉斯維加斯和新血會是敵對陣營。」我說道，「而你不正是拉斯維加斯之王嗎？」

「吸血鬼之王?!」一進電梯，潘妮洛普就對我怒吼，「你怎麼都沒說他是他媽的吸血鬼之王？」

「我之前還不確定啊！」這是真話——一直到我把話說出口，看到蘭姆微笑著對我露出尖牙，才知道自己猜對了。

「這是需要『確定』的事情嗎？你怎麼沒說：『我覺得他可能是吸血鬼之王。』或是：『喔，對了，你們知道拉斯維加斯有個吸血鬼王嗎？對喔！這個人可能就是我說的吸血鬼王喔！』」

「我只聽過一個人形容他的長相啊，」我說道，「而且對方還是個喝得爛醉如泥的水溝小邪靈耶。」

「那隻小邪靈是怎麼形容他的？」她問我。

「美若天仙的娃娃臉，和塗了油的冰同樣圓滑。」

賽門呼了口氣，潘妮洛普用力敲了我一拳。「那很明顯是在說他啊，雪帕德！我的魔蛇啊！」

電梯門開了。

「我們東西拿了就走。」她說，「雪帕德，你去把卡車開過來，我們在樓下集合。」

貝茨皺著眉頭。「但是蘭姆可能願意幫助我們——」

潘妮洛普似乎接下來準備要揍他了。「貝茨，我們已經東窗事發了！總不能睡在吸血鬼之王的屋簷下吧！更何況，他現在已經知道我們的身分了。」

「他不知道我的身分。」賽門洋洋自得地說。

「你是指有勇無謀的莽漢嗎？」貝茨說道，「這部分他應該相當清楚了。」

「我剛剛要是救了你，你就不會說我有勇無謀了！」

「我分明就『不需要』你來救！」貝茨嘶聲回道，「我已經說動他了，他已經在認真『聽』我說話了。」

「是『你』在聽他說話吧。」賽門說，「他跟你說了一堆莫名其妙的故事，說什麼吸血鬼屠龍救公主之類的鬼話，你全部都聽進去了！」

「賽門．雪諾，我早就說過了，只有道德淪喪的野人才會去屠龍！」

「我又不是『故意』要殺牠的！」

我們轉了個彎，房間就在前面了。「五分鐘。」潘妮洛普邊說邊用手機打字，「東西拿了就走。」

我和貝茨停下了腳步。

「你們兩個，」她看著手機從我們身旁走過，出聲催促道，「動作快一點啦。」

「潘妮洛普。」我靜靜地說。她終於抬起頭，看見兩個人站在我們房門口，那一男一女身上都穿著十分昂貴的西裝。

54

潘妮洛普

膚色灰敗、動作優美的女人開了我們的房門——我現在已經非常擅長辨識吸血鬼了。「您先請。」

「我們只是來拿個東西，馬上就走了。」我說道。

「您、先、請。」

他們跟著我們走進房間，要不是擔心整間飯店都會一起被燒成灰燼，我可能現在就已經放火燒了他們兩個。「不用送我們出去了，」我盡量用高高在上的語氣對他們說，「我們其實有點趕時間。」

「請坐。」女吸血鬼示意床鋪。

雪帕德和貝莯坐了下來，我感覺到賽門飛在我身旁。「你們這是什麼意思？」我厲聲問道，「我們本來不打算惹是生非的，但妳可以去告訴你們的王，這種威脅對我們是沒有用的！」

「其實我不是王，這是民選的職位。」蘭姆倚靠著門框，「我們有議會，也有任期限制。這是個相互制衡的系統……」

「蘭姆——」貝莯站了起來，「你改變主意了嗎？」

吸血鬼注視著貝莯片刻，然後踏進房間朝他走去。「我只是需要自己靜一靜，花一點時間考慮各種可能性而已。你的血牲說得有道理，這確實是個千載難逢的好機會。」

這段話都是對貝茨說的，他似乎認為連看我們一眼都是在浪費時間。貝茨聽了居然傻呼呼地露出滿懷希望的表情。「所以，你願意幫助我們嗎？」

蘭姆點了點頭，在貝茨面前停下腳步。「你們也會幫助我們。」

不知道賽門對他們的對話作何感想。我在考慮對他施麻痺法術，免得他又衝動行事——但他可能會飛到一半摔下來受傷。

蘭姆的臉轉向我和雪帕德，雙眼卻仍注視著貝茨。「『我』不是國王，這座城市並不是我的所有物，它比我來得重要許多——我不過是為這座城市奉獻心力的頭號公僕罷了。至於新血會呢……他們倒是有個王，少了他，新血會就無法運作下去。我不知道你那個下落不明的朋友現在在何處，不過布雷登．巴德莫肯定知道，捕捉落單言者、將他們拆解開來仔細研究的人就是他。」

飛在蘭姆身邊某處的賽門低吼一聲。

蘭姆轉向那片空氣。「你們要幫我殺了他。」

好吧，至少我們現在有了行動計畫。

吸血鬼王坐在一張皮椅上，兩個穿著體面的同伴分別站在左右兩側。他將計畫完整地告訴了我們：

新血會的總部據說在聖地牙哥（該不會每個吸血鬼邪教都有總部吧？美國到底有幾座吸血鬼城？），但他們在雷諾市附近也有據點。

據蘭姆的情報人員所說（吸血鬼居然有「雙重間諜」？），所有將新會高層人物都會在這週末前往雷諾據點，似乎要舉辦某種儀式。「我們盡可能低調地過去，」他說道，「不要被他們發現。但如果沒辦法保持低調，那就乾脆大張旗鼓地去。你們的血牲——」

「雪帕德。」雪帕德插嘴說。

蘭姆停頓一下，對著他微笑，彷彿暗自決定晚點要吃了他。「雪帕德說得沒錯，新血會成員都不是戰鬥人員，而是科學家和軟體工程師。考慮到對方的人員組成，場面越是混亂對我們就越是有利。」

很好，賽門有事做了。

大魔女摩根勒菲啊——我的法術終於失效、賽門憑空出現時，蘭姆那個表情實在太經典了。蘭姆解說完畢，準備和手下去集合自己的團隊時，賽門突然「啵」一聲出現在他們和房門之間，惡狠狠地瞪著他。

蘭姆將賽門的翅膀和尾巴收入眼底，然後轉向貝茨，搖了搖頭。「貝茨，他不只是魔法師，還是個『畸形』的魔法師呢。」

他們才剛踏出門，賽門就抄起檯燈往房門砸了過去。「幹！」

貝茨把一堆衣服放到床上，拿起禮服襯衫摺了起來。

賽門雙手叉腰。「誰會想跟他去。」

「我們當然要跟他去了。」貝茨說道。

「我們怎麼可以上『吸血鬼車』，讓他把我們載去『吸血鬼窩』！」賽門大喊。

貝茨把襯衫丟回床上，大聲回道：「這不正是我們來此的目的嗎?!我們不正是想請他帶我們去新血會嗎?!」

「我們是來找阿嘉莎的！」

「他就是要帶我們去找阿嘉莎啊！」

「是嗎？」賽門和貝茨隔著一張床對視，「他搞不好會用水泥把我們的腳黏住，然後把我們丟在沙漠裡！」

「這樣做根本就不合理，把我們丟進沙漠就算了，為什麼要用水泥黏我們的腳？」

「反正就是那個意思啦！」

「蘭姆不會傷害我們！」

「你怎麼知道?!」

「因為我相信他！」

賽門似乎想繼續叫喊，卻一時無言以對。他後退一步。「你相信他。」

貝茨點了點頭。「對，我不──我不認為蘭姆會騙我。」

賽門聽得咬牙切齒，他現在如果還有魔法，我可能就會開始抱頭閃避了。「喔，是喔。好啊，那不就還好他不知道你──」

「小心隔牆有耳。」雪帕德打斷他，「尤其是在這棟建築裡。」

他說得沒錯，這是蘭姆的飯店、蘭姆的城市。我進來時檢查過房裡有沒有竊聽器，但那已經是一小段時間前的事了。

賽門氣得快沸騰了。

貝茨仍在燜燒，他用刻意的動作再次撿起襯衫。「好啊，我們不必接受他的援助，可以在沒有任何線索、毫無頭緒的情況下自己去探索。反正阿嘉莎晚一點獲救也無所謂，是吧？」

「不行。」我說道，「貝茨說得沒錯，這是我們唯一的線索。蘭姆要是想害死我們，那他現在完全可以動手。但他不會得逞的。」我故意提高音量，免得真的有人在竊聽，「他打不贏我們。」

貝茨看向凡人男生。「雪帕德，你還是趁現在離開吧，沒必要繼續涉險了。」

「很有必要好不好。」雪帕德說，「你們別想趕我走。」

貝茨轉向賽門。「你呢，雪諾？」

賽門將剩下一盞檯燈撞倒，然後用手指亂抓頭髮。「如果你真心相信他會帶我們去找阿嘉莎，那我就去，可是我才不要幫他把敵對的黑幫老大幹掉。」

「是嗎，」貝茨說道，「原來你對獵殺吸血鬼這麼反感。」

賽門氣鼓鼓地呼了口氣。

蘭姆剛才要我們做好準備，一收到他的通知就立刻動身。貝茨將剩下的衣物都打包好了，但我不確定這是為什麼——我們是要去救人，又不會帶著行李去。我換上有助於思考的舊衣服，然後躺在床上默默列出殺吸血鬼的法術清單，等到蘭姆的「人」來通知我們出發時，我已經列到第六十三項了。

貝茨

我也不知道自己為何信任蘭姆。

也許是因為他還沒對我說過謊。

而且在他注視著我時，我能真確地感受到他對我的關心。他可能將我視為自己的子民——身為吸血鬼的王或市長，他不正該替子民著想嗎？他不正該替人民謀求福利嗎？我就是他的子民，之類的。

雪諾聽了我的理論想必會「很」開心。**「我相信他，是因為我們同為吸血鬼。」**不過這番解釋總好過：**「我相信他，是因為他注視著我的眼神。」**

賽門不肯看我。他和潘妮一同躺在床上，腳上仍穿著那雙髒兮兮的鞋子，腦子裡想必滿滿都是他對我的恨意。

我剛才還以為我們會大打出手——過去在華特福，我們多次隔著兩人的床鋪高聲爭吵，那時的氣氛和方才太像了。（不過這地方可沒有室友革令，我們即使動手廝殺也不會被法術阻止。）

從前的我十分享受和他之間的爭執，只有在那些時候我才能盡情看著他、吸引他的注意力，也難得有機會將自己滿心的情感甩向他，但糾結複雜的情感脫口而出時卻變得又尖又刺。

現在，我已經不享受我們之間的爭吵了。這種爭吵就像是有一件東西你怎麼也修不好，於是你一怒之下乾脆把它砸爛。

我整理行囊，洗了把臉。是不是該換上燙得較整齊的衣服？但我們等等又要坐車了，衣服還是會皺掉。

現在可不是心碎的時候。我們不知今晚會駛向何處，不過那必然會是一場惡戰。

賽門

好喔，好喔，好喔。所以我們現在要隨便相信這些吸血鬼囉？是這樣嗎？

我們要老實把祕密都告訴吸血鬼，等著他們摸摸良心決定幫我們嗎？我以前學到的作法可不是這樣，怎麼可以把祕密告訴吸血鬼！怎麼可以跟他們「談判」！幹，怎麼可以讓他們開車！

大法師以前都說——

呃不對，大法師應該有跟吸血鬼談判過——可是那是他自己墮落腐敗了嘛！最後大家發現他墮落，就是因為他和吸血鬼勾結啊！

吸血鬼是被「禁止」的東西，我們都不准跟他們互動。這是我們的規定：他們就像精髓鬥牛犬或加蛇一樣，不准進入法師的魔法世界。你問為什麼？因為他們會殺了你啊！

好啦，我知道貝茨是吸血鬼，我知道這有點諷刺，可是最恨吸血鬼的人就是「他」啊！要不是他這麼討厭吸血鬼，我們也不能相信他嘛！

呃，也不是這麼說啦。

我想說的是——

我才不要——

那是吸血鬼之王耶！我們怎麼可以相信吸血鬼之「王」？憑什麼他請我們相信他，我們就一定要信？憑什麼他穿著漂亮的藍西裝，用那雙漂亮的藍眼睛看著我們……

幹，不用，謝謝。

我們才不需要「他」幫忙，要救阿嘉莎我們自己去救。我救過阿嘉莎「好幾十次」了，可是從來沒請吸血鬼幫過忙。（好啦，貝茨是幫過一兩次忙。）（他從頭到尾都在抱怨。）

幹——

他們是吸血鬼耶！

我們在這地方待了三十六小時，怎麼就突然加入吸血鬼陣營了？那是不是乾脆召喚幾隻惡魔，請他們也來幫忙算了？

幹，我認識的每一個人——包括貝茨——我全都救過，而且是救過好幾次了，我一次都沒有跟敵人「聯手」救過人。（好啦，跟貝茨聯手算嗎？那已經是很後面的事了耶……）

人不是這樣救的好不好！

我們在這地方待了三十六小時，貝茨怎麼就突然不恨吸血鬼了？他現在竟然還信任吸血鬼——至少是信任那個吸血鬼之「王」。所以貝茨現在也是他忠心的部下了嗎？他也把那傢伙當成自己的王了嗎？

你不能遇到帥哥吸血鬼就隨便相信人家啊！

可惡……

我們才不是這樣做事的。

事情才不是這樣做的。

幹，我才不要跟著吸血鬼進沙漠！

可惡……

潘妮洛普

我們在天黑後出發。蘭姆準備了兩輛飽經風霜的四輪驅動車，本來想讓我們分乘兩臺車，但我和賽門說什麼也不肯分開。我小聲抗議，賽門就沒有我這麼收斂了。

賽門根本就不想上車，而是想坐在車頂護送我們前去新血會，結果被蘭姆一口拒絕。「法師，我就說要『低調』了，你這算哪門子的低調？」

最後，蘭姆拗不過我們，只好向一隻打扮體面的吸血鬼借了輛更大的車來。貝茨一把將賽門推上後座之後跟著坐上車，雪帕德自願和蘭姆坐前座，我則坐上了中間那排座位。

我們離開了拉斯維加斯，明亮的燈光霎時轉變成黑色夜空。

蘭姆表示，我們會在黎明前後抵達將新會據點。我想像了片刻，「既然要偷偷溜進他們的設施，那在夜間行動不是成功率更高嗎？」

「在夜裡，『他們』占優勢。」蘭姆說道，「他們可是有超乎常人的感知能力。」

「你們不也一樣嗎？」

蘭姆沒認真考慮我說的話。「我和朋友們活過了數百年的日照，這一點陽光奈何不了我們的。更何況呢，年輕法師啊，我們這是在幫你們爭取優勢，畢竟這次要由你們負責衝鋒。」

「為什麼是『我們』衝鋒？」賽門大聲問。（假如不是我們打前鋒，他想必會大聲問為什麼「不是」我們。）

「因為你們有魔杖。」蘭姆不耐煩地說。

之前在飯店房間裡，我們都已經討論過了：

吸血鬼王會提供情報與支援，派一批四輪驅動車與至少五十隻吸血鬼跟著我們進沙漠，將我們送到將新會的後門。但蘭姆也說了，我們必須用魔法闖入據點，率先進攻。「新血會如果是能用蠻力鎮壓的群體，那我們早就收服他們了。」

「他們那是什麼樣的設施？」賽門問道，「有什麼防衛系統嗎？那是他們的家嗎？還是軍營？」

蘭姆直視著前方道路。「那是他們的研究室。」

貝茨

好啊。好吧。我們早就知道情況不妙了。

這並不影響我們的勝算，反倒對我們有利。闖入研究所總該比攻入要塞來得簡單。

我已經準備好一連串的法術，溜進建築後也不會被他們察覺——「芝麻開門」、「小豬、小豬，放我進屋」，以及「來無影去無蹤」。

我知道蘭姆希望我們和新血會的吸血鬼對戰，我其實也很想戰鬥——很想了結他們——但雪諾說得沒錯，我們非完成不可的任務就只有一項：拯救阿嘉莎。我也為此準備了相關的法術——「何去何從」與「出來呀出來玩」……（我先前被愚石怪綁架時，費歐娜就是用這句法術找到了我。）

我雖稱不上是優秀的吸血鬼，卻絕對算得上優秀的魔法師，去年可是以第一名成績畢業的。若不是她後來沒回華特福上學，班思本來該成為第一名的。至於賽門呢，即使現在沒了魔法，你也不會想在暗巷裡——或在明亮的走廊上——和他起衝突。

我相信我們做得到，也相信蘭姆相信我們做得到。他若是不認為我們有勝算，就不會自己帶一小批人馬出征了吧？

「所以由我們先溜進去……」我坐在後座，不得不提高音量壓過空調聲。

「你沒有。」蘭姆用清亮的聲音說道，「是魔法師先上。」他指的是賽門與潘妮。

「只有他們兩個，人太少了吧。」

蘭姆嘲諷地輕笑一聲。「當初就是一個法師單槍匹馬地殺害了蘭開夏所有的吸血鬼。」

「貝特麗絲．波特。」班思補充道。

「你有親自去過他們的設施嗎？」我無視了班思，開口問道。

「沒有，他們對我的長相太熟悉了，更何況他們只有頂層會員有資格進那間研究所。話雖如此，我們從之前就在……注意情勢了，還是多少對那邊的狀況有所瞭解。」

「他們做得到嗎？」賽門問道。

「做得到什麼？」蘭姆回道，「把我們阻擋在外嗎？」

賽門往前靠去。「他們能把別人的魔法搶走嗎？」

蘭姆露出厭煩的神色，似乎是嫌賽門沒專心聽他說明。「他們的目的不是奪取魔法，而是移植魔法。」

「隨便啦——他們做得到嗎？」

「想必是做不到。」蘭姆說道，「倘若他們成功，世界早就是他們的囊中物了。」

「魔法師有魔法啊，」賽門辯道，「可是世界又不是魔法師的囊中物。」從他說話的方式聽來，他對這番話沒什麼信心，而我也沒什麼信心。我們對世界的認知是不是狹隘得可憐？

法師的魔法世界不過是個地方派系。

華特福不過是所孤立主義寄宿學校。

我父母甚至不讓我上網。

「魔法師生怕被外人發現。」蘭姆說道，「新血會什麼都不怕。」

潘妮洛普

我們開了一整夜的車，駛過無數英里的荒地。美國的這一部分究竟是怎麼回事？這裡炎熱，到處都是沙，還有一座座小城鎮……這地方簡直是拚了命在叫你離開，怎麼會有人偏偏要住在這種鬼地方？

我們都不怎麼想說話，也沒辦法認真談論戰略，否則就會洩露貝茨的法師身分。我和他不時會交換意義深重的眼神，但我不確定我們到底交流了些什麼。

就連雪帕德的閒聊也終於說到了盡頭。我們剛出發時，他試著引蘭姆和他交談，結果被無視了。現在呢，雪帕德似乎睡著了——他距離吸血鬼只有兩英尺而已，竟然也睡得著！

我也沒資格說他，同樣的事我自己也做過不少次。

如果賽門也能睡著就好了。他從三個小時前就坐不住了，看得出來他想打架想得不知所措，只能一再大力吐氣與亂動。他也不讓我幫他把翅膀變不見，翅膀擠在了車子側面與我們頭頂。

平時在這種時刻——在等著戰鬥開始的這幾個鐘頭——我都會制定計畫。我現在也在嘗試，雖然車上沒有黑板，我還是在腦中畫出了表格：「我們已知部分」與「其他未知部分」。

在現在的情境中，我們知道什麼？（我幾乎能聽見阿嘉莎的聲音：**「我們什麼都不知道。」**）

一、阿嘉莎被吸血鬼抓了。

一之一、他們是群野心勃勃的吸血鬼。

那我們不知道的部分呢？這一欄就不愁沒得寫了……

一、蘭姆的情報到底是對是錯。

二、蘭姆到底可不可信。

三、阿嘉莎的狀況。

四、如何拯救她。

我又想出了三十四句殺吸血鬼的法術，但太過強大的法術可能會把貝茨一併弄死。

至於蘭姆和他那些「朋友」的死活，我就沒那麼在乎了。老實說，假如我們在這次行動過後還活著，接下來就該滅了拉斯維加斯，這或許還能挽回我們在巫師集會心目中的形象。「我們是違反了《魔法之書》中所有的規則沒錯，但我們也把美國西部的吸血鬼都清乾淨了。」

可惜這裡有個大前提：「我們在這次行動過後還活著」。

我和賽門多年來冒險過不少次，甚至在睡夢中解除過比這個更嚴重的威脅、救下了阿嘉莎。（不是我說得誇張，我們二年級那年，凡庸派『數羊』來攻擊我們，那次真的是太壯觀了。）

問題是，我們已經不是當年的我們了。了結凡庸以後的潘妮洛普與賽門即使多了貝茨的幫助，還是差點在文藝復興節被七隻醉醺醺的吸血鬼弄死，而且要不是有雪帕德幫忙，我們還會在內布拉斯加州西部敗給山羊和臭鼬。還有，我們是確確實實敗給了那頭龍。

這些不是我們有能力解決的問題，而且我們離舒適圈可是有將近半顆地球的距離。從拉斯維加斯開車北上的三個小時過後，我意識到一件事：我們很可能會輸。

蘭姆不指望我們「打贏」。他載著我們駛入沙漠，從頭到尾都沒有超速。

我們不過是他潑下城牆的熱油罷了。他打算利用我們分散敵方注意力，讓我們在死前拖幾個敵人下水。

這正是雪帕德對他提出的計畫，雪帕德顯然也不認為我們有勝算！他只想看好戲而已。他大概會找個山丘安安全全地躲好，邊看戲邊作筆記。（美國人的國歌就是這麼寫出來的。）

只有賽門、貝茨和我關心阿嘉莎的安危。現在一想，我怎麼會以為光憑我們三個人的力量就能救出阿嘉莎呢……

我怎麼會認為我們非得孤軍奮戰不可呢？

我母親是全世界最有智慧的女巫之一，也是英格蘭最強大的法師之一，我卻一次也不曾認真考慮過要請她幫忙。

消滅凡庸前的潘妮洛普一次都不需要母親幫忙。我最好的朋友曾經是全世界最強的法師，世上根本就沒有我們兩個無法合力解決的問題。

唉，真是的……就算在從前，我們也不算是無敵吧。

我沒有無敵過，就只是一直站在強者身旁而已。

賽門現在沒有力量了，而我的力量就和以前一樣強——現在看來，我從以前就不怎麼強嘛。

55

貝茨

我也不曉得自己對新血會懷有什麼期待，也許是在等著又一座美國城市或近郊住宅區從沙地崛起吧，或者是期望前方出現看似從宜家家具店運來的辦公大樓。總之，我一次也沒預料到前方會出現這樣的光景……

新血會的基地距離最近的城鎮非常遠。接近破曉時分，蘭姆開車離開馬路，直接開進了沙漠。

雪諾一整夜都坐立不定，躁動不安地狠狠瞪著蘭姆的後腦杓，觀察著他的一舉一動。（目前為止，蘭姆除了開車之外就只有調整衛星廣播而已。）賽門每次挪動身體，翅膀都會打到我，我只能一次次聳肩將翅膀撥開，他則會往我的方向推來，彷彿是「我」弄到了「他」。他不肯讓我們將翅膀變不見——順帶一提，這對翅膀上可是長了尖刺——甚至連搭車時也硬要帶著翅膀上車。他實在幼稚到了極點，我早在好幾個鐘頭前就用盡了耐心，耐心被我留在內華達州了。說到這個，我們還在內華達州嗎？

早知道要和三顆會流血的心臟搭一整晚的車，我出發前就不會只喝一隻寵物店買來的兔子，還會多帶一些薄荷糖了。（薄荷糖阻隔血味的效果非常好，綠薄荷口味的效果更是無可挑剔。）我不肯開口請蘭姆讓我下車狩獵——他可能會直接遞一瓶人血過來。

賽門的翅膀戳了我耳朵一下。

我將他抖開。

他撐開翅膀擠了回來。

「克勞利啊，雪諾！你是熊嗎！我是和熊關在同一輛車上嗎！」

「快到了。」蘭姆淡淡地說。

我和賽門同時往窗外望去，我們可沒有「快到」任何地方的感覺。

蘭姆讓車子減速，透過後照鏡檢查後方的車隊。我們在一座山丘——沙丘——邊停車，其他車輛也紛紛停在我們旁邊。「好了。」他轉身說道，「準備好了沒？」

班思一點頭，但我從沒見過她如此忐忑的模樣。她跌跌撞撞地下了車，右手緊緊握成了拳頭，我和雪諾也跟著下車。雪帕德還在睡，我想了想，覺得沒理由叫醒他。

其他吸血鬼都已經下車了，每一雙眼睛都注視著我們。

蘭姆面對我們，輕聲說道：「抓緊時間，快速行動。爬上沙丘之後，你們馬上就能看見他們的研究所了，那是附近唯一的建築物。進去以後，打個信號給我們。」

雪諾折著指節，翅膀關節也劈啪作響。「我們走。」

「好。」我對蘭姆說道，「我們該打什麼信號給你們？」

他眉頭微蹙，一隻手緊抓著我的手臂。「貝茨，我是說真的，讓法師們打前鋒——他們才有優勢啊。我們別無謂地冒險。」

「蘭姆——」我開口想爭辯。

賽門打斷了我：「沒關係，我跟潘妮洛普上就好。需要你幫忙的話，我們會再叫你。」

潘妮洛普可沒有他的自信。「我覺得貝茨——」

「沒關係的。」賽門又說，翅膀像兩條鞭子般猛然撐開，在場所有吸血鬼都在看他，他們想必從沒見過他這樣的生物。沒有任何人看過他這樣的生物。

賽門縱身起飛，往沙丘上飛去。

潘妮繼續注視著我，我們雙方都在努力用眼神傳達重要的訊息，似乎在說——**「沒關係。我馬上就跟上。我們可以的。」**

她終於轉身跟著賽門而去，賽門在她身旁降落片刻後再次起飛，他的精力多到要溢出來，已經等不及戰鬥了。潘妮身上又穿著彩格短裙和及膝襪了，膝蓋後側有著酒窩般小小的凹窩。

沒關係的，我告訴自己。他們不會有事的，他們不是每次都平安歸來了嗎？只要他們兩人齊心協力，就沒有任何人能阻攔他們。

我們目送他們爬上沙丘，沒有任何人出聲或動彈。車門開啟的聲響傳來，我猛然轉身，蘭姆也嚇了一跳，齜牙旋身。

是雪帕德，他下了四輪驅動車，像是剛被惡夢嚇醒般驚慌失措。「潘妮洛普！」他用過於響亮的聲音說道。

「他們出發了。」我悄聲說道，「安靜點！」

「出發了。」雪帕德看著我重複道，神情依然迷濛。他接著看向蘭姆。

我往潘妮與賽門的方向一指，他們已經爬到沙丘中段了。

「潘妮洛普！」雪帕德驚呼一聲，拔腿朝她奔去。

潘妮洛普

我試圖把狀況告訴貝茨，試圖用眼神告訴他——**「我有種很糟糕的預感。救命，救命，SOS。」**但我到底是期待他做出什麼反應？難道要去搬救兵嗎？請他們帶聖水來救援嗎？

我差點當場施一句「SOS」了，可是在這片荒郊野外，又會有誰來救人呢？還有，如果「我們」被人救了，那又會有誰去救阿嘉莎？

我平常不是這樣的。我感覺很不像平常的自己。

以前的我認為自己每次都是對的，所以當然也認定自己每次都會凱旋而歸。我好想找回從前那種自信——就算必須配著一大份「無知」將「自信」吃下肚，我也樂意。

我很想相信這是正確的選擇，也很想相信我們能因此救出阿嘉莎。我真的很想相信我們的正義與善良能成為成功的關鍵，而我們的力量就是奠基於這份正義與善良，無人敵得過我們。

結果呢，美國不就證明了我們各方面的錯誤嗎？

我回眸看向貝茨，又望向飛在前方的賽門。

除了前進以外，我們別無選擇。

我跑上前追上賽門，他飛到我前方又繞回來等我。從我們進入拉斯維加斯開始，他就一直迫不及待要殺吸血鬼，現在幾乎等不及衝上去動手了。

「賽門，」幾乎走到沙丘頂端時，我開口說道，「你先下來一下，我幫你變一套盔甲。」

「我不需要盔甲，」他說，「還是妳幫我變一把劍好了？」

他在我面前降落，我握住他的手，寶石握在我們兩人的手掌之間。我努力思考可以施什麼法術。

「潘妮，」他捏了捏我的手說，「別苦著臉嘛。我們本來不是預計要跟著吸血鬼車隊過來沒錯，不過我們還是來了嘛。而且阿嘉莎如果在山丘的另外一邊，我們一定會去把她救出來的。」

「那如果她不在呢？」我悄聲問道。

賽門吞了吞口水，也握住我的另一隻手。「妳覺得她不在嗎？」

「我已經不知道該怎麼想了。賽門，我們真的離家好遠好遠。」

我緊緊握住他的雙手，他更用力地握住我，寶石的稜角壓在我們掌心。我閉上雙眼，輕聲施咒：「全副武裝！」

什麼事都沒發生。

雪帕德

潘妮洛普，潘妮洛普，潘妮洛普。

我賣力追了上去，就在他們即將抵達坡頂時把潘妮洛普撲倒在沙地上。

「我的魔蛇啊，雪帕德——」

「潘妮洛普！這裡是靜區！我們被吸血鬼王騙了！」

她一把推開我，一面吐出嘴裡的沙子一面甩馬尾。「那你怎麼不在兩個小時前告訴我們呢，凡人？你午覺睡得很香嘛。」

我看看她，又看看賽門，賽門雙手抱胸飛在空中，表情十分剛硬。「我也很想告訴你們啊！」我說道，「蘭姆不知道對我做了什麼，我好像是被催眠了。」

他們嫌棄地看著我，彷彿我是黏在他們鞋底的噁心東西。仔細想想，我還真的無從反駁。

他們轉身背對我，繼續往沙丘上爬。

我手忙腳亂地跟了上去。「等一下！聽我說，這是陷阱！」

「我們知道。」潘妮洛普說。

「所以？」我試著拉住她的手。

她轉向我。「所以說，我們去了也是跳進陷阱，回去也是跳進陷阱。」她望向我背後，我跟著回頭看向站在坡底的那一排吸血鬼。

「你可以回去。」賽門對我說道，「我們要去救阿嘉莎。」

「可是你們要『怎麼』救？」

「我們會戰鬥。」他邊說邊往上飛。

潘妮洛普似乎沒有他那種信心。

「好喔。」剛才的吸血鬼催眠術讓我到現在還昏昏沉沉的，但我還是絞盡腦汁思考各種可能性。「好喔，好喔，好喔——說不定這是可以用話術解決的問題。」

她翻了個白眼。「雪帕德，你回去就是了！你要去哪裡都沒差，總之別一直跟著我們。」

她說得對，我可能有機會跟著蘭姆回去，我對他而言或許還有點用處。或者，我可以想辦法警告貝茨。我也可以試著獨自在沙漠中求生——我有個哨子，吹了之後可以召喚一隻巨鷹。（但我不確定巨鷹會拯救我還是吃了我。）（這是一隻傑利蠑螈送我的哨子，可能是假貨。）

潘妮洛普離我遠去，賽門飛在她身旁。

是我帶著他們來到這裡的。

是我帶他們去拉斯維加斯的，是我說服蘭姆帶他們過來的……

我跑上前加入他們，站上左翼位置。

潘妮洛普

我也不知道自己心中有什麼想像，不知道爬到坡頂之後會看見什麼東西——但我完全沒想到我們會看見阿嘉莎本人。她站在坡底兩輛深綠色四輪驅動車之間，雙手似乎被綁住了。我們距離她太遠，看不清她的臉，不過她似乎在哭。

「阿嘉莎！」賽門大喊一聲，馬上朝她飛了過去。

「等一下！」我喊道，「賽門！我們不能分開啊！」

「他們拿誘餌來釣我們。」雪帕德說道。

這再明顯不過了，但我們如果不上鉤，就不會知道接下來將發生什麼事。我們就是為了鉤上的餌而來，當然必須上鉤了。我跟著跑了起來。

雪帕德跑步跟來。「潘妮洛普，你們真的該讓我來想辦法解決問題的！」

這個凡人男生還真以為我臨死前想聽到他的聲音嗎？「雪帕德，拜託你閉嘴。」

我在心中制定一個個計畫與備案，想著一句句法術，右手緊緊捏著我的寶石。我告訴自己，我們可能還有機會成功……不過我這輩子還是第一次覺得自己離成功如此遙遠。至少阿嘉莎還活著。

我們現在離她夠近，能看見她的臉了。她真的在哭，還在頻頻搖頭。

我把寶石往嘴裡一塞，吞了下去。

阿嘉莎

我就知道。我就知道他們會來救我，他們簡直是控制不住自己救人的欲望，每次都會來救我。

大笨蛋！

他們以為自己每次把頭伸到獅子嘴裡都不會死，以後當然也不會死。這不合邏輯啊！我早就告訴過他們——說過不知道多少遍了！

你沒被怪物弄死並不代表你所向無敵，而你成功脫身「一次」並不會提升你「再次」脫身的機率。

潘妮每次都會和我爭辯。「憑過去的經驗預測未來本來就是天經地義。」賽門根本不肯和我們談論邏輯問題。他七年級那年對我說了什麼？「阿嘉莎，別那麼緊張嘛，我一定會救妳的。我很會救人，而且每次都有在進步。」

「你以為一時的好運能增進你的運氣。」我對他說道。當時他剛在一口井底找到我，我的頭髮還溼答答的。「但你就只是一隻把九條命當消耗品用的貓而已。你不只在消耗自己的命，連我的命也用上了。」

他沒聽進去。他們沒有任何一次把我的話聽進去。

現在呢，他們又來了。

我們終於來到這裡了。

運氣他媽的終於用盡了。

貝茨

我還來不及阻止，雪帕德便跟著他們跑了過去，蘭姆也不在乎。我看著三人爬上沙丘，雪諾像寵物龍般飛在班思身邊。到了坡頂後，他轉身對我揮了揮手。

我也對他揮手。

片刻後，槍響傳了過來。

潘妮洛普

事情發生得非常快。

賽門朝阿嘉莎伸出手，她奮力搖頭，力道大到她整個人摔倒了。

就在此時，吸血鬼從車輛後方走了出來。他們先前甚至沒有要躲藏的意思，就只是提著自動式槍械站在那裡。

我好想笑。即使還有魔法能用，我們也不可能贏過他們那幾把槍，我可能連一句咒語都念不完就被亂槍擊斃了。

儘管如此，賽門還是不顧一切地投入戰鬥。

這些吸血鬼都是相對年輕的男性，大多是白人，打扮得彷彿要外出遊獵。他們對著空中開槍，想來是在攻擊賽門。

我看不出賽門有沒有中槍——他們已經抓住我了，我的嘴被貼了起來，雙手被綁住了。他們把我和阿嘉莎一起丟上一輛四輪驅動車的後座，阿嘉莎試圖將他們推開，結果卻踢到我的耳朵。

就這樣。就這麼簡單。就這樣結束了。

我們沒救了。

56

阿嘉莎

槍聲持續不斷，彷彿他們要射死的敵人不只兩人。

我還以為他們只想用槍械達到威嚇效果，還以為那些將新會的變態會想活捉我們所有人，但也許抓到我和潘妮就夠了。

她和我一起坐在布雷登的梅賽德斯車後座。

我直視著她的眼睛，心中仍存有一絲希望——她是不是有什麼計畫？還會有人來救我們嗎？不曉得潘妮是否意識到了事態的嚴重性。我試著用被黏死的嘴與臉部表情告訴她：

潘妮洛普，事態比妳想的嚴重很多，比我們從過去至今遇過的危險都嚴重很多。

她慌亂地回應我的目光。她沒有計畫。沒有希望了。

沒有人將賽門接著丟上後座，但在幾分鐘後，一名將新會會員坐進了前座。那人興奮得面頰發紅，還回頭對我們燦笑，彷彿要我們和他一同歡慶。他們想必是認為這世上沒有任何人比他們強大、比他們聰明了吧。

潘妮整個人往前傾，不肯去看他，也不肯被他看見。

我轉向車窗。戰鬥是發生在汽車後方，所以我不知道賽門被他們怎麼了，也為此暗自慶幸——我是不是很懦弱？人就是這樣，江山易改，本性難移。

我凝望空無一物的天際，假裝沒注意到前座的吸血鬼在自拍。

我還真傻。

想當初，我還以為自己做的是「務實」的選擇。

我還以為自己能遠離這一切，把魔法當成了可以恣意來去的「地方」。我把魔法當成了一個人，當成了自己能改掉的壞習慣。

賽門剛來到華特福時，怎麼樣也無法正確使用魔杖，法術也幾乎都施不出來。他擔心自己的魔法太少了，會被踢出學校。

「你不是在『用』魔法。」潘妮洛普告訴他。「你『就是』魔法。」

「我」……就是魔法。

無論我喜不喜歡，無論我要不要將其視為我的一部分，無論我有沒有將魔杖帶在身邊。

魔法就是在我體內。在我的血裡、水裡、骨子裡。

布雷登會將它抽取出來。

我早該趁他得到這個機會前終結一切的。這才是英雄式的結局。

我早該投井自盡的。換作是潘妮洛普，就絕不可能被活捉。

我都經歷過了這麼多次幸福快樂的結局，怎麼都沒學到拯救世界的方法？

57

貝茨

槍聲響起時，蘭姆仍拉著我。「冷靜。」他說道。

我可是一點也不冷靜。

我拖著他奔上沙丘，其餘吸血鬼在我們身後排成了「V」字陣形。我一隻手插在外套口袋裡，準備等合適的時機開始施咒。

槍聲靜了下來，接著是「噠啦啦、噠啦啦」幾聲，然後又靜了下來。

蘭姆在坡頂阻止我繼續前進，緊緊捏著我的手臂。「老弟，冷靜點。你必須相信我，我會幫助你度過這一關的。」

我幾乎是瘋了，滿腦子只想跑到沙丘的另一側。「什麼？我信。我會的。我們都跟著你來到這裡了。」

蘭姆將我拉得更近，鼻尖幾乎碰到我的下巴，頭髮垂到了一隻眼睛前。「貝茨，你必須『現在』相信我。我會幫助你的。」

我點點頭，繼續拖著他前行。他不肯放開我，就這麼跟著我上了坡頂。

我們往山坡下望去，看見十多隻手持機關槍的吸血鬼。有隻吸血鬼舉槍抵著雪帕德的頭——賽門則倒在了地上。

其中一隻吸血鬼抬頭看向我們，揮了揮手。

蘭姆緊緊抓著我的手臂，我開始擔心手臂會被他捏斷。他在我耳邊低語：「貝茨，我們沒有別的選擇。這是我們雙方的協約。」

「不……」

「只要是踏進了拉斯維加斯的法師都必須交給他們，他們不允許任何例外。我們就是用這種方法將他們阻隔在外。」

我試圖推開他。「不！」

「以結局而言，這對你最有利！」

我在口袋裡握緊魔杖，隔著布料指向蘭姆，嘶聲說道：「亦有汝焉，布魯圖[14]！」

什麼事都沒有發生。

14 原文為Et tu, Brute，是一句拉丁語名言，後世普遍認為此為凱撒大帝臨死前對刺殺自己的養子布魯圖所說的最後一句話。

58

阿嘉莎

起初，我還以為那不過是海市蜃樓。

因為那是我最想看見的畫面。

這個週末，我本該去參加火人祭的，我和金潔已經為此規畫了數月。這是沙漠裡為期一週的慶典，是一座快閃城市——人們在一個沒有任何生命、就連死神也少有收穫的地方歡慶生與死。

我買了人體彩繪的顏料，還在比基尼上縫了羽毛，打算在最後一天的大遊行——火人祭的高潮活動——盛裝打扮一番。

同樣的畫面，我想像了好多次：

眾人裸露的肌膚與火焰蜿蜒地穿過沙漠。我想像了那種「閃耀」的感覺，好想在完全沒有魔法的情況下，成為這魔幻盛會的一小部分，和眾人一同閃爍。

現在，我看見了，它就在天邊。

一條閃閃發亮的人龍。

一定是海市蜃樓。一定是陽光與沙地的幻影。

我敢發誓，它離我們越來越近了……

我看見那一長串移動、舞動的身軀，看見最前頭的形影——那是一尊巨大的男孩木雕，燃著熊熊火焰。

我看見了……

不是幻覺！那是真的！

它來了！

我的第一個念頭是：**它來救我了！**

我早已習慣被人拯救，此時看見大批人潮走在山丘上，便擅自認定他們是來救「我」的。

並不是。

我也無法張口。

即使我能張口尖叫，他們也聽不見我的聲音。

但是……

但是！

我錯了！

火人祭明明就「充滿了」魔法——在每年的這一週，五萬個凡人會來此共襄盛舉，內華達州第三大城市在沙漠中曇花一現。

那座快閃城市逐漸朝我靠近了！

天際的人龍越來越粗，但凡人依然很遠……

沒關係，我不需要他們提供太多魔法，也能施出這句法術。這是我在沒有魔杖時唯一能施用的法術，我甚至不必移動唇齒。

潘妮洛普

我怕他們不會殺死我們。怕他們不讓我們痛快死去。

怕我們的身體存有太多有用的情報，他們研究「數年」都研究不完。

我猜這些吸血鬼終究能成功找到他們想要的東西——魔法畢竟是可以遺傳的能力，那它想必是以某種形式編入了我們法師的遺傳密碼，而這群吸血鬼想必能找到解碼的方法。可惡，我們怎麼沒搶先解開這個謎題？

我媽如果聽到我說這種話，一定會說這是異端邪說。我們怎麼能試圖「解釋」魔法的原理呢？

但這不就是……科學嗎？

好想和她辯論喔……

我不知在哪讀過一種說法，說沙漠裡的屍體會完全消失。很好，希望媽永遠不要知情，別發現我在這之中扮演的角色。

槍聲持續了一陣子。賽門大喊一聲。

然後就沒再叫喊了。

這——

我不能——

我往前靠著前座的椅背，某個介於啜泣與嘔吐之間的東西哽住我喉頭，但我的嘴被貼起來了，口鼻都嗆到了膽汁。我開始眼冒金星。

就這樣了，事情就是這樣發生的。我們逃不了了。

我又一陣眼花撩亂，眼前冒出更多火星……

火星在阿嘉莎腿上躍動，就在她被綁縛的手上方。

我抬頭看向她的臉，只見她高抬著下巴，微閉著雙眼。她似乎在施法。有魔法嗎？阿嘉莎是從哪裡弄到「魔法」的？她沒有魔杖、不能說話，怎麼可能施法？

她發現我在看她。她的神情好悲傷。她的手上又冒出了火星。

阿嘉莎

潘妮洛普對著我點頭。

她難道以為我有什麼精妙的計畫嗎？

潘妮，對不起，我沒辦法和妳一起脫身。我從一開始就不是英雄，甚至連稱職的朋友也不是——我「早就」告訴過妳了。

她把身體挪了過來。前座的吸血鬼忙著滑手機，沒在注意我們。我朝車窗一扭頭，示意外頭閃亮耀眼的遊行，見潘妮瞪大雙眼，我更加確信那不是我的幻覺了。她的臉擠到我頸邊，我感覺到自己的魔法瞬間集中，像是握著魔杖的感覺——在我手上飛舞的火花化成了真正的火焰。

潘妮低哼一聲。我稍微後退，對上她的目光，她再次對我點頭。

我向前傾，將火焰舉到汽車前座。

事情發生得好快，他燃燒時爆出了閃亮的光芒。

我再轉向潘妮洛普，她流著鼻水、臉溼溼的，但還是對著我點頭。我和她額頭相抵，閉上了雙眼。

潘妮洛普

阿嘉莎，做得好——真是太聰明了！

結果到了最後的最後，妳還是拯救了大家。

59

雪帕德

「我的名字是雪帕德，」我說道，「我是內布拉斯加州奧瑪哈人。」

「就叫你閉嘴了！」吸血鬼罵了一句，抵著我太陽穴的槍頭貼得更緊了。

他的確已經叫我閉嘴了，不過我不管有沒有閉嘴應該都會被殺，那乾脆繼續玩到手上的牌全用光吧。

看到對方舉槍的瞬間，我就舉雙手投降了。吸血鬼似乎知道我不會魔法，潘妮洛普的嘴被他們貼住，他們卻沒有要來貼我的意思。賽門被他們開槍從空中射了下來。

他像隻發狂的蝙蝠般奮力掙扎，剛才被他砸中的吸血鬼可能這輩子再也別想用眼睛看東西了。（不知道吸血鬼能不能長出新的眼珠？）那之後，賽門一把抓住吸血鬼的來福槍，把槍枝甩過去砸在另一個吸血鬼頭上——他根本是《真人快打》遊戲中的角色。

吸血鬼又朝他開槍。

這次，他沒再爬起來了。

貝茨從山坡上跑下來，似乎嚇得六神無主了，蘭姆幾乎在支撐他全身的重量。

「我母親叫蜜雪兒，」我對抓著我的男人說道，「是『蜂蜜』的『蜜』。她是西班牙文老師。我爸媽離婚了，你爸媽呢？」

其中一名將新會會員踏上前和蘭姆打招呼，那人穿著全新的高級野營裝——所有將新會員都是這副打扮，腿上穿著太空時代風的拉鍊尼龍褲，臉上戴著雪地用墨鏡，甚至還有一個人手上提著鋁製登山杖。我們難不成是被拿著重兵器的《GQ》雜誌封面照突襲了？

那個新血會吸血鬼氣壞了。「幹他媽的，蘭姆，你怎麼沒說他們其中一個是瘋子！」

「我有確實警告過你們。」蘭姆平靜地說道，「沒有違反協約。」

「你怎麼還帶了個有手機的路人過來?!」（他指的應該是我。）

「就把他當成附贈品吧。」蘭姆想要轉身，但貝茨不願意跟著走，他的目光緊鎖著賽門。

「你答應要給我們兩個法師的！」新血會的吸血鬼仍然怒不可遏。

「我『帶了』兩個法師來給你。」蘭姆說到破音了，他似乎不敢相信自己非得處理這些破事不可。他揮手示意賽門，「你們自己把一個法師玩壞了，可不能怪我！」

「這個嘛，」另一個吸血鬼悶悶不樂地說，「至少把那小子帶走吧。你明知我們不喜歡和NPC扯上關係。」

蘭姆笑了，還有幾個拉斯維加斯吸血鬼輕笑了起來。

「所以你們不會把我殺死嗎？」我問舉槍抵著我太陽穴的男人，「你們這樣真的很不錯，我很欣賞。」

蘭姆仍在微笑，彷彿很高興能有個這麼值得他仇視的對象。「你們當真認為自己比我們優良，以為自己是演化上的下一步……那怎麼連個未成年的血牲都處理不了？」（我其實已經二十二歲了，但我決定先別打斷他。）「你們連處理這種事情的SOP都沒有嗎？那把他給我們吧，布雷登！我們來讓你看看真正的吸血鬼是怎麼處理問題的。」

拉斯維加斯吸血鬼們對著我邪笑。

另一個吸血鬼——布雷登——像是在用全身翻白眼。「蘭姆，『真正的』吸血鬼並不存在！這是你杜撰出的概念！」

「我告訴你，我就是真的！」蘭姆放開了貝茨，大聲怒喝。總覺得這不是他和布雷登第一次為此大吵了。

「我們不必照你的規則去玩！」布雷登大聲罵了回去，「我們沒必要遵守你們過時的謬論！」

「是啊，你們可以自己選擇當沒文化的懦夫！」

「我們不是懦夫！」抓著我的吸血鬼大喊，槍口又戳了我太陽穴一下。

怎麼是往這個方向前進了？這樣不妙啊。

「你別聽那邊那個賭城先生亂說，」我用說悄悄話的語氣說道，「那傢伙絕對『不是』在為你著想。」

「你們都是在否定自己！」蘭姆對在場所有吸血鬼說道，「你們都生活在恐懼之中。」

在蘭姆分心時，貝茨往前——往賽門——踏了一步，他似乎站不穩了。

我額側的槍移開了，兩隻手死死抓住我的兩邊上臂。「我們才不怕你們的生活方式呢！」我身後的男人高喊。

我閉上一隻眼睛，暗自做好心理準備。「這位朋友……拜託別這樣，我們雙方都會很難受的。」

布雷登轉向我們。他和蘭姆的「酷」不太一樣，但絕對是這群吸血鬼的老大。「喬許，別這樣——別學他們那些低賤的作法。」

「對啊，喬許，別這樣。」我同意道。

「布雷登，我已經不想再被他們『嘲諷』了！在必要時，我們也是可以展現出力量的！」

「這不是真正的力量啊，喬許！」我和布雷登異口同聲說。

布雷登火大了，他對我揮著槍。「你為什麼沒把他的嘴黏死?!」

拉斯維加斯眾吸血鬼都一臉無聊，甚至有幾個在笑。蘭姆又抓住貝茨的手臂了，他想防止貝茨去找賽門，但貝茨不肯受他阻攔。他跪在賽門身邊，拉扯著自己的頭髮。

「我可以的。」喬許邊說邊把我往自己胸前扯去。他粗重地吸了口氣，尖牙在我的脖子咬下——

然後他就頹然倒地，油膩的濃煙從他嘴裡盤旋上升。

「喬許，」我邊說邊踉蹌地往前倒，「我就說我們雙方都會難受了。」

倒地的過程中，我看見貝茨飛奔向布雷登，雙手手臂卡住了對方的頸子。

60

貝茨

這裡是死角。我們早該——我早該——

賽門倒在地上，翅膀折成了不自然的形狀。

蘭姆：「好啦，我是背叛了你們沒錯。貝茨，總之你先保持冷靜，只要能活下來，以後多得是時間恨我。」

我會活下來……

賽門。

我們聽到了槍響。從山丘另一側傳來。然後就沒有了。

賽門倒在地上，翅膀折成了不自然的形狀。我們得找人替他治療，或是幫他施法術——我可以施法術，但這裡是死角。我在靜區裡。我的魔杖藏了起來，我在假裝自己是尋常吸血鬼。

「賽門……」

賽門・雪諾。

遙想過去的你。我從沒想過我們能一同度過萬難，邁向未來。

（度過什麼，度過什麼，度過什麼？）

蘭姆：「沒有違反協約！」

賽門：

賽門倒在了地上。剛才傳來槍響，然後就沒有了。他的翅膀折成了不自然的形狀，他的頭髮亂成一團，他手邊沒有劍。

我對他說過不會有事的。

我對他說過……

我沒對他說過，一次也沒有。沒有說過他能相信的話語，沒有說服他讓我的話語進入他的心扉，讓他留存在心中。他在我心中的意義，在我心中的所有。

賽門，賽門……

你會是太陽，我只能往你撲去。

我每天醒來都會告訴自己……

都會告訴自己……

「你們都是在否定自己！都生活在恐懼之中！」

賽門倒在了地上。他的翅膀折成了不自然的形狀。他鮮紅色的血液流了一地。聞起來像微焦的奶油。他的頭髮亂成一團，臉埋在沙子裡。他不知道我有多麼愛他，他一次都沒聽我認真說過。

我每天早上醒來都會告訴自己……

「賽門……我的愛……起來吧。我們還得去救阿嘉莎。」

賽門倒在了地上。

這一切都將在烈焰中終結。

61

賽門

我要起來了。等我的腦袋清楚一點，我就起來。如果我的腦袋還有辦法變清楚的話。

我的翅膀好像破洞了……我的身體本來沒有這些部位，那如果翅膀受傷了，我會流血致死嗎？

我要起來了。一有力氣就起來。我在等正確的時機。

等正確的時機到了，我就要滅了其中一個混蛋吸血鬼。（我已經弄傷一個了，他的眼球被我拔了出來。）（有本事就再長一顆啊，混蛋。）

我要起來了。這樣才能壯烈犧牲。

他們把潘妮洛普抓走了。

我不能——

我好像沒辦法——

吸血鬼好像打起來了，說不定他們會自相殘殺，這樣我就可以輕鬆完成任務了。

我的任務是起來。

我的任務是死掉。

壯烈犧牲。

之前阿嘉莎被狼人抓走，我救了她。還有一次是口吐白沫的飛馬。我殺過一頭龍，但不是故意的。我告訴你，有一次凡庸還把阿嘉莎藏在一口井底喔。我後來有找到她，把她拉了上來。

他派了懦鴉過來，我就赤手空拳抓住牠們。

有一次是無用獨角鯨，出現在護城河裡。

然後我……

有很多很多的哥布林。

很多很多的山怪。

我殺了牠們。

有獅鷲，有雙元音，有暗殺角蝰。然後我……

阿嘉莎在他們手裡。潘妮洛普被他們抓走了。

這裡沒有魔法，可是沒關係——反正我已經沒有魔法可以用了。

我會在死前再拖一個下水。等我起來的時候。等我死去的時候。

我會至少再拖一個下水。

為了阿嘉莎。還有潘妮洛普。

為了……

「賽門……」

貝茲！

62

雪帕德

咬我的吸血鬼絕對死透了。若不是貝茨一把抓住新血會首領的脖子，一把將他的下顎扯下來，在場其他人可能會為這隻吸血鬼的下場大驚小怪一陣子。

其餘聖地牙哥吸血鬼都對著貝茨與蘭姆狂開槍——順帶一提，他們還對著彼此開槍。蘭姆的手下之前都不怎麼認真看待整件事，言者被正式移交之後，甚至已經有幾個人往沙丘上爬，準備回去了。現在呢，他們大張著嘴、完全露出了尖牙，全都一頭衝進了吸血鬼群。

我感到頭昏腦脹、虛弱無比，但還是拖著身體躲到一輛梅賽德斯 G-Wagen 後面。潘妮洛普在另一輛車裡，我趴著爬到兩輛運動休旅車之間，只求沒有人拿槍對著我。才剛爬到一半，另一輛車就突然燒了起來。我跳起來衝過去，扯開後座的車門，濃煙湧了出來，接著是金髮少女，然後是潘妮洛普。她們還活著。她們……似乎很驚訝。我替她們鬆綁，但兩人的嘴都被黏死了，我怎麼也弄不開。

潘妮洛普焦急地伸手從我口袋裡拿出瑞士刀，舉在自己臉前。

我盡量保持動作平穩。盡量無視眼前的鮮血。

63

貝茨

要朝我開槍就來吧，反正這件不是我最喜歡的襯衫。

那群吸血鬼都不知所措，只能眼睜睜看著我將他們的總裁還是執行長一口一口咬掉。他非常強壯，但我也非常強壯，而且非常憤怒，而且也下定了決心要將他撕成碎片，即使他能像海星那樣再生也別想完整地活下來。

我們來互相廝殺吧，看看最後有哪些部位還能再生。這套西裝被撕爛了也無所謂。

蘭姆試圖抑止我。**蘭姆，你滾開。布魯圖。叛徒。吸血鬼。**

「貝茨！」他喊道，「我們還是可以活命的！」

哈！我已經沒有救了，我的一切都消失了。我的牙齒宛如利刃，也被我當刀刃使用。

「貝茨！聽我說！」

一隻吸血鬼跳到我背上，蘭姆嘆息一聲將他扯了下來。「看來我們也只能戰鬥了……」

從蘭姆的戰鬥方式看來，他不愧是個活了三百多年的東西。

他不怕機關槍。

「貝茨！」

剛才那不是蘭姆……

我放開了布雷登（還有一些部位黏著我），猛然旋身——

賽門．雪諾用膝蓋撐起了身體。

賽門．雪諾還活著……

還算是活著。

「賽門！」我尖叫道，「別起來！」

他當然不會聽話了。

賽門

貝茨在和二十六隻吸血鬼打架，我這就起來幫忙。

我應該馬上又會被射中了。

我還來不及被射中，其中一輛高級豪華休旅車就燒了起來，吸血鬼們慌忙遠離汽車。其中一隻吸血鬼手裡有金屬棒，是可以伸縮的那種，我搶過棒子、一把刺穿他的心臟。這畢竟不是木棒，不確定有沒有效果，不過我很樂意多試幾次。

潘妮洛普剛剛就在那輛車上。我試著拍翅膀，它們還能用……吧。

我再刺穿一隻吸血鬼。

阿嘉莎剛剛也在那輛車上。

我用金屬棒猛敲某個人的背，那種感覺就和你拿鉛製水管去砸磚牆沒兩樣。

我正在暖身，準備幫潘妮洛普和阿嘉莎報仇，就看到她們兩個手牽著手自己從火堆走了出來。她們的嘴都在流血——看上去簡直像兩隻血淋淋的厲鬼從火場中走出來。

潘妮洛普舉起一隻手，尖叫：「鑄劍為犁！」

機關槍一枝枝掉到沙地上，被她變成了……呃，那應該就是「犁」吧。我的金屬棒也變了。好吧，在這種情況下，我的武器也要一起變成犁才公平。

「潘妮洛普．班思。」貝茨說，雙眼閃爍著驚奇。

兩邊的吸血鬼都一臉問號。

我低頭一看……

犁其實就是一種很寬的斧頭嘛。我用兩隻手握著它，揮舞了起來。

貝茨

我願意大方承認，潘妮洛普．班思真是個不容小覷的魔法師。

她才剛擺脫手銬、逃出熊熊燃燒的汽車，現在居然還能在死角、在沒有魔杖的情況下施法，直接將哈利．胡迪尼比了下去。

而且，她還帶著阿嘉莎逃出來了——她們都活著。

「貝茨頓！」班思喊道，「有魔法了！」

她指著遠方某處。那是一排樹木嗎？不對，它在動……那些是「人」嗎？

吸血鬼們再次打了起來，布雷登的其中一個朋友朝我衝來。我抽出魔杖指著他。「人頭落地！」

沒有效果。

但是我感覺到了，感受到了在我手腕與舌尖躍動的魔法，彷彿在我腹中努力想發動的一臺引擎。「人頭落地！」我再試了一次。

成功了。我忍不住粲然一笑。

我轉過身就見蘭姆圓睜著藍眸在看我，掐著他的吸血鬼也盯著我猛瞧。「你成功了。」那個男人驚奇地對我說道，「你升級了。」蘭姆用額頭猛撞對方的鼻子。

這裡的魔法相當善變，我施的法術有半數都不靈，於是我施了兩倍的法術。情勢——不對，應該說是混戰——就這麼逆轉了：

吸血鬼失去了槍械，賽門手裡卻多了某種鐮刀，只見他滿身是血、T恤與翅膀同樣血紅，乍看下宛若手持鐮刀的死神。他的一隻翅膀垂在背後，似乎飛不了了，但他也不需要飛行。沒有武器又沒受過訓練的吸血鬼怎麼可能敵得過手持刀刃的賽門呢——無論是何種刀刃，賽門都能如臂使指。

潘妮洛普與阿嘉莎並肩戰鬥著，她們手牽著手，空出來的手則當噴火器使用。吸血鬼只要太過靠近，都如乾柴碰到烈火，瞬間焚燒殆盡，兩個女孩子也絲毫不在乎她們燒的是哪方陣營的吸血鬼。蘭姆的手下逐漸撤退，有人跑上了沙丘，還有幾個已經往沙丘的另一側跑下去了。

我舉著魔杖轉身尋找下一個敵人，現在火堆已經比敵人更多了。

蘭姆仍在我背後。（這樣才方便背刺嘛。）「貝茨！」他嘶聲說道，「快點！跟我們走！」

「你在開玩笑吧。」

他拉著我的手臂讓我轉身面對他，他的西裝沾了血漬，秀髮也不再整齊。「你朋友能活下來是好事，」他說道，「但這並不能改變現實——沒有『任何事物』能改變你的本質。」

「我的本質是什麼，你也看見了吧。」我說道。

他嚴肅地一點頭。「看見了。你是他們的同類，這我明白了，但是貝茨，你也是我們的同類啊。你最終還是得遵從自己的血脈的。」

「那蘭姆，我能作為法師生活在你的塔裡嗎？」

「你能作為自己和他們生活在一起嗎？」

我沒有回答。他仍然抓著我的手臂。「跟我走吧。」

我甩開了他。「不要。」

他轉身跑走了。也許我不該讓他逃走。

我轉回去面對戰場時，最後一個新血會會員朝我直奔而來，他已經著火了。我舉起魔杖。

「幹你去死！」

法術沒有生效。

我又試了一次。

還是什麼都沒發生。

這時，有「什麼事情」發生了：賽門・雪諾一把將我抱了起來，帶到空中。

他抱著我的腰，翅膀大力搧動。我拚命抓著他。

64

雪帕德

戰鬥結束前，我都躲在沒被燒毀的梅賽德斯車裡避難。我是有勇無謀沒錯，但終究還是有腦袋的。

吸血鬼燒得很快，一下子就全部燒成了灰燼，只留下仍在燃燒的衣服。到了最後，沙地上除了一灘一灘仍在焚燒的衣物之外什麼都不剩了。

阿嘉莎解決了最後一隻吸血鬼。她和潘妮洛普仍手牽著手，兩人的嘴都鮮血淋漓，阿嘉莎的手掌不時會噴出火花。

賽門還沒降落，他不太平穩地拍著翅膀，一再迅速下沉後急忙飛回剛才的高度。貝茲從頭到尾都被他抱著腰部。

我從車內爬了出來，往一堆著火的衣物踢了些沙子滅火。「所以呢，」我說道，「這輛梅賽德斯的鑰匙還插著，各位有興趣開著它揚長而去嗎？」

潘妮洛普和阿嘉莎默默盯著我，她們有點像是從史蒂芬．金電影裡走出來的恐怖畫面。

我走到她們面前，拍了拍手。「各位！」我又拍了一下，「朋友們！該走囉，見好就收囉。潘妮洛普？」我碰了她的肩膀。

她眨眼看著我。「也是。」她悄聲說。

她拉著阿嘉莎朝車子走去。「走啦，阿嘉莎……」她接著抬頭望向賽門與貝茲，「賽門！

我們要走了啦，賽門！」

賽門繼續拍翅膀。

我打開車門，扶著阿嘉莎上車。「我是雪帕德。」我握住她的手說。

潘妮洛普跑回去找賽門，她跑到賽門正下方，抓住他的腳踝。「賽門！快下來啦！已經結束了……賽門！」兩個男孩子落到地上，比起降落更像是摔倒。「梅林的。」潘妮洛普說，「賽門，小心別碰到火了——他畢竟是易燃物。貝茨，你走得動嗎？」

他們三人互相扶持著站起身。

「嗯。」貝茨說，「不要緊。」

賽門的一隻翅膀呈深紅色，無精打采地垂著。我繞過一堆堆火焰朝他們走去，近看才發現兩個男孩子都流了不少血，貝茨滿身是傷，彷彿剛才在衣服裡藏了爆竹。「走吧。」我邊說邊攬住賽門，他沉沉靠在我身上。

潘妮洛普用肩膀撐起貝茨的手臂，但賽門說什麼也不肯放開他，一隻手還緊緊抓著貝茨血淋淋的上衣。

「沒關係的，」我說道，「我們不會分開的。」賽門還是不放手。我和潘妮洛普半拖著他們兩個到車上，先讓貝茨坐到後座中間，然後讓他抱著賽門的腰將賽門拉上車。一坐上車，賽門就失去了意識。「我們可以直接去醫院。」我說道。

貝茨對著我冷笑。「你在開玩笑吧？我們用魔法幫他治療，這一切都用魔法解決。可以的話，你想辦法帶我們離開這地方就行。」

這我辦得到。鑰匙已經插在車上了，這輛車也配有衛星導航系統，於是我繞過車身坐上前座。「你們剛才怎麼有辦法施法術？這裡是靜區啊。」

「沙漠裡有凡人。」潘妮洛普說道，「離我們有點遠——但也夠近了。」他們幾乎是立刻恢復了魔法。那塊靜區非常小，吸血鬼一定是很清楚靜區的界限，才會把我們帶到那個位置。

潘妮洛普先幫賽門療傷，她彎腰對著賽門，一隻手拉著受傷的翅膀。

「妳的寶石呢？」貝茨問她。

「在我這裡。」她閉上雙眼，「煥然一新！」

賽門呻吟一聲展開翅膀，不小心把潘妮洛普撞倒回座位上。

同樣的法術她又施了三次，替賽門治療頭部、心臟與腹部。

我透過後照鏡觀察他們，我知道應該要專心開車才對，但這個畫面太「壯觀」了。

潘妮洛普接著朝貝茨伸手，卻被他抖開。「我現在滿身是鉛彈，」他說道，「不知道用了法術會有什麼效果。我只要喝點東西就好了。」

「我們很快就會到牧牛的地區了。」我回頭喊道。

貝茨點點頭。「那我等一下。」他拉住潘妮洛普的手，「班思，過來。」

「我沒事啦，貝茨。」

「別逼我從賽門身上爬過去。」

潘妮洛普嘆一口氣靠了過去，讓貝茨將魔杖對著她的嘴。「親一親，痛痛飛走！」

「貝茨頓，那是家人之間用的法術耶！」

「噓。」貝茨邊說邊親了她臉頰一下，用衣袖抹去她嘴邊的血液。他的手臂在抖。「妳還好嗎？」

潘妮洛普淚眼汪汪地點了點頭。

「魔法還夠用嗎？能幫阿嘉莎療傷嗎？」

「當然能。」

潘妮洛普坐回位子上，輕輕一碰阿嘉莎的臉。我沒聽見她念的咒語。

貝茨喝了一頭牛。

賽門還在睡。

阿嘉莎依舊沉默不語。

從這裡去聖地牙哥是十小時的車程。貝茨坐到我身旁，應該是在對車子施法術；他彷彿用鮮血泡了澡，模樣實在慘不忍睹。到了雷諾市，我匆匆踏進目標百貨商場替他買乾淨衣服，他在加油站廁所裡梳洗了一番，然後面色蒼白地穿著平價衣物走了出來。

雖然他施了不少法術，我還是擔心在路上被警察攔下。「我們等等要棄車嗎？我們應該有被人看見了。」

「我們等等會毀了這輛車，」這是阿嘉莎第一次開口說話，「有人問起這輛車的事，我們也一併毀了他們。」

貝茨嘆了口氣。「二〇一八年，G級，玉石綠金屬烤漆。」

我也在等他們將我拋棄在路邊。（希望在一同經歷過這麼多風波之後，他們不會毀了我……不過就是因為一同經歷了這麼多風波，他們才更想毀了我吧。）

然而，終於抵達阿嘉莎的公寓時，我還站在人行道上思考要怎麼回拉斯維加斯，就看到貝茨替我開著公寓的門，等我進去。

序幕

貝茨

再過一個鐘頭，我們便要出發前往機場了——我沖澡沖得夠久，該出去了。我稍微伸展，又一顆子彈從我肩頭的皮膚鑽了出來，「匡啷」一聲落在浴缸裡。希望這是最後一顆了。

我再也不想——是真的「再也不想」——體會這種感受了。我不想測試這具身體的極限，不想以這種方式加深對自己的瞭解。

在這最後一天，我們不是在吃飯睡覺就是在互相施法。阿嘉莎像個搭地鐵時緊拉著母親不放的小女孩，說什麼也不願意離開潘妮。她會隨我們回國。阿嘉莎竟然會隨我們回國。「我只是去拿魔杖而已。」她說道，「不代表我會住下來。」

我走出浴室時，阿嘉莎的朋友金潔過來接小狗了，是我之前在倫敦偷來的小獵犬。當初將維彼羅介紹給將新會吸血鬼的人似乎就是金潔，她後來都沒聽到那群吸血鬼的消息了，還為此氣得嘛嘴。

「喬許都不回我的簡訊。」金潔說道。

「妳還想和他聯絡嗎？他可是把妳丟在聖塔菲牧場不管耶。」

「阿嘉莎妳還不是把我丟下不管了！」

班思站在金潔身後，她舉著紫色寶石，無聲地表示她可以對金潔施迷糊法術。

阿嘉莎同時對她們兩人搖頭。「金潔，我就說那真的很無聊了！而且我一發現妳不在，不是就馬上離開了嗎？」

金潔看似泫然欲泣。她的上嘴唇上方有半圈紅印，我花了片刻才發現那是甜菜汁留下的痕跡。「我還以為他們會讓我升級。」她哀聲說道，「結果，他們甚至沒邀請我一起續攤！」

「他們不可能邀請妳啊。」阿嘉莎邊說邊搓著金潔的手臂安撫她，「妳人這麼好，一定會馬上看穿他們，讓他們覺得自己是偽君子。」

金潔沮喪地垂頭。「也是啦……」

「別再和喬許聯絡了，」阿嘉莎說道，「就算他再打電話過來，妳也別理他。」

我相信他再也不會打過來了。

金潔吸了吸鼻子。「我考慮看看。」

我環顧公寓客廳。「雪諾人呢？」

「他剛才走去海邊了。」班思說道。

「我去叫他。」我說道，「我們該準備出發了。」

「幫他補一下……」她上下搧動手肘，「必要的話。」

我點了點頭，伸手觸碰藏在衣服下的魔杖，它現在塞在這條（噁心的廉價）牛仔褲褲腰裡，被上衣蓋住了。我運氣很好，魔杖沒有弄丟，手機也還在身上，除此之外所有的行李都沒了。

我們都還沒打電話回家，但回去後總得和家長討論這邊發生的一切——至少必須將新血會的狀況告訴他們。蘭姆說過他們還有更多黨羽，阿嘉莎也認為他們是真的在沙漠中蓋了間研究所。

我們當中沒有任何一個人提議要去找他們的研究所，就連賽門也沒提。

來聖地牙哥的這一路上他都在睡，似乎是在戰鬥中受了內傷。班思認為她已經用法術治好了賽門，不過我們還是打算一回到家就帶他去給維彼羅醫師瞧瞧，以防萬一。

潘妮洛普

阿嘉莎的朋友金潔在哭，為什麼呢？因為她錯過了變成機車吸血鬼的機會。我還沒看過阿嘉莎這麼溫柔地安慰人。難道這就是她不回我簡訊的理由嗎？是不是嫌我的訊息不夠蠢？

我在陽臺上找到了雪帕德。從這裡看得到海景，他卻低頭看著自己的手機。

「是不是在把這些事情貼上部落格？」

「不是啦，」他說道，「那個等我回家再貼。我不喜歡用手機打字。」

「哈他媽哈哈。」我邊說邊低頭往他的手機螢幕一瞥，他是在看客運購票網站。他想買回拉斯維加斯的車票。「雪帕德，**不可以！**絕對不行！」

「潘妮洛普，我得回去拿車。」

「你的卡車在『吸血鬼』那邊耶！」

「我停的是短期車位，」他說道，「一個晚上四十三塊。」

「雪帕德，你不用執著那輛卡車啊。」

「是沒錯。」他聳了聳肩，「可是我不能亂偷別人的車。」

他聳肩時，我看到了——外套領子下的兩個牙印。就和貝茨說的一樣。

「喂。」我邊說邊把紫水晶從內衣裡挖出來。（它終於「離開」我的消化道了。我的瑟西啊，那個過程還真是不堪回首。）「讓我看看你被咬傷的地方。」

「我沒事。」他說，「妳省省魔法吧。」

「魔法又不是你說省就省的。」我說道，「又不是零錢。」

「不是嗎？」他眼裡閃爍著令人火大的光芒。

「不是。過來啦，這其實昨天就該治治了。」

他把椅子挪到我的椅子旁，我將他的衣領往下拉，看到兩個結痂的小傷口，以及被吸血鬼其他牙齒咬出的瘀痕。我忍不住全身一顫。「你會不會擔心自己被他們……」

「變異嗎？」他替我說完，「不會。我沒覺得特別嗜血，而且……而且，總之我不擔心。」

我把寶石舉到他的傷口上方，說道：「煥然一新！」

我移開了手，傷痕卻沒有消失。我皺起眉頭。「雪帕德……你是對魔法免疫嗎？」

「不是。」他用指尖撫過傷口，彷彿對它有點好奇。「我沒有免疫。」

我往後一靠。「貝茨說吸血鬼咬了你之後，自己反而出了問題。」

他凝望海洋。「說不定是『吸血鬼』對我過敏。」

「雪帕德。你這個人不是都直來直往、實話實說嗎？」

他轉頭看我，露出了痛苦的神情，但那不像是吸血鬼咬痕造成的。「是啊。」

我又往後靠了一點。「你到底是什麼？」

他全身都轉向我。「潘妮洛普，我就是表面上的樣子，是語者，是血牲，是凡人。」

「還有呢……」

「還有，我有一點點……有那麼一點……」他嚥了嚥口水，「我受過詛咒。」

我沒想到他會說出這種話來，甚至連他想表達的意思都不太明白。「你受『詛咒』了？」

他揉了揉戴眼鏡的雙眼。「是啊，我……科技宅男吸血鬼喬許沒辦法把我的靈魂帶走，是因為『技術上來說』，我的靈魂已經是別人的東西了。」

「誰的？」

「應該不是妳認識的人。我希望不是。對方是一隻惡魔，或是惡魔之類的東西。我也很想把他的名字告訴妳，但我怕他會直接出現。我……」他一臉害羞，彷彿陷入了窘境。他緩緩脫下了牛仔外套……

他雙手手臂上爬滿了糾結的黑色刺青，有盧恩符文與數字，還有荊棘圖案。

「雪帕德。」

「很哥德吧？讓我自己選的話，我可能不會選這種造型。我考慮過刺個馮內果名句，可是太沒特色了……」

「這是怎麼來的？」

他低下頭。「這個嘛，妳也懂的——其實就是糟糕的天時地利人和。召喚圈、午夜，然後是……一系列的溝通問題和文化差異。」

我還盯著那些詛咒標記。我將寶石按在他身上。「頑垢一乾二淨！」

法術竄下我的手臂，接著似乎反彈了回來。我像是觸電般抽回手，寶石掉到了地上。陽臺地上鋪了木板，寶石掉到了一塊木板的邊緣，雪帕德小心翼翼地撿起寶石拿給我。

「謝謝妳。」他說道，「但我的詛咒應該是沒辦法解除了。有些魔法對我有用，不過只要是可能改變我命運的——」

我緊緊握住紫水晶，將手按在他頸側。

「潘妮洛普。」他握住我的手腕說。

「早日康復！」我說道。我感覺到法術在他身上生效，他自己也感受到了。他的頭稍微往後仰，握住我手腕的手緊了緊。

我移開了手，吸血鬼咬過的傷口看起來已經沒剛才那麼嚴重了。很好。

他還是握著我的手腕。

「雪帕德，你別想回拉斯維加斯。」

「可是我的——」

「你敢再提你的卡車，我就把你變成青蛙。」我把手抽回來，「被惡魔詛咒的青蛙。」

「我得回家。」

「不行。」我雙手抱胸，「你得跟我們回倫敦，我要帶你去找我母親，她會幫你解決這個。」

「謝謝妳的好意，不過我的狀況不是魔法可以——」

「『沒有』魔法解決不了的問題！」

雪帕德閉上了嘴，希望這是他放棄爭辯的意思。

我站起身來，用誇張的動作朝陽臺門走去，像在說：討論結束。

「應該說，」我頭也不回地說道，「我知道你覺得自己瞭解魔法世界的一切，但連我都不瞭解魔法世界的一切了——我可是比你聰明，還花了一輩子研究魔法。」

「潘妮洛普，我付不起機票錢。」

「我來就好。」

「我沒有護照。」

「你也對我太沒信心了吧。」

「這句是法術嗎？」

我在拉門前停下腳步，看著他在玻璃上的倒影。「跟我們回倫敦，你就會知道了。」

賽門

太平洋比大西洋暖。

至少這一部分比較暖。

我脫了靴子、捲起褲管坐在沙灘上，可是牛仔褲還是溼了。反正潘妮會幫我弄乾，從我們離開死角以後，她就把各種法術都往我身上施——我現在出來就是為了讓她休息一下，還有努力整理自己的想法。

我以前對美國有過一種想法……

我以為可以在這裡找到我自己。

人們跳上敞篷車，不看地圖就直接開車上路，不就是為了找到自己嗎？這就是公路旅行給人的承諾啊：等你來到不認識的地方，就終於可以看清自己了。

說不定我成功了。

我愛上了這邊的藍天和陽光——然後就被這個國家拖著到處跑，一路上一直受傷、一直掙扎。每一次的測試我都沒有過關，我一直失敗，一直不及格，最後也是靠別人的法術才重新站起來、繼續呼吸。

我不能再假裝自己是什麼超級英雄了。我「曾經」是超級英雄——這是真的——但現在已經不是了，我不屬於魔法師和吸血鬼的世界。那不是我的故事。

維彼羅醫生說過，他可以幫我移除翅膀，還有尾巴也可以，我什麼時候準備好了就可以去找他。到時候我可以回去上課，或是找工作——我應該會比較想找工作，自己賺錢，自己繳房租。

想到這個，我就有點開心。

我感覺——幹，我哭了。感覺實在很糟糕，可是我心裡好像也變乾淨了。

一片海浪往我這邊撲來，它們有時候一開始來勢洶洶，結果還沒到沙灘就慌了。

這次的海浪毫不猶豫。

貝茨

賽門坐在沙灘上，宛如MV裡的男孩子。白T恤、褲管捲起的牛仔褲、滿頭燦爛的陽光。

一波海浪潮他襲來，他想必是看見了卻沒有移動，靜靜等著水浪捲過雙腿。他向後仰頭，臉上似乎帶有一抹微笑。

我脫下鞋襪放在一塊岩石上，走了過去。我的影子碰到他時，他抬起頭來，在陽光下閉著一邊眼睛。「嗨。」

我微微一笑。「嗨。」

又一波海浪襲來，我向後跳開，賽門笑了。浪濤在離他數英尺處破碎。

我決定和他一起坐在沙灘上——等等再用法術把自己弄乾就好了。我坐在他的側後方，在稍微高一些的沙地上。

他回眸看我。「喔，對了。」他彷彿剛想起了什麼，身體往後仰，伸手從口袋拿出一團藍色絲布。

「是我母親的絲巾！」我伸手過去。

他攤開手掌，絲巾在我的拉扯下滑過他指間。「抱歉啦，」他說，「我都忘了它在我口袋裡。」

「我還以為它被我放在飯店房間了。」

「你是放在飯店房間了沒錯。」

我輕輕將絲巾摺好。雪諾看了我片刻，然後又望向別處。

「這下，」我說道，「你就能跟別人說你開車橫跨了美國。」

「也不算是。」他兩條手臂在膝蓋上交疊，「我們是從中間出發的，而且從內華達到加州的路上我都昏迷不醒。」

「你沒錯過什麼好東西。」

他垂著頭往前傾。「我本來想去看那些古樹的──是叫紅杉木吧。」

「你下次回來，它們還會在那裡。」

他搖了搖頭。「我不回來了，你可以寄明信片給我。」

「我？這之後，我應該再也不會離開坎伯韋爾了，頂多聖誕節去探望我父母。等十二月再來決定好了。」

他回頭看著我。他歪著臉坐在沙灘上，樣子像極了孩童，像極了凡庸。「你其實不用跟我們一起回去。」

「什麼？」

他又轉向大海。「我看到你……跟蘭姆在一起的樣子了。也聽到你們說的話了。」

「雪諾……」

「他會讓你留在那邊的。」

「你以為我想住在拉斯維加斯的華麗搖滾風飯店裡？不用，謝謝。」這是錯誤的回覆，但賽門說出口的話語本身就是錯誤，這根本是場錯誤的對話。

他不耐煩地舉起雙手。「貝茨，我都看到了！你──你很融入那邊。」

「那是因為我『努力』融入那邊。」

「你跟他們一樣！他還可以教你怎麼變得『更』像他們，你不用再翻書找答案了。貝茨，那些書我們都讀過，法師根本就不瞭解吸血鬼，只知道怎麼殺死他們而已！」

「我近期也用上了這些從書本學來的知識。」

賽門低吼一聲轉向我，一條屈起的腿落到沙地上。「貝茨，你如果留下來就不用再藏著自己了！」

「我一輩子都必須藏著自己！你也一樣！」

「你在這邊明明就可以過得比較快樂，你為什麼就是不承認？」

我提高音量，「我明明身邊沒了你就不可能快樂，你為什麼就是不明白？」

他彷彿被我甩了一巴掌，身體向後一靠。

「賽門……」我悄聲說道。

我等著他聽懂，等著他終於接受。

抑或，我是在等他宣布我通過了測驗。

然而，他只搖了搖頭。「貝茨……」他的聲音彷彿隨時會消失在風中。

「貝茨！」有人高喊道。

潘妮洛普上氣不接下氣地朝我們奔來，我們看見她的表情時不約而同地站起身，我抓住她的雙肩。「怎麼了？發生什麼事了？」

她的棕色眼眸閃爍著驚駭。「貝茨，華特福有麻煩了，我們『現在』就必須回家！」

致謝

我是在度過難關之後與經歷困難的同時寫作這本書，所以這次的致謝是發自比平時更加惴惴的內心。

首先，感謝湯瑪斯・史密斯（Thomas Smith）、喬許・傅利曼（Josh Friedman）、蜜雪兒・麥卡斯林（Michelle McCaslin）與馬克・古德曼（Mark Goodman）。這四個人給了我絕對的尊重與同情，從沒有放棄傾聽或放棄理解。

感謝我的編輯——莎拉・古德曼（Sara Goodman）——她明明可以說：「怎麼又是一本賽門和貝茲的書？」結果卻對我說：「又是一本賽門和貝茲的書耶！」莎拉從沒要求我做自己以外的人，我為此對她獻上深深的敬慕。

我有幸和星期三圖書（Wednesday Books）與聖馬丁出版社（St. Martin's Press）合作，大家都興奮又積極地照料我的書。我想特別感謝設計師奧嘉・葛利克（Olga Grlic），她完美地結合了勇敢與對優秀作品的執著；我也想感謝我的公關潔西卡・普利格（Jessica Preeg），她是我屹立不搖的磐石。

寫續集意外地不容易……

我由衷感謝貝珊妮（Bethany）與特羅伊・葛倫伯格（Troy Gronberg）、瑪格莉特・威利森（Margaret Willison），還有喬伊・德利拉（Joy DeLyria），謝謝你們幫助我解開好幾個結。感謝艾許莉・克利斯蒂（Ashley Christy）、蜜塔莉・大衛（Mitali Dave）、圖莉卡・梅洛塔（Tulika Mehrotra）與克莉絲汀娜・塔克（Christina Tucker）的細心，也謝謝各位提供精闢的見解。感謝美琳達・薩利斯貝里（Melinda Salisbury）、凱莉絲・史坦頓（Keris Stainton）與梅莉莎・考克斯（Melissa Cox）給我無盡的耐心與歡樂。另外也感謝愛蓮娜・葉普（Elena Yip），她的直覺可是無人能敵。

感謝我的出版經紀人——克利斯托福・雪林（Christopher Schelling）。（當你沒有在寫作，經紀人還是日復一日地支持著你，你就知道這是一個可以交付後背的人了。）也謝謝凱（Kai），他對我說過不會有事的，說得無比認真。

最後，我知道這樣寫實在略嫌煽情，但我還是想感謝所有真正「理解」了《預言之子I餘燼森林》用意的人。（我這個想法很怪，我也知道它很怪。）感謝所有讀過那本書、分享了那本書、畫了同人圖、寫了同人作品，甚至在賽門生日那天烤了酸櫻桃司康的所有人。也謝謝你們在漫長的四年過後，還如此期盼這本續作。

賽門和貝茲是從我心裡走到紙頁上的兩個人物，我能繼續書寫他們的故事，實屬三生有幸。

高寶書版集團
gobooks.com.tw

CRS011

預言之子 II 流浪沙漠

Wayward Son

作　　者　蘭波・羅威（Rainbow Rowell）
譯　　者　朱崇旻
繪　　者　馬洛循環
編　　輯　林雨欣
美術編輯　林鈞儀
排　　版　彭立瑋
企　　劃　方慧娟

發 行 人　朱凱蕾
出　　版　朧月書版股份有限公司
　　　　　Hazy Moon Publishing Co., Ltd.
地　　址　臺北市內湖區洲子街 88 號 3 樓
網　　址　www.gobooks.com.tw
電　　話　(02) 27992788
電　　郵　readers@gobooks.com.tw（讀者服務部）
傳　　真　出版部　(02) 27990909　行銷部 (02) 27993088
郵政劃撥　19394552
戶　　名　英屬維京群島商高寶國際有限公司臺灣分公司
發　　行　英屬維京群島商高寶國際有限公司臺灣分公司
初版日期　2022 年 7 月

國家圖書館出版品預行編目 (CIP) 資料

預言之子 . II，流浪沙漠 / 蘭波 . 羅威 (Rainbow Rowell) 著 ; 朱崇旻譯 . -- 初版 . -- 臺北市 : 朧月書版股份有限公司出版 : 英屬維京群島商高寶國際有限公司台灣分公司發行 , 2022.07
面 ;　公分 . --

譯自 : Wayward Son

ISBN 978-626-95988-8-5(第二冊 : 平裝)

874.57　　111006792

GOBOOKS
& SITAK
GROUP©